HEYNE <

Das Buch

Die Hochzeit steht kurz bevor, die Kirche ist gebucht, die Gäste geladen, vier Kinder geplant. Wenige Wochen vor ihrem dreißigsten Geburtstag scheint alles im Leben der Typberaterin Helen nach Plan zu laufen. Bis ihr Zukünftiger es sich plötzlich anders überlegt und Helen mit dem Scherbenhaufen ihrer Träume allein zurücklässt. Statt eine Doppelhaushälfte am Stadtrand zu besichtigen, muss Helen vorläufig wieder bei ihrem Vater und der verhassten Stiefmutter einziehen. Einzige Unterstützung in diesem Gruselkabinett ist ihre innere Therapeutin Sophia, die ständig ungebeten auftaucht, um mit Helen lang und breit ihre Gefühle zu diskutieren. Helen ist todunglücklich und gibt die Hoffnung schon beinahe auf, jemals den Mann fürs Leben zu finden. Dabei liegt das Gute manchmal näher, als man denkt …

Die Autorin

Jana Voosen, Jahrgang 1976, studierte Schauspiel in Hamburg und New York. Es folgten Engagements an Hamburger Theatern, daneben war sie in TV-Produktionen wie Tatort, Stahlnetz und Marienhof zu sehen. Jana Voosen lebt und arbeitet in Hamburg. Nach ihrem vielgespielten Kindertheaterstück *Hunger* und ihren Romanen *Schöner Lügen* und *Er liebt mich* ist dies ihr drittes Buch. Alle Romane von Jana Voosen sind im Heyne Verlag lieferbar.

JANA VOOSEN

Venus allein zu Haus

Roman

WILHELM HEYNE VERLAG
MÜNCHEN

FSC
Mix
Produktgruppe aus vorbildlich bewirtschafteten Wäldern und anderen kontrollierten Herkünften

Zert.-Nr. SGS-COC-1940
www.fsc.org
© 1996 Forest Stewardship Council

Verlagsgruppe Random House FSC-DEU-0100
Das für dieses Buch verwendete
FSC-zertifizierte Papier *München Super*
liefert Mochenwangen.

Vollständige Taschenbuchausgabe 09/2006

Printed in Germany 2006
Umschlagfotos:
© Stewart Cohen/getty images
© Jo Kirchherr/mauritius images
Umschlaggestaltung: Eisele Grafik-Design, München
Satz: Buch-Werkstatt GmbH, Bad Aibling
Druck und Bindung: GGP Media GmbH, Pößneck
ISBN-10 : 3-453-40466-1
ISBN-13: 978-3-453-40466-3

http://www.heyne.de

Für Tey!
Du bist einzigartig
und unersetzbar.

Personen und Handlung sind frei erfunden.

Danke!
Steff, Natalie, Wiebke, Nina und Viola.
Weil Ihr da seid, in guten wie in schlechten Zeiten.
Und Ralf B. – Du weißt wofür.

1.

»Das letzte Einhorn« ist sein Lieblingsfilm, hat er mir erzählt. Entzückend fand ich das damals, ja, rührend. Wie blind kann ein Mensch sein?

»Es tut mir Leid«, sagt er, schaut mich mit seinen sanften rehbraunen Augen an und legt seine Hand auf meine. Ich erwache aus der Starre, in die ich ob seiner »Neuigkeiten« gefallen bin und ziehe meine Hand schnell weg. Wir sitzen uns im Café Real in der Hamburger »Langen Reihe« gegenüber, zum sicher hundertsten Mal in den letzten zweieinhalb Jahren, die wir jetzt zusammen sind. Waren. Verdammt! Mir schießen die Tränen in die Augen. Ihm auch. »Ich kann nichts dafür, Helen!« Wütend funkele ich ihn an:

»Fang jetzt bloß nicht an zu heulen, dazu hast du kein Recht«, krächze ich mit heiserer Stimme, »das ist ja wohl mein Part.«

»Aber mir tut es auch weh«, wimmert er, und große Tropfen kullern aus seinen Augenwinkeln über die scharfen Konturen seines braungebrannten Gesichtes, laufen sein markantes Kinn hinunter. Wie oft haben meine Lippen denselben Weg genommen? Ich liebe Jan. Ich liebe diesen Mann mehr als alles andere auf der Welt und nun soll ich ihn verlieren. Er verlässt mich und ich kann nichts dagegen tun. Ich kann noch nicht einmal um ihn kämpfen. Ich würde es tun, wenn ich eine Chance hätte. Aber so. Ich möchte am liebsten schreien.

»Verschwinde«, bringe ich stattdessen im Flüsterton heraus.

»Nein -«, will er widersprechen, doch dann sieht er meinen Blick.

»Bitte«, flehe ich ihn an, »verschwinde. Steh auf, verlass dieses Café und mein Leben.«

»Nein, Helen, bitte, das kann nicht dein Ernst sein. Wir ... du weißt doch, wie lieb ich dich habe. Können wir denn nicht ...« Wenn er jetzt sagt »Freunde bleiben«, bekomme ich einen Nervenzusammenbruch.

»... Freunde bleiben? Bitte!«

Ich bekomme keinen Nervenzusammenbruch. Ich bin viel zu sehr damit beschäftigt, keinen zu bekommen, um einen zu bekommen.

»Nein, das können wir nicht. Bitte, Jan, geh jetzt.« Ja, bitte geh, bevor ich vor dir auf die Knie falle und dich (sinnloserweise) anbettle, es dir noch mal anders zu überlegen. Irgendwas in meinem Blick scheint ihm zu sagen, dass ihm genau das bevorsteht. Ich bin froh, dass er mir diese Demütigung erspart. Er steht auf, ein letztes Mal kann ich seine ein Meter zweiundachtzig in voller Größe bewundern, der durchtrainierte Oberkörper zeichnet sich unter seinem engen weißen T-Shirt ab, braune muskulöse Arme, seine schlanken Chirurgenhände. Ich liebe diese Hände. Was hat dieser Mann mit diesen Händen in mir auslösen können? Er kann doch nicht, nein, es kann nicht sein. Gerade will ich den Mund aufmachen, als ich sehe, wie er seinen Ring vom linken Ringfinger zieht. Unseren weißgoldenen Verlobungsring. Mir bleibt das Wort im Halse stecken, als er ihn vor mich auf den Tisch legt. Und von einem Moment auf den anderen ist mein Schmerz wie weggeblasen. Ich bin nur noch wütend.

»Was soll ich damit«, fauche ich wie eine getretene Katze, »den hast du doch bezahlt. Hier, ich gebe dir meinen auch gleich.« Damit beginne ich hektisch, an dem Gegenstück zu zerren, das sich an meiner linken Hand befindet.

»Lass das, Helen«, sagt Jan beschwichtigend, »ich will ihn nicht zurück, ich dachte nur, na ja – vielleicht könntest du die Ringe einschmelzen und dir was Hübsches daraus machen lassen …« Sprachlos, mit offenem Mund, sehe ich zu ihm hoch. Für einen Moment vergesse ich sogar, an dem verfluchten Ring zu ziehen, der sich um kein Stück bewegen lässt. Anscheinend sind meine Finger von dem Schock auf das Doppelte angeschwollen. Oder ich habe stark zugenommen in den letzten fünf Wochen, seit dem 14. Februar, als er mir den Ring geschenkt hat. »Eine Kette oder so«, stammelt Jan und streicht sich nervös eine blonde Haarsträhne aus der Stirn.

»Du tickst wohl nicht mehr ganz richtig«, schreie ich ihn an und springe so schnell auf, dass er zusammenfährt und einen Schritt zurückweicht. Die anderen Gäste im Real drehen sich erschrocken zu uns um, der Barkeeper guckt richtiggehend alarmiert und tauscht einen Blick mit Jan. So nach dem Motte: »Alles okay oder dreht die Alte durch?« Natürlich dreht die Alte durch! Und sie hat allen Grund dazu. »Ich soll mir was Hübsches aus unseren Verlobungsringen machen lassen?«, kreische ich hysterisch, »so was … also, das ist ja wohl …«, mir fehlen die Worte, »das ist wirklich das GRAUSAMSTE, was ich jemals von einem Menschen gehört habe.« Jan sieht das jetzt anscheinend genau so, denn er wird erst rot, dann blass und hebt entschuldigend die Hände.

»Helen, es tut mir Leid, ich ... ich habe das wirklich nicht böse gemeint, ich dachte nur, weißt du, wir hatten doch eine schöne Zeit. Eine wunderschöne Zeit, trotz allem, ich dachte ...« Er redet sich um Kopf und Kragen! »... als Erinnerungsstück. Wir gehen doch nicht im Bösen auseinander, es ist doch bloß ...« Ha! Wie eine Furie schnelle ich auf ihn zu. Eigentlich ist es lächerlich, dass er vor meinen knapp eins sechzig zurückweicht, aber ich bin wahrscheinlich ein gefährlicher Anblick.

»Und in diesem Punkt, mein Lieber, irrst du dich gewaltig«, keife ich, »wir gehen so böse auseinander, böser kann man gar nicht auseinander gehen. Du kannst dein Stück Blech zurückhaben«, noch immer zerre ich wie verrückt an dem Ring, meine Stimme überschlägt sich, »verschwinde, komm mir nie wieder unter die Augen ...« Jan sieht mich noch einmal flehend an, dann dreht er sich um und verlässt fluchtartig das Café. In diesem Moment löst sich endlich der Ring, ich kann ihn mit einem knacksenden Geräusch vom Finger ziehen. Wütend werfe ich ihn Jan hinterher, als er gerade durch die Tür verschwindet. »Hier, lass ihn einschmelzen und mach dir was Hübsches daraus. Wie wär's mit einem Brustwarzenpiercing?« Aber in diesem Moment schlägt die Tür hinter Jan zu, mein Verlobungsring prallt an dem dunkelbraunen Holz ab und fällt leicht klirrend auf die roten Bodenfliesen. Plötzlich scheint sich die Welt von mir zu entfernen. Es ist ein Gefühl, als würde ich mitten in einem großen Ballen Watte stehen, alles ist so unwirklich, so fern und dumpf. Ich erkenne die Gesichter der Menschen ringsherum, alle sehen mich an, die meisten mitleidig, manche auch ein wenig ängstlich, als würden sie einen Amoklauf fürchten. Die

Gesichter werden größer, dann scheinen sie sich wieder zu entfernen, ebenso der Geräuschpegel aus Musik und Getuschel. Ich sehe mich selber, wie ich dort stehe und alle starren mich an. Ich bin so müde. Der Barkeeper kommt auf mich zu, fasst mich vorsichtig am Arm und plötzlich ist dieses Wattegefühl weg.

»Helen, bist du okay?« Er kennt meinen Namen? Irritiert sehe ich in seine blauen Augen. Natürlich, er heißt Martin. Er hat hier angefangen, kurz nachdem wir das Real zu unserem Stammlokal gemacht haben.

»Aber jetzt gibt es kein ›Wir‹ mehr. Jetzt muss ich lernen, wieder ein ›Ich‹ zu sein«, sage ich. Verständnislos sieht er mich an. Dabei habe ich gar nicht mit ihm geredet, sondern mit Sophia. Aber davon später. Martin guckt jetzt mehr als besorgt, ebenso wie die anderen Gäste. Einer von ihnen steht auf und reicht mir mein Glas Wasser von unserem Tisch. Meinem Tisch. Das ist nett von ihm. Sag Danke, Helen!

»Danke«, sage ich und nehme einen tiefen Schluck. Das tut gut. Es geht mir besser.

»Können wir was für Sie tun?«, fragt der Mann mich höflich. Ich blicke zu ihm auf. Nein, es wäre zu schön um wahr zu sein, wenn ich jetzt einem Doppelgänger von Brad Pitt oder Mel Gibson in die strahlend blauen Augen sehen würde. Aber das Leben ist kein Märchen, und deswegen blicke ich in zwei freundliche, jedoch von deutlichen Tränensäcken untermalte Augen, die mir aus einem etwas aufgeschwemmten Gesicht entgegensehen. Außerdem hat der Mann das, was man wohl freundlich eine »hohe Stirn« und einen »Wohlstandsbauch« nennt. In meinem jetzigen Zustand wäre ich wahrscheinlich nicht besonders wählerisch, deshalb kann ich von Glück sagen, dass er noch etwas anderes hat: nämlich eine nette schwarzhaarige Freundin mit großen dunklen Augen, die sich nun zu uns gesellt.

»Ja, sollen wir nicht vielleicht lieber einen Arzt rufen? Sie sehen wirklich sehr blass aus«, sagt sie und streichelt mir mit der Hand leicht über die Wange. Sofort schießen mir bei dieser zärtlichen Geste die Tränen in die Augen. Bloß das nicht. Nicht weinen! Wenn ich jetzt anfange zu weinen, dann höre ich nie wieder auf. Ich kämpfe den Kloß im Hals tapfer zurück und wage den Ansatz eines Lächelns:

»Nein, vielen Dank. Das ist nett von Ihnen, aber es geht mir gut.«

»Wirklich?«, erklingt es ungläubig aus drei Kehlen und die dazugehörigen Gesichter mustern mich skeptisch.

»Wirklich«, sage ich so überzeugend wie möglich. Auch für mich selbst. Vorsichtig drehe ich mich nach meinem Tisch um, gehe mit sehr geradem Rücken und erhobenem Haupt die paar Schritte darauf zu und greife nach dem weißgoldenen Reif auf der Platte. »Ich glaube, es ist besser, wenn ich jetzt nach Hause gehe und mich ein wenig ausruhe.« Meine Stimme scheint gar nicht zu mir zu gehören. Martin hat meinen Ring vom Boden aufgehoben und gibt ihn mir. »Danke. Dann noch einen schönen Abend alle zusammen. Ich hoffe, ich habe Sie nicht allzu sehr gestört.« Damit entblöße ich pflichtschuldigst ein weiteres Mal meine Zähne und verlasse das Real.

Ich gehe nicht nach Hause. Ich denke ja gar nicht daran. Ich habe etwas ganz anderes vor: Ich werde weinen. Die ganze Nacht lang. Weinen und schnapsen.

Aber sicher nicht in einem Lokal, in dem wir Stammgäste sind, Verzeihung, ich Stammgast bin. Nein, dazu suche ich mir einen geeigneten Laden. Genau so versifft und trostlos, wie es dem Anlass angemessen ist. Ich laufe ein Stück die Straße hinunter. Es dämmert bereits und eine Kirchenglocke schlägt aus einiger Entfernung sechs Mal. Meine linke Hand krampft sich um die beiden Ringe, die schon schmerzhafte Abdrücke in der Innenfläche hinterlassen. Vor einer morsch aussehenden Holztür, über der ein Schild mit der Aufschrift »Zum Harry« hin- und herpendelt, bleibe ich stehen. Zum Harry. Das klingt nach so einer Kneipe, in der sich schon mittags die Kumpels treffen, um das erste Bier zu zischen und über ihre Frauen abzulästern. Und wo um sechs alle schon betrunken unter den Stühlen hängen. Könnte genau das Richtige für mich sein. Die Tür geht auf und zwei hipp gekleidete Frauen Ende zwanzig kommen heraus. Hmm, ich hatte jetzt eher aus der Form geratene Mittfünfziger erwartet. Ich luge an ihnen vorbei ins Innere des Ladens. Sieht nicht schlecht aus. Nicht gerade versifft, im Gegenteil. Hübsch, geradezu gemütlich. Egal, ich will da mal nicht so wählerisch sein. Hauptsache, mich kennt hier keiner. Ich zumindest habe diesen Laden noch nie gesehen oder davon gehört. Mein ganzer Körper schreit mittlerweile nach Alkohol, und den werde ich hier bekommen. Das ist doch das Einzige, was zählt. Ich betrete also das »Zum Harry« und sehe mich um. Die meisten Tische sind belegt, aber da will ich mich sowieso nicht hinsetzen. Eine Frau in meiner Situation gehört an den Tresen. Da ist sie nah genug an den Flaschen, die das Vergessen bringen, und außerdem kann man dem Barkeeper ein Schnitzel an die Backe labern, wenn der Pegel entsprechend angestiegen ist. Obwohl ich nicht sicher bin, ob ich diese Geschichte überhaupt mit irgendjemandem teilen möchte. In diesem Moment fällt mir Lara ein. Meine allerbeste Freundin Lara, mit der ich eigentlich alles teile. Die sich seit Jahren tapfer mein Geheule über dieses und jenes anhört. Denn, das muss ich sagen, ich hatte in meinem bisherigen Leben nicht viel Glück mit den Männern. Bis vor zweieinhalb Jahren. Bis ich Jan kennen lernte. Da dachte ich, das Blatt habe sich gewendet. Und nun versetzt mir das Schicksal einen Tiefschlag, der seinesgleichen sucht. Eine Demütigung, die ich nicht auszusprechen wage, nicht mal gegenüber meiner besten Freundin. Jedenfalls noch nicht. Und auch Bernd, meinen besten Freund, will ich nicht anrufen. Der würde mich wieder mitleidig ansehen, in die Arme nehmen und in mein Haar hineinflüstern: »Warum hast du eigentlich niemals Glück mit den Männern, Lenchen? Irgendwas machst du falsch.« Exakt diese Worte habe ich in den letzten fünfzehn Jahren, seit denen ich Bernd kenne, so oft gehört – ich könnte es nicht ertragen, den Fehler in diesem Fall bei mir zu suchen. Außerdem hasse ich es, dass Bernd mich hartnäckig Lenchen nennt. Ich sehe schon, ich werde allein mit meinem Schicksal hadern müssen. Ich brauche was zu trinken. Sofort! Also hänge ich meine Tasche über einen der braunen abgeschabten Barhocker und setze mich dann obendrauf. Ja, das mag paranoid klingen, aber nachdem mir an einem Kneipenabend vor knapp drei Jahren mein gesamtes Hab und Gut geklaut worden ist, bin ich vorsichtiger geworden. Der Bursche hinter dem Tresen poliert gerade ein Weinglas und grinst mich an:

»Hi!«

»Hi«, gebe ich zurück. Das könnte schon eher der Märchenprinz sein. Hübscher Kerl. Trägt ein enges schwarzes T-Shirt und eine schmal geschnittene helle Jeans. Seine Augen sind unverschämt blau, die zotteligen braunen Haare und der Drei-Tage-Bart geben ihm was Verwegenes. Aber ich bin schließlich nicht zum Vergnügen hier. Ich muss Trauerarbeit leisten. Sagt Sophia. Wie alt mag er sein? Ende zwanzig? Der wird sich vermutlich nicht meine Sorgen anhören, aber immerhin hat er alles, was ich sonst noch brauche: »Einen trockenen Weißwein und einen goldenen Tequila.« Sein Gesicht zuckt nur ganz kurz, dann hat er sich wieder unter Kontrolle. Dafür sieht er mich jetzt durchdringend an. Das kenne ich schon. Trotz meiner beinahe dreißig (in zwei Monaten ist es so weit) sehe ich, zumindest in Jeans und mit (heute ausnahmsweise) wenig Make-up und zwei blonden Zöpfen hinter den Ohren aus, als dürfe ich noch nicht Auto fahren. Eventuell Mofa. Kein Witz. Ich bin nicht viel größer als eine Parkuhr. In meinem Personalausweis steht ein Meter dreiundsechzig, da kann man aber getrost vier Zentimeter abziehen. Meine körperliche Entwicklung ist ebenfalls mit fünfzehn Jahren stehen geblieben, die großen blauen Augen und die sommerbesprosste Himmelfahrtsnase vervollständigen das Kindchenschema.

»Ich weiß, ich sehe jung aus, aber ich bin neunundzwanzig. Willst du meinen Ausweis sehen«, blaffe ich ihn an.

»Äh, nicht nötig«, sagt er eingeschüchtert, »kommt sofort.« Während ich warte, erscheint Sophia neben mir auf der Bildfläche. Die kann ich im Moment gar nicht gebrauchen. In ihrem tadellos sitzenden hellgrauen Nadelstreifenkostüm steht sie neben meinem Barhocker und sieht mich mit einer Mischung aus Verständnis, Mitgefühl und elterlicher Strenge durch ihre Brillengläser an. Ich wende mich unwillig von ihr ab. Ich will jetzt nicht reden. Zum wiederholten Male verfluche ich meine Psychotherapeutin Sabine Klein, die mir Sophia aufgehalst hat. Denn Sophia ist meine innere Therapeutin. Seit der Stunde, in der mir Sabine Klein davon erzählt hat, dass wir alle einen Therapeuten in uns tragen, läuft mir Sophia nach wie eine Klette. Ständig hinterfragt sie, was ich tue, warum ich es tue und was ich dabei fühle. Zugegeben, sie kann auch mal nützlich sein, aber meistens geht sie mir auf die Nerven. Jetzt zum Beispiel. Ich konzentriere mich ganz fest auf die Getränke, die gerade vor mich auf den Tresen gestellt werden und Sophia verpufft. Ja, ich habe immer noch die Kontrolle, denn schließlich ist sie ein Teil von mir. Und Kontrolle ist mir wichtig!

In der nächsten Dreiviertelstunde trinke ich eine Flasche Wein und vier Tequila. Da sieht die Welt doch gleich ganz anders aus. Verschwommen und trostlos. Was stimmt denn nicht mit mir? Warum muss so etwas ausgerechnet mir passieren?

Das hätte ich vielleicht nicht fragen sollen, denn solche Fragen rufen Sophia auf den Plan. Sie lässt sich auf dem Hocker neben mir nieder, schlägt die Beine übereinander und sieht mich durchdringend an, während ich mich schon leicht windschief am Tresen festklammere und Zimt von meinem Handrücken schlabbere. Und dann fängt sie an, mich voll zu labern:

»Okay, Helen, lass uns darüber sprechen!« Nein, ich will nicht darüber sprechen. Verschwinde. Meine Therapeutin schüttelt bekümmert den Kopf über meine Uneinsichtigkeit:

»Helen«, sagt sie mit dieser sanften, einlullenden Stimme, »zunächst einmal möchte ich dir sagen, dass deine Reaktion auf diese Geschichte völlig normal ist.« Danke. Da fühle ich mich so viel besser. Ich werfe ihr einen scheelen Blick von der Seite zu, doch sie lässt sich nicht beirren und fährt ungerührt fort: »Wir Menschen reagieren alle gleich auf Ausnahmesituationen. Die erste Phase ist die des Schocks, wie du sie eben erst erlebt hast. Und dann kommt die Verdrängung. Verdrängung ist ein Mittel der Psyche, dich funktionsfähig zu halten, wenn du die Wahrheit nicht ertragen könntest, ohne dass deine Lebensfähigkeit massiv beeinträchtigt würde.« Ich verdränge überhaupt nichts. Ich will nur nicht darüber reden. Langsam werde ich wirklich sauer. »Aber, liebe Helen, du wirst weiterleben. Es ist eine irrationale Angst von dir zu glauben, dass du diese Kränkung nicht überleben kannst.« Wer hat denn was von Sterben gesagt? Ich doch nicht. Und überhaupt, ich bin nicht gekränkt. Im Gegenteil, es geht mir blendend. Energisch kippe ich mir einen weiteren Tequila die Kehle hinunter. Er schmeckt genauso schlimm wie die davor, aber mir fehlt die Kraft, das durch etwaiges Schütteln zu kommentieren. Wenn Sophia doch endlich die Klappe halten würde. Ich bekomme Kopfschmerzen von ihrem Gelaber. Aber nein, sie denkt überhaupt nicht daran: »Du musst es aussprechen. Stell dich den Tatsachen, erst dann kannst du es verarbeiten. Komm, Helen, du schaffst es. Sag, wie es ist. Sprich es aus und nimm ihm den Schrecken.« Ich starre auf die Pfütze in meinem Weinglas und konzentriere mich darauf, Sophia von hier wegzubeamen. Und richtig, ich kann förmlich spüren, wie sie beginnt, ein wenig flacher zu atmen. Hier kommt wieder einer meiner Lieblingswitze zum Tragen: Wie viele Therapeuten braucht man, um eine Glühbirne einzuschrauben? Antwort: Einen! Nur die Glühbirne muss auch wirklich wollen.

Ich will nicht. Ich will noch einen Tequila. Mit einer ungeduldigen Handbewegung versuche ich, Sophia endgültig von dem Barhocker neben mir zu verscheuchen. Der Barkeeper deutet mein Gefuchtel als Wink, mir einen neuen Drink einzuschenken. Großartig! Zwei Fliegen mit einer Klappe! Was ist heute doch für ein großartiger Tag. Und Sophia bleibt tatsächlich nichts anderes übrig, als sich endlich zu trollen. Über die Schulter rufe ich ihr hinterher:

»Siehst du jetzt, wer hier die Oberhand hat? Ha!« Da dreht sie sich mit einem Ruck zu mir um. Mit wenigen Schritten ist sie bei mir, funkelt mich mit ihren durch die Brillengläser unnatürlich vergrößerten grünen Augen an, öffnet den Mund und sagt:

»Dein Freund ist schwul. Ach nein, jetzt ist er ja wohl dein Exfreund.« Und nach einer Kunstpause schiebt sie noch ein triumphierendes »Ha!« hinterher, bevor sie sich auf dem Absatz umdreht und verschwindet.

Wie ein hypnotisiertes Kaninchen sitze ich auf meinem Hocker. Jetzt ist es raus. Jan ist schwul. Oh Gott, ich bin so unglücklich! Ich könnte jetzt wirklich gut eine Therapeutin brauchen. Ich schaue mich hoffnungsvoll um, ob Sophia nicht vielleicht zurückkommt, aber sie lässt sich nicht blicken. Stattdessen setzt sich ein dunkelhaariger breitschultriger Mann neben mich an den Tresen und begrüßt den Barkeeper:

»Hi, Pete. Einen Martini, bitte.« Uh, ein James Bond. Gerührt, nicht geschüttelt, oder was? Mit einem schrägen Seitenblick auf den Typ kippe ich den sechsten Tequila mit Schwung hinunter und sage:

»Hey, Pete. Noch mal dasselbe, ja?« Pete grinst und nickt. In diesem Moment beginnt Kate Winslet aus den Lautsprecherboxen zu trällern: »What if I had never let you go?« Oh mein Gott, unser Lied. Okay, eines unserer Lieder. Ist das ein Zeichen? Was wäre gewesen, wenn ich ihn wie diese Verrückte aus »Misery« ans Bett gekettet, ihm mit einem riesigen Hammer die Fußknöchel zerschmettert und ihm so die Möglichkeit genommen hätte, jemals wieder zu »gehen«? Wäre er dann vielleicht noch hetero? Mein Hetero? Tränen strömen unaufhaltsam meine Wangen herunter, ich bemerke, wie mich sowohl mein Nachbar mit seinen schönen dunkelbraunen Augen als auch Barkeeper Pete ein wenig besorgt mustern. Ach, lasst mich doch alle in Ruhe. Ich lasse meinen Kopf auf meine Arme sinken und höre zu, was Kate mir zu sagen hat. Was wäre, wenn ich dich nicht hätte gehen lassen? Wärest du noch der Mann, den ich einmal kannte? Wenn ich geblieben wäre, wenn wir es versucht hätten, ach, wenn wir doch die Zeit zurückdrehen könnten. Jetzt werde ich es nie erfahren.

Mit einem Ruck richte ich mich auf und verliere dabei beinahe das Gleichgewicht. Nein, so darf es nicht enden. Ich darf nicht aufgeben, er wird zurückkommen. Schließlich haben wir uns doch geliebt. Zweieinhalb Jahre lang hat er mit mir geschlafen und sich nie beschwert. Diese ganze Ich-bin-jetzt-schwul-Geschichte, das ist sicher nur eine Phase. Ja! Ich fühle mich plötzlich seltsam getröstet. Das ist nicht das Ende! Alles wird gut. Ich ignoriere die Tatsache, dass Jan ein erwachsener Mann von dreiunddreißig Jahren ist und kein pubertierendes Jüngelchen, das im Zeltlager mit den anderen Jungs um die Wette wichst. Er ist nicht schwul. Wie könnte er? Und vor allem, was würde das über mich als Frau sagen? Darüber will ich nicht nachdenken. Ich muss ihn anrufen. Also gehe ich auf Tauchstation, um in meiner Handtasche nach meinem Handy zu angeln. Ich krame erfolglos, verliere plötzlich den Halt und komme ins Rutschen. Mit einem Aufschrei kippe ich nach vorne, der Hocker unter meinem Hintern gleich mit und ich lande mit dem Gesicht geradewegs im Schritt meines Tresengefährten. Ein erschrockenes Zucken geht durch seinen Körper, dann hilft er mir dabei, mich wieder aufzurappeln. Mit knallrotem Kopf tauche ich leicht schwankend wieder auf und kralle meine Fingernägel in das dunkle Holz der Bar.

»Tschuldigung«, nuschele ich, »ich wollte bloß mein Handy …«

»Nichts passiert. Ich bin Michael«, sagt er und strahlt mich an. Na, war ja klar. Der denkt jetzt wohl, das war eine Vorschau auf heute Nacht, was? Fürsorglich hilft er mir auf den Barhocker zurück.

»Ich heiße Helen«, sage ich kurz und beuge mich wieder zu meiner Tasche hinunter. Schließlich habe ich mein Handy immer noch nicht. Und ich muss Jan jetzt anrufen, unbedingt. Habe keine Lust, mich jetzt von irgendeinem Kerl anbaggern zu lassen. Michael hält mich an den Schultern fest und richtet mich wieder auf.

»Sag mal, was hast du eigentlich vor? Willst du dich noch mal runterstürzen?«

»Ich brauche mein Telefon«, sage ich unwirsch und so würdevoll, wie nur möglich. Das ist gar nicht so einfach. Ich bin nämlich wirklich schon ziemlich abgefüllt. Wenn mein Gegenüber das mitkriegt, werde ich ihn gar nicht mehr los. »Ich muss meinen Freund anrufen«, füge ich deshalb noch hinzu und beuge mich erneut nach vorne. In diesem Moment wird mir plötzlich sehr schwindelig und sehr schlecht, und ehe Michael etwas unternehmen kann, plumpse ich erneut wie ein nasser Sack vom Stuhl. Jammernd liege ich auf dem Boden, über mir das besorgte Gesicht von Michael und das feixende Gesicht von Pete, der sich weit über den Tresen beugt und meinen Anblick unheimlich komisch zu finden scheint. Ein zweites Mal hilft Michael mir hoch, während Pete den Tequila hochhält und fragt:

»Bist du sicher, dass du den noch willst?« Klar! Her damit!

»Ich glaube, sie hat genug«, antwortet Michael an meiner statt. Na, da hört sich doch alles auf. Ist Sophia jetzt inkognito hier oder was ist los?

»Einen Doppelten«, krakeele ich und klammere mich an

Michael fest. Der hat mir gar nichts zu sagen. Herausfordernd gucke ich ihn an. Was gar nicht so einfach ist, bei so viel Alkohol im Blut verliere ich leicht die Kontrolle über meine Augen und fange an zu schielen. Mit aller Konzentration fixiere ich den Kerl, der da glaubt, mich bevormunden zu können. Er hat kurz geschnittenes, lockiges Haar, sanfte braune Augen, eine schmale gerade Nase und verführerisch geschwungene Lippen. Hmmmm! Trotzdem darf er mir nicht so kommen. »Was dagegen?«, herrsche ich ihn an. Er guckt ganz ruhig zurück, nimmt meine Hand und sagt:

»Was ist denn mit dir los, Helen?« Augenblicklich fängt meine Unterlippe an zu zittern. Verdammt! Ich bemühe mich, meine Gefühle und Unterlippe wieder unter Kontrolle zu bekommen – mit leidlichem Erfolg. Der schließlich völlig zunichte gemacht wird, als Michael mir leicht seine Hände auf die Schultern legt und sanft sagt:

»Ist schon okay. Du kannst ruhig weinen.« Meiner Kehle entfährt ein Schluchzer, ich breche hier und jetzt in den Armen eines wildfremden Mannes zusammen und heule wie ein kleines Kind, den Kopf an seine breite Brust gelehnt. Mann, tut das gut. Der Zyniker in mir erklärt mir natürlich, dass ich jetzt nicht umhinkommen werde, mit Michael ins Bett zu gehen, aber das ist mir total egal. Von mir aus. Es tut so gut, von ihm im Arm gehalten zu werden, außerdem sieht er ziemlich klasse aus und Jan könnte ich noch richtig eins reinwürgen damit, dass ich mit einem anderen geschlafen habe. Das hat er ja schließlich auch getan. Genau das!

Nachdem ich schätzungsweise einen Liter Flüssigkeit verloren habe, löse ich mich langsam wieder von Michael. Verlegen starre ich auf sein ehemals hellblaues Oberhemd, das jetzt einen feuchten grauen Wimperntuschen-Tränen-Fleck aufweist.

»Macht nichts«, sagt er wegwerfend. Ich krabbele wieder auf meinen Hocker, und im gleichen Moment knallt Pete mir den doppelten Tequila vor die Nase. »Möchtest du drüber reden«, fragt Michael mich sanft. Ich zögere kurz und entscheide mich dann dagegen. Ich kann doch diesem Mann nicht erzählen, dass ich eine Frau bin, nach der Männer schwul werden. Und außerdem, daran halte ich fest, ist da noch nicht das letzte Wort gesprochen. Wie gesagt, ist doch nur eine Phase. Und wenn Jan wieder zur Vernunft gekommen ist, würde er es bestimmt nicht schätzen, wenn ich in der Welt rumposaunt hätte, dass er ne Schwuchtel ist. Verzeihung, war nicht abwertend gemeint.

»Danke, es geht schon«, schniefe ich und versuche ein leichtes Lächeln. Dann greife ich nach dem Schnapsglas vor mir. Bei dem bereits erreichten Pegel verzichte ich auf Orange und Zimt und stürze das Zeug einfach pur herunter. Michael schüttelt es sichtlich bei diesem Anblick.

»Ist ja nicht zu fassen, was in so eine kleine Person alles reingeht«, sagt er ehrlich erstaunt, »mich wundert, dass du überhaupt noch einen vernünftigen Satz rausbekommst.« In diesem Moment beginnt die Welt um mich herum, sich zu drehen. Erst langsam, dann immer schneller und schneller, dazu kommt jetzt auch noch eine horizontale Wellenbewegung wie bei diesen ganz gemeinen Kirmeskarussells, in denen einem sofort die Zuckerwatte wieder hochkommt. Verstört blicke ich Michael an, sein Gesicht wabert auf und ab und wird plötzlich ganz groß. Ach so, er kommt auf mich zu.

»Miiihiiissss.« Plötzlich habe ich meine Zunge nicht mehr unter Kontrolle. »Miiihhiiisssss schlächch«, versuche ich es erneut, aber keine Chance. Oh Gott, ist mir plötzlich übel. Wenn diese verdammte Kneipe bloß aufhören würde, sich zu drehen. Zum dritten Mal an diesem Abend kippe ich vom Stuhl und hänge erneut in Michaels Armen. Na, macht nichts, sein Hemd ist ja eh schon ruiniert.

»Okay, ich glaube, du musst jetzt dringend ins Bett«, höre ich Michael über meinem Kopf sagen. Hab ich's doch geahnt. Jetzt will er mich abschleppen.

»Nichchchchmimia«, versuche ich ihm klar zu machen. Er guckt verständnislos und klemmt mich unter den Arm. Da hänge ich nun also und gucke mir interessiert die bunten Lämpchen an, die um den Ficus in der Ecke geschlungen sind. Hübsch. Wie aus weiter Ferne höre ich Pete sagen:

»Also, dein Martini macht fünf Euro und die Lady hatte vier Weißwein und sieben Tequila, macht … zweiundvierzig Euro.«

»Okay!« In diesem Moment sehe ich eine behaarte Männerhand, die sich meiner Handtasche nähert, die noch immer über dem Barhocker hängt. Als sie nur noch wenige Zentimeter davon entfernt und ihre Absicht eindeutig ist, werfe ich mich mit einem Hechtsprung nach vorne und reiße die Tasche an mich. Puh, gerade noch rechtzeitig. Erleichtert presse ich die Beute an meine Brust.

»Helen, gib mir deine Tasche, damit ich deine Rechnung bezahlen kann«, sagt Michael langsam und deutlich zu mir. Da kann ja jeder kommen. Und wenn ich in meinem jetzigen Zustand bin, dann wollen mich die Männer entweder flachlegen oder beklauen. Und dieser hier will anscheinend beides zusammen.

»Krrrichchchsssuniiicccchhh«, sage ich bestimmt.

»Du kriegst sie ja gleich wieder«, verspricht er mir und greift nach der Tasche.

»Nein«, schreie ich so laut ich kann. Alle Köpfe drehen sich in unsere Richtung und Michael zieht schnell die

Hand zurück. Er guckt mich wütend an und greift dann nach seinem eigenen Portemonnaie. Klar ist er jetzt sauer, schließlich habe ich ihm die Tour vermasselt. Allerdings mag ich es nicht, wenn jemand böse mit mir ist. Michael knallt einen Fünfzig-Euro-Schein auf den Tresen.

»Stimmt so. Tschüß.« Er schnappt sich seine Jacke und zieht sie an.

»Hey, was ist denn mit ihr?«, fragt Pete. Ich stehe da wie bestellt und nicht abgeholt. Michael guckt mich so kalt an, dass mir die Tränen in die Augen steigen. Eben hat er mich doch noch so liebevoll im Arm gehalten. Ich lehne mich gegen ihn und gucke ihn von unten herauf (er muss mindestens ein Meter fünfundachtzig sein) treuherzig an.

»Na schön«, knurrt er dann auch, »ich setze sie in ein Taxi.« Halb schleift er mich, halb trägt er mich aus der Kneipe hinaus und auf die Straße.

Ist ja stockduster mittlerweile. Und ganz schön kalt. Fröstelnd ziehe ich die Schultern hoch. Nüchtern macht mich die frische Luft allerdings nicht.

»Also, wo wohnst du?«, fragt Michael mich und winkt gleichzeitig ein Taxi herbei. »Wo du wohnst, will ich wissen.« Wo ich wohne? Gute Frage! Es fällt mir im Moment partout nicht ein. Ich weiß, dass ich mal in der Helenenstraße in Altona gewohnt habe. Helenenstraße 12. Das war meine erste eigene Wohnung vor zehn Jahren. Jawoll! Dann bin ich umgezogen. Und wohin? Angestrengt lege ich die Stirn in Falten, aber ich komme einfach nicht drauf. Das Taxi hält neben uns und Michael sieht mich erwartungsvoll an. Ich finde es gerade wahnsinnig komisch, plötzlich obdachlos zu sein und fange an zu gackern.

»Jetzt sag schon«, fährt Michael mich genervt an.

»Weeeiiißßnnichh«, pruste ich.

»Wird ja wohl auf deinem Perso stehen«, sagt er und greift nach meiner Tasche. Sofort versteife ich mich, kralle meine Nägel in das schwarze Leder und sehe ihn drohend an.

»Was ist denn nu?«, erklingt es gereizt vom Fahrersitz des Taxis.

»Schon gut«, sagt Michael und schiebt mich auf den Rücksitz, »dann kommst du eben mit zu mir. Osterstraße 30«, ruft er nach vorne. Jetzt klingt er schon wieder so böse, dabei sollte er sich doch eigentlich freuen, dass ich mit zu ihm komme, oder? Ich betrachte ihn interessiert von der Seite und lehne mich gegen seine Schulter, um mich wieder bei ihm einzuschmeicheln. Ich betrachte sein Profil. Es ist richtig schön, klassisch-griechisch. Jan wird wahnsinnig eifersüchtig sein, wenn ich mit diesem Mann schlafe. Fragt sich nur, ob auf ihn oder auf mich. Schluchz. Im Moment macht Michael allerdings keine Anstalten, mit mir zu knutschen oder so, aber das ist mir eigentlich ganz recht. Der Taxifahrer legt sich ziemlich rasant in jede Kurve, und um mich herum dreht sich schon wieder alles. Ich mache lieber kurz die Augen zu und konzentriere mich auf den Punkt zwischen meinen Augenbrauen.

2.

Vorsichtig öffne ich mein linkes Auge. Ein Lichtstrahl findet den Weg durch die noch halb geschlossenen Lider, durch meine Pupille auf die Netzhaut und weiter bis in die Mitte meines Schädels, wo er eine wahre Schmerzexplosion verursacht, die mich aufstöhnen lässt. Schnell presse ich die Augen wieder fest zu und warte ab, bis sich die Wellen des Schmerzes geglättet haben. Ich versuche, einen klaren Gedanken zu fassen. Warum tut mir der Kopf so weh? Was ist passiert? Wie spät ist es? Welchen Tag haben wir heute? Welches Jahr? Etwas kratzt mich am Kinn. Ich taste mit den Fingern danach und stelle fest, dass ich unter einer ziemlich verfilzten dunkelblauen Wolldecke liege. Was ist denn bloß über Nacht aus meiner wundervollen, neuen silbernen Satinbettwäsche geworden? Langsam kommen mir unzusammenhängende Bilder von gestern Abend in den Sinn. Das Café Real, die Verlobungsringe, Jans Coming-out. Und da war doch noch jemand, wie hieß er noch gleich? Vor meinem inneren Auge erscheint ein bis zum Rand gefülltes Schnapsglas mit einer goldenen Flüssigkeit darin. Tequila. Bei diesem Gedanken dreht sich mir der Magen um, ungeachtet des Kopfschmerzes öffne ich meine Augen, presse mir die Hand vor den Mund und suche hektisch nach irgendetwas, in das ich mich übergeben kann. Gott sei Dank brauche ich nicht lange zu suchen: Direkt neben der Couch auf der ich liege steht ein himmelblauer Zehn-Liter-Eimer, der mir, dem Inhalt nach zu schließen, anscheinend heute Nacht schon einmal zu Diensten stand. Würg! Im wahrsten Sinne des Wortes.

Nachdem ich mich entleert habe, sinke ich stöhnend zurück und lasse meine Augen sehr vorsichtig durch den mir fremden Raum wandern. Ein gerahmtes Poster der Skyline von New York hängt genau über dem Sofa, gegenüber steht ein riesiger Fernseher mit Videorekorder, DVD-Player und noch allerlei Gerätschaften. Mannshohe Boxen in jeder Ecke, ein gläserner Esstisch mit vier extravaganten türkisfarbigen Stühlen, zwei Sitzsäcke auf dem Fußboden, daneben ein Couchtisch mit Zeitschriften. Spiegel, Stern, Auto, Motor und Sport. Eindeutig ein Männerwohnzimmer. Petes Wohnzimmer. Nein, Michael hieß er doch, oder? Und wer bitte schön ist Pete? Was zum Teufel ist passiert? Ach, ich weiß, er wollte meine Tasche klauen. Und dann saßen wir plötzlich im Taxi. Ganz eindeutig hat er meinen Zustand ausgenutzt und mich in seine Wohnung verschleppt. Das ist doch die Höhe! Mein Blick fällt auf ein paar Stoffstücke auf dem Boden neben mir, die unschwer als meine Bluse und Hose zu identifizieren sind. Oh nein, bitte nicht! Mit der Hand fahre ich unter die Decke und taste meinen Körper ab. Er steckt in einem riesigen T-Shirt. Den Slip habe ich noch an, aber das will wirklich nichts heißen. Vorsichtig befühle ich meinen Schritt. Hm, nichts Außergewöhnliches festzustellen. Besonders wild scheint es nicht zugegangen zu sein. Oder der Mann ist trotz seines Körperbaus dort unten eher im Lande Liliput ausgestattet worden. Oh Gott, ich kann es nicht glauben. Ich kann mich an nichts, an gar nichts erinnern. Was ist bloß los mit mir? Ich nehme doch nicht mal die Pille. Haben wir ein Kondom benutzt? Was, wenn nicht? Ungewollte Schwangerschaft, Aids, Tripper, Herpes. Horrorszenarien schießen mir durch den Kopf. Wie kann man nur so die Kontrolle verlieren? Mein Gott, ich bin neunundzwanzig Jahre alt. Ist mir schlecht. Mühsam setze ich mich auf. Beim Anblick des gut gefüllten Eimers neben mir wird mir noch ein bisschen schlechter. Ich ziehe mir das T-Shirt über den Kopf und angle nach meinen Klamotten auf dem Fußboden. Sie sind natürlich völlig zerknautscht. Na toll. Damit mir auch jeder auf der Straße ansieht, dass ich von einem One-Night-Stand nach Hause wanke. Am liebsten würde ich mich jetzt einfach so schnell es geht von dannen schleichen, aber ich kann meine Kotze hier nicht einfach so stehen lassen. Auch wenn dieser Michael das vielleicht verdient hatte. Wo steckt der eigentlich? Ich halte die Luft an und greife nach dem Eimer. Dann gehe ich zur Tür und betrete einen lang gezogenen Flur, der mit graublauem Teppich ausgelegt ist. Drei Türen gehen davon ab, alle geschlossen. Ich öffne eine von ihnen, und siehe da, es ist das Badezimmer. Ich entsorge also meinen Mageninhalt, spüle den Eimer im Waschbecken aus und meinen Mund gleich mit und sehe mich dann im Spiegel an. Die Haut ist fahlgelb, auf der Stirn wächst ein riesiger Pickel und meine Augen sind so geschwollen, als hätte ich die ganze Nacht durchgeheult. Habe ich das? Das Make-up ist verschmiert, die Haare am Ansatz fettig und in den Spitzen zerzaust. Ein Albtraum. Wenn ich so von einem meiner Kunden gesehen würde, könnte ich mir sofort einen anderen Job suchen. Denn ich bin eine Typberaterin. Einkaufsgehilfin, Stylistin, manchmal persönliche Trainerin, was immer Sie brauchen, um sich selbst zu verbessern, zu perfektionieren, kurz: um das Beste aus sich rauszuholen. Das bin ich. Vielleicht sollte ich ein Foto von mir in meinem jetzigen Zustand machen, die Augen hinterher mit einem schwarzen Balken abdecken und das Bild meinen Kunden als abschreckendes Beispiel dessen zeigen, was Alkohol aus einem Menschen machen kann. Ach nein, lieber nicht. Mir fehlt sowieso der Elan zu irgendetwas. Wahrscheinlich werde ich nie wieder arbeiten. Jan schleicht sich wieder in meine Gedanken. Dieser Mistkerl! Er ist an allem schuld! Wenn ich mir bei diesem Michael jetzt eine Geschlechtskrankheit eingefangen habe, dann werde ich Jan persönlich dafür zur Verantwortung ziehen. Ich will lieber nicht daran denken, wie einen Syphilis-Ausschläge entstellen können. Von den tödlichen Folgen mal ganz abgesehen.

Ich lasse den Eimer mitten im Raum stehen und verlasse das Bad. Eigentlich wollte ich zurück ins Wohnzimmer, mir meine Tasche schnappen und abhauen, doch plötzlich stehe ich mitten in einer urgemütlichen, weiß-blauen Küche. Es duftet nach frisch gebrühtem Kaffee und getoastetem Weißbrot. Vier Augen, zwei dunkelbraune und zwei blaue, sehen mich an und vier Zahnreihen (sehr weiß, bestimmt gebleicht) entblößen sich bei meinem Anblick. Michael und ...?

»Das ist Nick.« Einen Mitbewohner hat er also auch noch. Und der hat wahrscheinlich alles gehört. Oder selber mitgemischt? Ich wünschte, ich könnte mich an irgendetwas erinnern. Oder nein, vielleicht doch besser nicht.

»Hallo«, murmele ich verschämt. Nick erhebt sich halb von seinem Hocker, reicht mir die Hand und streicht sich dabei mit der anderen eine rotblonde Locke aus der Stirn.

»Freut mich.«

»Komm, setz dich«, sagt Michael freundlich und schiebt mir einen Hocker hin, »möchtest du Kaffee?« Etwas verunsichert stehe ich in der Gegend herum. Ich habe keinerlei Erfahrung mit solchen Situationen. Eigentlich möchte ich nur so schnell wie möglich hier verschwinden. Mein Blick fällt auf die gelbe Wanduhr. Fast halb zehn. Unter der Uhr steht eine Kaffeemaschine. Ein richtiges High-Tech-Gerät mit allem Drum und Dran. Zaubert bestimmt ganz tollen Schaum. Na schön, ein schneller Kaffee, was soll's? Ach du Schande. Siedend heiß fällt mir Frau Biergarten ein, mit der ich in einer guten halben Stunde verabredet bin. Beruflich, versteht sich. Verdammt! Es handelt sich um einen ersten (und damit ungeheuer wichtigen) Termin. Stellt sich die Frage, was schlimmer ist: alles eine halbe Stunde vorher platzen zu lassen oder aufzukreuzen und auszusehen, als hätte man die ganze Nacht gesoffen und sich von einem Fremden durchvögeln lassen.

»Ich muss kurz telefonieren. Mach mir doch schon mal nen Kaffee«, sage ich zu Michael, der ob meines unbeabsichtigten Befehlstons erst ein verblüfftes Gesicht macht und dann mit rauchiger Stimme sagt:

»Natürlich, Meisterin, kommt sofort! Zu Ihren Diensten bei Tag und bei Nacht.« Er wirft Nick ein breites Grinsen zu und wendet sich der Kaffeemaschine zu. Irritiert starre ich auf seinen breiten Rücken. Was zum Teufel ist hier heute Nacht abgegangen? Helen, Frau Biergarten wartet. Oh, richtig, danke, Sophia. Ich werde mich jetzt sofort darum kümmern. Ich stolpere aus der Küche, nehme die nächste Tür, aha, das hier ist das Wohnzimmer und krame in meiner Tasche nach meinem Handy. Ich habe nicht mal eine Mobilfunknummer von Frau Biergarten. Aber nach dem zweiten Klingeln geht sie an ihr Festnetztelefon. Gott sei Dank!

»Hallo?«

»Guten Morgen, Frau Biergarten«, mein erster Tipp für sie wäre, dass sie sich einen neuen Namen zulegt, »hier spricht Helen Ramien.«

»Hallo, Frau Ramien. Schön, dass Sie anrufen. Finden Sie's nicht? Ich freue mich schon so auf Ihren Besuch. Ich bin schon ganz aufgeregt, wissen Sie? Endlich tue ich mal etwas nur für mich! Ich bin …«

»Ja, Frau Biergarten«, bremse ich den Redefluss, »es tut mir schrecklich Leid, ich muss den Termin für heute leider absagen.«

»Ach soooooo«, kommt es lang gezogen zurück. Sie klingt furchtbar enttäuscht. Jetzt brauche ich schnell eine gute Ausrede. »Ich hatte mich doch so gefreut.«

»Ich mich doch auch, Frau Biergarten, sehr sogar«, labere ich daher, um Zeit zu schinden, »wissen Sie«, der hellblaue Eimer fällt mir genau im richtigen Augenblick ein, »ich habe ganz plötzlich Magenprobleme bekommen.«

»Oh.«

»Und vielleicht habe ich mir bloß ein wenig den Magen verdorben, aber es könnte ja auch dieses Magen-Darm-Virus sein, das im Moment grassiert. Und ich möchte Sie auf keinen Fall anstecken.«

»Oje, nein, dann bleiben Sie bloß weg. Wissen Sie, meine Cousine liegt seit über einer Woche flach. Sie kann gar nichts bei sich behalten, wissen Sie, und selbst wenn nur noch Galle hochkommt …« Mir wird schon wieder schlecht.

»Ich glaube, es geht schon wieder los, ich muss auflegen, Frau Biergarten. Ich melde mich bei Ihnen?«

»Tun Sie das. Gute Besserung. Und vergessen Sie nicht, viel zu trinken, am besten Kräuter …« Aber da habe ich das Gespräch schon beendet. Was für eine Labertasche. Das wird anstrengend. Zumindest war sie nicht wütend. Ich sehe schnell in meinem Terminkalender nach. Keine weiteren Verabredungen heute. Na gut, dann spricht ja nichts gegen einen Kaffee. Ich gehe also zurück in die Küche, lasse mich vorsichtig auf die dargebotene Sitzgelegenheit gleiten und rutsche ein bisschen hin und her. Sitzen tut nicht weh. Haben wir vielleicht doch nicht? Das wäre zu schön um wahr zu sein. Durchdringend mustere ich Michael von der Seite, während er mir einen ziemlich perfekten Latte Macchiato im Glas serviert. Das nenne ich einen Service!

»Danke«, sage ich und versenke mein Gesicht im Milchschaum. Sieht Michael aus, als hätte er heute Nacht Sex gehabt? Ich bin mir nicht sicher. Wir drei sitzen also rund um den kleinen runden Küchentisch und die beiden Herren versuchen, Konversation zu machen.

»Na, dir ging es wohl gestern Abend nicht besonders?«, fragt Nick und hält mir einen gebutterten Toast mit Marmelade unter die Nase. Ich horche kurz in mich hinein. Kann ich es wagen, Nahrung zu mir zu nehmen? Mein Magen knurrt laut und vernehmlich. Ja, ich denke, ich kann. Und wenn nicht, weiß ich ja jetzt, wo das Badezimmer ist. Ich greife also zu und antworte:

»Nein, nicht besonders, aber ich möchte nicht darüber reden.«

»Ist okay.« Wir kauen schweigend, bis Michael fragt:

»Sag mal, was machst du eigentlich beruflich, Helen?«

»Ich bin Typberaterin.«

»Typberaterin?«, fragt Nick mit einem ungläubigen Blick. »Willst du damit sagen, Menschen bezahlen Geld dafür, dass du ihnen sagst, wie sie mehr aus sich machen können?« Vielleicht bilde ich es mir nur ein, aber ich bin ganz sicher, gehört zu haben, dass er das DU besonders betont hat.

»Allerdings«, blaffe ich ihn an. Am liebsten würde ich ihm die Augen auskratzen, die mich da kritisch von oben bis unten betrachten. Klar, wahrscheinlich sehe ich nicht viel besser aus als der Inhalt des himmelblauen Eimers heute Morgen. Ja, ich bin momentan vielleicht nicht gerade eine Augenweide, aber das wäre wohl niemand nach einer solchen Nacht. Und mein Outfit ist typgerecht, passt farblich optimal zu meinem Teint und wäre nicht so zerknittert, wenn dieser Idiot von Michael sich die Mühe gemacht hätte, es wenigstens über einen Stuhl zu hängen. Oder habe ich selber mir ekstatisch die Kleider vom Leib gerissen und sie auf den Boden geknüllt? Ganz ehrlich, das passt überhaupt nicht zu mir. Schon gar nicht, wenn ich eine Hundertfünfzig-Euro-Bluse von Freesoul trage. Gerade will ich ansetzen und diesen blöden Nick richtig zusammenstauchen, da geht Michael beruhigend dazwischen.

»Das ist ja echt spannend. Findest du, dass mir diese Farbe steht?«, fragt er und zupft kurz an seinem camelfarbenen Langarm-T-Shirt. Ich werfe einen kurzen Blick darauf. Alle Achtung, ob Stilsicherheit oder Zufall, er hat tatsächlich die zu seiner Haut- und Augenfarbe optimale Nuance gewählt. Donnerwetter. Ich blicke in seine freundlichen braunen Augen. Pah, der wickelt mich nicht um den Finger. Ich weiß, dass diese Augen sehr viel nichts sagender wären, wenn er zum Beispiel ein graues T-Shirt anhätte. Außerdem haben es diese dunklen Typen wirklich nicht besonders schwer. Rotblond mit weißer Haut und Sommersprossen so wie Nick, das ist schon ein ganz anderer Fall.

»Du magst ja nen kostenlosen Fick bekommen haben, aber glaub nicht, dass ich auch nur eine einzige weitere Dienstleistung umsonst zu vergeben habe«, sage ich kalt.

Sophia zieht ob meiner Ausdrucksweise pikiert die Luft ein, und ich selber bin auch ein wenig von mir überrascht. So ordinär kenne ich mich gar nicht. Nick und Michael wechseln einen Blick und grinsen wie die Honigkuchenpferde. Das wird ja immer besser. Ich fühle mich furchtbar. Ich schwöre hoch und heilig, mich nie wieder zu besaufen. Habe ich nicht so schon genug Probleme? Mein verdammter Ex hat mich gerade verlassen. Wegen eines Mannes! Das reicht, um in eine schwere Depression zu verfallen. Aber lässt man mich? Mitnichten. Stattdessen sitze ich hier mit zwei wildfremden Kerlen in einer völlig fremden Wohnung, weiß nicht, ob und mit welchem von beiden ich gestern Nacht geschlafen habe und fühle mich einfach grauenhaft. »Ist ja schön, dass wenigstens ihr beide euren Spaß habt«, fauche ich wütend, »ich will dir mal was sagen, Sex mit einer Frau, die dermaßen wehrlos ist, wie ich es gestern war, das, also, das grenzt an Vergewaltigung!«

»Hey, hey«, macht er und hebt beschwichtigend die Hände.

»Nix hier, hey, hey. Genau so ist es. Der Einzige, der hier gestern Nacht Spaß hatte, bist du, das kann ich dir versichern!«

»Und ich«, meldet sich Nick breit grinsend zu Wort. Ich starre ihn fassungslos an. Alles Blut weicht auf einen Schlag aus meinem Kopf. Also doch? Mir bleibt vor lauter Empörung glatt die Luft weg. Was haben die mit mir gemacht? Schwer atmend bringe ich hervor:

»Ich hoffe, ihr habt wenigstens ein Kondom benutzt. Ich kann mich nämlich an nichts erinnern, aber ich nehme nicht die Pille und wie ich euch einschätze, will keiner von euch Vater werden.« Die beiden sehen mich an, zwei unbewegliche Gesichter.

»Keine Sorge«, sagt Nick, und um seine Mundwinkel

herum zuckt es ein bisschen, »wir haben ein Kondom benutzt.«

»Mehrere«, wirft Michael ein, »und außerdem würden wir tatsächlich gerne Vater werden. Irgendwann.«

»Na, wie schön für euch. Ich möchte trotzdem nicht die Mutter eurer Kinder sein, wenn's recht ist.« Michael zuckt nur die Achseln.

»Sag mal, du kannst dich wirklich an nichts erinnern?«

»Das tut weh, was?«, sage ich bitter. »Tja, so Leid es mir tut, euch in eurer Machowürde zu kränken: Nein, ich kann mich an nichts erinnern. Ich habe keine Ahnung, was für perverse Spielchen ihr heute Nacht mit mir getrieben habt und ich will es auch gar nicht wissen. Ich will nur noch nach Hause.« Eine, zwei, drei Sekunden herrscht absolute Stille, nur das penetrante Ticken der Wanduhr ist zu hören, dann brechen Nick und Michael in schallendes Gelächter aus.

»Was gibt es da zu lachen«, fauche ich, aber aus den beiden ist keine vernünftige Antwort herauszukriegen. Wütend stehe ich auf, stürme ins Wohnzimmer, schnappe mir meine Handtasche und dann nichts wie raus hier. Kurz vor der Wohnungstür holt Michael mich ein und hält mich am Arm fest.

»Helen, jetzt warte doch mal«, sagt er immer noch grinsend.

»Ihr habt mich … benutzt«, schleudere ich ihm entgegen, »habt meine Situation schamlos ausgenutzt.«

»Das haben wir nicht. Ehrlich nicht«, beteuert er und sieht mir gerade in die Augen. In diesem Augenblick kommt auch Nick aus der Küche, tritt auf uns zu und legt seine Arme von hinten um Michael.

»Ganz ehrlich nicht«, sagt er über dessen Schulter hinweg und gibt ihm einen kleinen Kuss auf den Hals.

»Ihr seid schwul?«, frage ich leise. Einvernehmliches Kopfnicken, breites Grinsen. Keine Sekunde später lasse ich die Haustüre mit einem lauten Knall hinter mir ins Schloss fallen.

Das kann doch wohl alles nicht wahr sein. Was ist denn plötzlich los mit der Welt? Wo bin ich überhaupt? Aha, Osterstraße. Na gut, da nehme ich wohl lieber ein Taxi nach Hause. Jetzt fällt mir auch wieder ein, wo zu Hause ist, nämlich in der Dorotheenstraße 56. Das Problem ist, dass dort nicht nur ich, sondern auch meine Katze Dotty und … Jan wohnen. Oh Gott, darüber habe ich ja überhaupt noch nicht nachgedacht. Wir wohnen ja zusammen. Zugegeben, noch nicht besonders lange. Genau genommen erst seit dreieinhalb Wochen. Dreieinhalb Wochen Zusammenleben mit mir genügen einem Mann, um das Ufer zu wechseln. Die Rückenschmerzen vom Möbelschleppen in den vierten Stock sind gerade so eben abgeebbt, da steht schon der nächste Umzug ins Haus. Da vorne ist ein Taxi, Gott sei Dank.

»Dorotheenstraße 56«, sage ich und lasse mich erschöpft auf den Rücksitz fallen. Wo soll ich auch sonst hin?

Während sich das Taxi durch den Hamburger Verkehr quält, quälen mich meine Gedanken. Das war es also mit meiner Beziehung, was rede ich, mit meinem Leben. Zumindest mit dem Leben, das ich mir ausgemalt hatte. Wir hatten doch sogar schon einen Hochzeitstermin festgelegt. Am 30. September wollten wir uns das Ja-Wort geben, genau drei Monate nach Laras Hochzeit. Für immer und ewig. Bis dass der Tod uns scheidet. Stattdessen hat uns jetzt ein anderer Mann geschieden. Und was bedeutet das für mich? Dass ich wieder alleine bin. Dass ich wieder von vorne anfangen kann. Obwohl ich weiß Gott nicht jünger werde, auch wenn man das nicht sieht. Und es bedeutet auch, dass ich alles rückgängig machen muss, was ich bereits für die Hochzeit geplant habe. Und da ich ein gründlicher Mensch bin, ist das so ziemlich alles: Kirche und Festsaal sind gebucht, das Kleid gekauft, sogar die Einladungen sind bereits verschickt. Das habe ich vor zwei Wochen erledigt und von meiner ellenlangen Liste gestrichen.

»Was? Sechseinhalb Monate vorher? Ist das nicht ein bisschen zu früh?«, hat Jan mich mit hochgezogenen Augenbrauen gefragt und noch neckend hinzugefügt: »Selbst für deine Verhältnisse?« Wie Recht er hatte. Mir wird schwarz vor Augen vor Scham, wenn ich daran denke, dass ich jetzt alle Gäste wieder ausladen muss. All meine wertvollen Geschäftskontakte: Designer, Hairstylisten, Kosmetikerinnen, Fitnesstrainer. Oh Gott, ich habe halb Hamburg eingeladen. Ich kann es nicht fassen. Alles war doch so großartig, so perfekt, so unglaublich gut durchdacht. Die Nienstedter Kirche ist wunderschön, weder zu groß noch zu klein, direkt an der Elbchaussee gelegen und in unmittelbarer Nähe des Hotels, in dessen Restaurant wir feiern wollten. Man kann mir wirklich nicht nachsagen, dass ich auch nur in einem einzigen Punkt irgendwie nachlässig gehandelt hätte. Nein, ich habe mich sogar mit meinem Kalender hingesetzt und ausgezählt, dass ich an besagtem Datum mit Sicherheit nicht meine Periode haben werde. Man stelle sich das mal vor: Unterleibschmerzen, womöglich ein großer Pickel auf der Stirn, und das am Hochzeitstag. In der Hochzeitsnacht ist das natürlich auch nicht von Vorteil. Nun, jedenfalls habe ich wirklich alles bedacht, sämtliche Eventualitäten ausgeschlossen, bis auf die eine: dass mein Bräutigam mich plötzlich nicht mehr wollen könnte. Dieser Gedanke, das muss ich zugeben, lag mir fern.

Zwanzig Minuten später erklimme ich bedrückt die Stufen unseres Altbaus. Bitte, bitte, sei nicht zu Hause, bete ich stumm vor mich hin. Ganz ehrlich, ich hatte eine schlimme Nacht. Drei schwule Männer hintereinander halte ich nicht aus. Oder vielleicht sogar vier? Was ist denn, wenn Jan seinen »Geliebten« mit nach Hause gebracht hat? Wer ist der Kerl eigentlich? Kurz erscheint vor meinem inneren Auge das Bild von Jan, meinem Jan, der sich mit einem gesichtslosen Unbekannten durch die Laken wälzt. Dabei wird mir schon wieder leicht flau im Magen.

Ich atme tief durch, stecke den Schlüssel ins Schloss. Er lässt sich einmal, zweimal herumdrehen. Niemand zu Hause. Ich betrete die Wohnung und rufe trotzdem noch einmal leise:

»Hallo?« Dann beginne ich meinen Rundgang. »Jan, bist du da?« Sei da, bitte sei da. Sag, dass alles nur ein Scherz war. Ich bekomme keine Antwort. Ich gehe über den langen, mit Parkett ausgelegten Flur und öffne eine Tür nach der anderen. Wohnzimmer, Arbeitszimmer, Bad. Keine Spur von Jan. Die Tür zum Schlafzimmer steht offen. Ich gehe hinein. Das Bett ist unberührt, nur in der Mitte der Bettdecke befindet sich eine kleine Vertiefung. Oh nein. Habe ich denn schon wieder vergessen, die Schlafzimmertür abzuschließen? Nun hat Dotty es doch wieder geschafft, sich Eintritt zu verschaffen. Sie ist nämlich eine sehr schlaue Katze, die Türen öffnen kann. Dabei darf sie gar nicht ins Schlafzimmer. Jan hat nämlich eine Katzenallergie. Da fällt mir plötzlich ein: Dotty! Das arme Viech muss ja schon halb verhungert sein. Ich eile in die Küche, die ganz am Ende des Flures liegt und sehe meine rot-weiß-gestreifte Katze vor dem Kühlschrank hocken. Wahrscheinlich versucht sie seit Stunden, ihn per Telekinese zu öffnen. Jetzt kommt sie maunzend auf mich zu und sieht mich mit ihren großen grünen Augen vorwurfsvoll an.

»Dotty, es tut mir so Leid«, sage ich, beuge mich zu ihr hinunter und nehme sie auf den Arm, »du wirst nicht glauben, was passiert ist. Jan ist weg.« Ich fange an zu schluchzen und verberge mein Gesicht in ihrem weichen Fell. Aber Dotty will nicht schmusen, sondern was zu essen. Sie windet sich in meinen Armen und miaut vorwurfsvoll. Na schön. Dann eben nicht. Keiner liebt mich. Ich lasse sie auf den Boden zurückgleiten und gehe zum Kühlschrank. Ich fülle den Napf mit ökologisch wertvollem Katzenfutter und sehe meiner Katze zu, wie sie sich halb verhungert darauf stürzt.

Mit letzter Kraft sage ich aus gesundheitlichen Gründen die Termine für die komplette nächste Woche ab und rufe dann Lara an. Erst zu Hause. Da ist sie nicht. In der Werbeagentur, wo sie als Grafikdesignerin arbeitet, erreiche ich sie auch nicht und bei ihrem Handy antwortet nur die Mailbox.

»Guten Tag. Lara Hesse kann Ihren Anruf zurzeit leider nicht entgegennehmen. Sie haben nach dem Piepton die Möglichkeit, Ihren Namen und eine Nachricht zu hinterlassen.«

»Lara, ich …«, stammele ich und fange an zu heulen, »es ist was ganz Schlimmes passiert. Jan hat mich verlassen. Ich befinde mich in Phase 1!« Dann lege ich auf und stürze mich in Phase 1.

Phase 1:
Dauer:
zwischen einer und drei Wochen
Zutaten:
Jogginghose, ausgeleiertes T-Shirt (von Jan), Sofa oder Bett, Fernseher, traurige Musik, Familienpackung Tempo-

taschentücher mit Aloe-Vera-Beschichtung, etwa zehn Liter Hägen-Dasz-Eis
TO-DO:
rumhängen, heulen, leiden
NOT-TO-DO:
arbeiten, waschen, schminken, IHN anrufen

Es dauert keine drei Stunden, bis es an der Tür Sturm klingelt. Ich schrecke vom Sofa auf, mein Herzschlag setzt einen Moment aus. Einen irrationalen Moment lang hoffe ich, dass es Jan ist, der plötzlich gemerkt hat, was er an heterosexuellem Sex hatte. Meine Vernunft sagt mir aber, dass es Lara ist. Ich schlurfe zur Tür, betätige den Öffner und warte. Ich kann hören, wie Laras Absätze eilig die vier Stockwerke zu mir heraufhasten, immer zwei Stufen auf einmal nehmend. Und da steht sie auch schon vor mir. Halblange schwarze Haare, perfektes Make-up, eine enge türkisblaue Bluse, die wunderbar zu ihren Augen passt und sich wie eine zweite Haut an ihren makellosen Oberkörper schmiegt, schwarze Schlaghosen, hohe Stiefel, das Erscheinungsbild abgerundet durch Accessoires wie einen passenden breiten Gürtel, Ohrringe, Armband und Kette. So schlecht es mir auch geht, ich bin stolz auf meine Freundin. Oder auf mein Werk. Natürlich kann sie meine Beratungsleistungen gratis in Anspruch nehmen. Als sie auf mich zukommt, um mich in die Arme zu schließen, wird mir der Kontrast zwischen uns schmerzlich bewusst. Ungeschminkt, in ausgebeulten grauen Jogginghosen, Flipflops an den Füßen, und in dem einzigen T-Shirt, dass so richtig nach Jan riecht. Es ist gelb, und gelb steht mir überhaupt nicht. Ich fühle mich erbärmlich, aber so muss es sein. Dazu ist Phase eins da.

Ich lasse Lara eintreten. Während ich zurück ins Wohnzimmer watschele und mich auf dem Sofa unter meine Kuscheldecke verkrümele, geht sie erst mal in die Küche und bestückt das Gefrierfach mit dem mitgebrachten Eis.

»Welche Sorte?«, ruft sie mir zu.

»Mir egal!« Auch das gehört dazu. Mir ist alles egal. Mit zwei Löffeln und einem Becher »Cookies and Cream« bewaffnet kommt Lara zu mir zurück und setzt sich. Und dann fange ich an zu erzählen. Als ich geendet habe, ist es sehr still. Lara hat schon viel erlebt und noch mehr mit mir, aber das schockiert auch sie.

»Das ist doch, das kann doch nicht … nein!«, stottert sie und ich nicke. Meine Tränen laufen und laufen. Ein Wunder, dass ich nicht schon verschrumpelt bin wie eine Rosine. Was mache ich denn falsch? Nun war ich doch schon so kurz vor dem Ziel. Verheiratet wollte ich sein, bevor ich dreißig bin. Und jetzt? Aus der Traum! Ich bin einfach ein Beziehungsversager. Ich weiß auch nicht, warum. Ich halte mich eigentlich für einen netten Menschen. Jemanden, mit dem man gerne zusammen sein müsste. Ich bin vielleicht kein Model und auch keine Sexbombe, aber ich sehe doch wirklich passabel aus. Normalerweise jedenfalls. In Phase eins sieht mich ja keiner. Und ich weiß, wie ich das Beste aus meinem Typ mache, das ist schließlich mein Job. Also, kein Mann muss sich schämen, wenn er mit mir vor die Tür geht. Und nett bin ich außerdem. Wirklich. Schön, ich habe die eine oder andere Macke, aber wer hat die nicht? Ich bin vielleicht ein bisschen pingeliger als andere Frauen, ich habe es nun mal gerne sauber und nett in meiner Umgebung. Darum putze ich wohl etwas häufiger als der Durchschnitt. Wer sollte was dagegen haben, solange ich ihn nicht zwinge, mitzuputzen? Von mir aus tu ich es sogar in Unterwäsche, wenn es ihm gefällt. Ich bin da ganz offen. Vielleicht denke ich ein bisschen zu viel nach, bin nicht besonders spontan und dass Sophia ständig auftaucht, ist sicher auch gewöhnungsbedürftig, aber ansonsten bin ich ein liebenswerter Mensch. Ich lüge selten, betrüge nie, bin nicht übertrieben eifersüchtig, ich stehe auf eigenen Füßen, klammere nicht, habe meine eigenen Interessen, meine Freunde. Und dennoch habe ich beziehungstechnisch bis jetzt, zwei Monate vor meinem dreißigsten Geburtstag, nur Katastrophen vorzuweisen.

Die nächsten Tage verlaufen ziemlich trostlos. Nein, trostlos ist der falsche Ausdruck, denn da gibt es schließlich Lara und Bernd. Lara und ich kennen uns schon aus dem Sandkasten, und Bernd ist in der neunten Klasse sitzen geblieben und zu uns gestoßen. Bernd war damals ein obercooler Typ von schon fünfzehn Jahren und ist immer noch das komplette Gegenteil von mir: Er läuft herum wie Schlunz und wohnt für 'n Appel und 'n Ei in einer WG mitten auf der Reeperbahn. Ich bin noch immer nicht dahintergekommen, wie viele Mitbewohner er nun eigentlich hat, ich glaube, er weiß das selber nicht genau. Es schlafen sowieso ständig irgendwelche merkwürdigen Fremden auf irgendeinem Sofa. Bernd hat immer schmutzige Fingernägel, er isst gerne mit den Händen, hält Aufräumen für Zeitverschwendung und macht sich eigentlich über alles lustig, was ich für wichtig halte. Im Grunde genommen müsste ich ihn verabscheuen, aber das tue ich nicht. Er ist und bleibt mein guter alter Freund Bernd, ein treues Überbleibsel aus meiner Jugendzeit. Er wird mich nie verstehen und ich ihn auch nicht, aber das macht nichts. Tatsächlich ist er der einzige Mann auf der ganzen Welt, der mich in meinem jetzigen Zustand sehen darf. Und schon des Öfteren gesehen hat.

»Warum hast du eigentlich niemals Glück mit den Männern, Lenchen? Irgendwas machst du falsch«, sagt er und drückt mich an sich, als ich ihm die Tür aufmache. Seine mindestens fünf Tage alten dunkelblonden Bartstoppeln kratzen an meiner Wange, aber ich bin froh, von ihm im Arm gehalten zu werden.

»Bernd«, schluchze ich und presse mich fest an ihn, »du sollst mich doch nicht Lenchen nennen.«

»Schon wieder, das darf doch nicht wahr sein«, ignoriert er wie immer meinen Vorwurf. »Musst du denn immer nur Pech haben«, sagt er halb mitleidig, halb ironisch. Ja, Recht hat er! Was habe ich bloß immer für ein Pech? Nachdem ich ein bisschen geheult habe, hält er mich auf Armeslänge von sich weg und schaut mich an. »Auweia, das scheint dich ja wirklich mitzunehmen, nicht mal deine Pickel hast du abgedeckt.«

Beinahe schafft Bernd es, mich schon nach drei Tagen direkt in Phase zwei zu katapultieren. Was bedeuten würde:

Phase 2:
Dauer:
bis zu zwei Monate
Zutaten:
Kreditkarte mit hohem Limit, alkoholische Getränke (allerdings nicht so viel und wahllos wie in Phase 0, sprich unmittelbar nach der Trennung), Szene-Clubs, schöne, fremde Männer, denen man so schnell nicht wieder begegnet
TO-DO:
einkaufen, einkaufen, einkaufen, ausgehen, trinken, flirten, sich umwerben lassen, mit schönen, fremden Männern knutschen
NOT-TO-DO:

mit schönen, fremden Männern schlafen, mit IHM knutschen, mit IHM schlafen

»Sieh mal Lara, Lenchen kann schon wieder lachen«, kommentiert Bernd mein Grinsen.

»Kann ich nicht«, widerspreche ich mit Grabesmiene. Drei Tage Phase eins, das ist einfach zu kurz, das bringt den ganzen Trauerprozess durcheinander. Sophia nickt zustimmend und Bernd wird bald darauf aus der Wohnung komplimentiert. Er nimmt es gelassen, zuckt mit den Achseln und sagt:

»Na gut, du weißt, wenn du mich brauchst, bin ich für dich da. Ciao!« Noch ehe ich es verhindern kann, drückt er mir einen Kuss mitten auf den Kopf (bei seinen gut eins neunzig ist das für ihn kein Problem) und kann sich natürlich den Labellowitz über fettige Haare und den Lippenpflegestift, den er nun nicht mehr braucht, nicht verkneifen.

»Halt die Klappe«, sage ich und schiebe ihn in Richtung Haustür. Dort bleibt er stehen und greift nach dem obersten gelben Post-it, welches am Rahmen klebt.

»Müll runterbringen?«, liest er vor und sieht mich fragend an. Dann reißt er der Reihe nach die anderen Zettelchen herunter. »Tetanusimpfung auffrischen, Ölstand checken, Steuerunterlagen abschicken. Was? Du hast deine Steuererklärung noch nicht gemacht?«

»Ich schon«, sage ich und entreiße ihm die Zettelchen, »die sind doch für Jan gewesen.« Bernd gibt einen Laut von sich, den ich nicht richtig zu deuten vermag. Aber was er sagt, ist eindeutig:

»Was macht er jetzt bloß ohne seine Mami?« Grinsend läuft er die Treppe hinunter, bevor ich ihn ganz fest auf den Arm hauen kann. Während ich die Tür schließe, sehe ich auf das gelbe Papierchen in meiner Hand hinunter.

»Müll runterbringen.« Ganz ehrlich, wir wären im Müll ertrunken, wenn ich ihn nicht daran erinnert hätte. Bin ich deswegen ein Drachen? Und außerdem habe ich einen Smiley und mehrere Herzchen neben diese nett gemeinte Aufforderung gemalt.

Lara bleibt das gesamte Wochenende bei mir und guckt mit mir Liebesschnulzen. Wir essen Pizza und Eis und reden immer und immer wieder über das eine Thema: »Wie nur, wie kann es möglich sein, dass ein Mann wie Jan ganz plötzlich schwul wird?« Und: »Liegt es an mir?«

»Nein, liegt es nicht. Du bist eine ganz, ganz tolle Frau«, wiederholt Lara wie eine Schallplatte, die einen Sprung hat. Aber mein Selbstvertrauen ist erschüttert. Neben ihrer Funktion als Seelentrösterin spielt Lara Sekretärin, nimmt meine Anrufe entgegen, macht Termine ab. Nächste Woche wage ich mich zu meiner Therapeutin. Vorher bin ich nicht im Stande, den Tatsachen allzu direkt ins Auge zu sehen. Da klingelt schon wieder das Telefon.

»Lara Hesse am Apparat von Helen Ramien. Hallo? Was? Oh, ja, hallo.« Sie dämpft ihre Stimme. »Was willst du denn?« Sofort schrillen bei mir sämtliche Alarmglocken. Und ich weiß, es ist Jan.

»Ist das Jan?«, frage ich mit schriller Stimme. Sie hält die Hand über die Telefonmuschel und nickt.

»Ja. Was soll ich ihm sagen?«

»Frag ihn, ob er jetzt genug vom Schwulsein hat, weil ihm der Arsch wehtut«, sage ich ohne Nachzudenken. Lara starrt mich mit großen Augen an und ich sehe ebenso erschrocken zurück. Ich frage mich echt, wo solche Sachen herkommen. Ich drücke mich gewöhnlich wirklich sehr gewählt aus. Ehrenwort! Ich nicke dennoch bekräftigend und Lara spricht in den Hörer:

»Jan, ich, äh, soll dich fragen, ob du jetzt, äh, genug von … Männern hast«, sie wird knallrot im Gesicht. Schon gut. Ich reiße ihr den Hörer aus der Hand:

»Was willst du, Jan? Ich habe gesagt, dass ich dich nie wieder sehen will.«

»Ich weiß, Helen. Es tut mir Leid. Ich muss mit dir reden.« Mit mir reden? Plötzlich klopft mein Herz wie verrückt. Er muss mit mir reden. Wenn man in einer Beziehung steckt und der Partner so etwas sagt, dann steckt man übel in der Klemme. Dann kann dieser Satz nämlich nur zwei Sachen bedeuten: Entweder dass der andere fremdgegangen ist oder dass er einen verlassen will. Wenn man aber schon getrennt ist und er will dann reden, dann ist das eigentlich ein gutes Zeichen. Oder?

»Wo bist du denn?«, frage ich so ruhig wie möglich.

»Ich sitze unten in meinem Wagen. Vor unserem Haus.« Unser Haus. »Schon seit heute Morgen um zehn.« Jetzt ist es fast neun Uhr abends. So lange schon.

»Okay, komm rauf.« Ich unterbreche die Verbindung und lächle Lara zaghaft an.

»Er kommt rauf.«

»Habe ich gehört.«

»Lara, ich glaub, er kommt zurück. Er sitzt seit Stunden unten in seinem Auto.« In diesem Moment fällt mein Blick auf meine Füße, die noch immer in den Flipflops stecken. Der rote Nagellack ist mittlerweile zu fünfzig Prozent abgeblättert. »Mist!«, rufe ich aus. »Lara, er darf mich nicht so sehen.« In diesem Moment klingelt es an der Tür. Ich springe auf wie von der Tarantel gestochen und eile ins Badezimmer. »Sag ihm …« Ja, was kann sie ihm sagen? »Sag ihm, ich sei gerade in der Badewanne gewesen und bräuchte noch ne Minute.«

»Okay.«

»Ach ja, und bring mir bitte was zum Anziehen aus meinem Kleiderschrank.« Damit verschwinde ich im Bad.

Ein Blick in den Spiegel sagt mir, dass ich noch schlimmer aussehe, als ich befürchtet hatte. Meine Haare sind so fettig, dass sie fast nass aussehen. Kein Wunder. Sie haben seit mittlerweile fünf Tagen kein Shampoo mehr gesehen. Was tun? Duschen kann ich jetzt nicht, das würden die draußen mitkriegen.

»Moment«, höre ich Lara draußen in Richtung Wohnungstür rufen. Dann kommt sie zu mir ins Bad und legt einige Kleidungsstücke auf den Toilettendeckel.

»Danke«, sage ich hastig, ohne hinzusehen. Während Lara draußen Jan begrüßt und in die Küche führt, spritze ich mir eiskaltes Wasser ins Gesicht, um die Schwellungen rund um die Augen wenigstens etwas zu mildern. Den »Wet-Look« meiner Haare mache ich mit zu Nutze, indem ich sie mit Wachs (davon brauche ich nur eine winzige Menge, weil so viel Eigenfett vorhanden ist, igitt) dicht an den Kopf frisiere und im Nacken mit einer auffälligen rosa Haarspange zusammenstecke. Dann putze ich mir in Windeseile die Zähne und rieche an meinen Achseln. Puh, ein Pumakäfig ist nichts dagegen. Lara ist eine wahre Freundin, dass sie mich bei dem Gestank noch regelmäßig in die Arme genommen hat. Mit Duschgel wasche ich meine Achselhöhlen, trage Antitranspirant auf und lege in Windeseile mein Make-up auf. Als ich gerade dabei bin, mir die Wimpern mit der Wimpernzange in Form zu biegen, entdecke ich im Spiegel Sophias Gesicht hinter mir. Vor lauter Schreck zucke ich zusammen. Aua. Beinahe hätte ich mir sämtliche Wimpern ausgerissen. Na, das wäre was gewesen, wenn ich Jan mit fischäugigem Augenaufschlag hätte begrüßen müssen.

»Musst du mich so erschrecken«, fluche ich, »verschwinde, du siehst doch, dass ich es eilig habe.«

»Oh ja, ich sehe«, sagt Sophia mit feinem Spott in der Stimme, »ich sehe, dass du dich dem untreuen Kerl von deiner besten Seite zeigen musst, damit er dich auch wieder lieb hat.«

»Lass mich in Ruhe.« Lipliner, Gloss und jetzt die Klamotten. Ich schiebe Sophia zur Seite und muss stirnrunzelnd feststellen, dass Lara mir meinen beigen Kordanzug und ein rosafarbiges Top rausgelegt hat. Ein schönes Stück – wenn man leicht gebräunt ist. Nicht, wenn man, so wie ich, die Sonne seit Tagen nur noch im Fernsehen gesehen hat. Ich hätte mir doch lieber selbst was aus dem Schrank suchen sollen.

»Natürlich hättest du«, stimmt Sophia mir zu, »sowieso solltest du niemals etwas an andere abgeben. Nur so behältst du die totale Kontrolle.« Jetzt fängt die schon wieder damit an. Immer unterstellt sie mir, dass ich ein Kontrollfreak sei. Egal, ich überhöre den ironischen Unterton und sage nur:

»Genau.« Dann schlüpfe ich schnell in den Anzug und zaubere mit African Wonder noch einen Bronzeschimmer auf meinen leichenblassen Teint. Kritisch betrachte ich meine trotz Aloe-Vera-Tempos ziemlich entzündeten Nasenränder.

»Da musst du dringend noch Concealer draufpacken«, steht Sophia mir endlich einmal unterstützend zur Seite, »nicht auszudenken, wenn er sehen könnte, dass du gelitten hast wegen ihm. Wenn er wüsste, dass du eine Frau mit Gefühlen bist.«

»Jetzt halt endlich die Klappe«, herrsche ich sie an. Gleich darauf klopft es an der Badezimmertür.

»Helen, ist alles in Ordnung?« Ich öffne die Tür und

werfe Lara einen fragenden Blick zu. Sie hebt anerkennend beide Daumen in die Höhe. Ich lächle ein wenig zaghaft und frage:

»Okay, wo ist er?« Sie zeigt mit einem Kopfnicken in Richtung Küche. »Danke, Süße«, sage ich und umarme sie fest. »Ich ruf dich dann später an.«

»Soll ich nicht lieber bleiben?«, fragt sie überrascht.

»Ich will es ihm nicht schwerer machen, als unbedingt nötig«, wispere ich, »er soll ganz offen sprechen können, verstehst du?«

»Na klar. Viel Glück.« Ich wende mich in Richtung Küche, richte mich zu voller Größe auf und atme tief durch. Auch wenn ich Lara mit Rücksicht auf ihn weggeschickt habe, leicht werde ich es ihm nicht machen.

Ich betrete die Küche. Jan sitzt an unserem gläsernen Küchentisch und sieht ziemlich gerädert aus. Anscheinend ging es ihm in den letzten Tagen auch nicht viel besser als mir. Wenn mich nicht alles täuscht, hat er sogar ganz rote Augen.

»Hallo, Jan«, sage ich heiser. Er sieht auf. Sein Blick ist voller Schuldbewusstsein.

»Hallo, Helen.« Ich setze mich ihm gegenüber auf den Stuhl und warte. »Es tut mir Leid, ich weiß, dass du mich nie wieder sehen wolltest, aber so kann es nicht weitergehen.« Gebannt hänge ich an seinen Lippen. Nein, es kann so nicht weitergehen. Er blinzelt mit den Augen. Ich sehe Tränen in ihnen schimmern. Oh Gott, er liebt mich. Er weiß, dass er einen schrecklichen Fehler begangen hat, und nun hat er Angst, dass ich ihn nicht mehr zurückhaben will. Oh Jan, weißt du denn nicht, wie sehr ich dich liebe? Das Blinzeln wird stärker, jetzt fängt er auch noch an zu schniefen. Ich muss mich schwer zusammenreißen, um nicht meine Hand auf seine zu legen. Aber ich möchte erst hören, was er zu sagen hat. »Wir … wir müssen …« Seine Nasenflügel beben, er reißt plötzlich den Mund auf und … niest. »Haatschii.« In diesem Moment entdecke ich Dotty, die träge zusammengerollt auf dem Stuhl neben Jan liegt und mich mit halb geschlossenen Augen ansieht. »Entschuldige, die … die Katze, haaatschi. Haaatschi.« Er wartet einen Moment angespannt, doch der Niesanfall scheint vorbei. Er sieht sich suchend auf dem Küchentisch um. »Müssten meine Augentropfen nicht irgendwo hier stehen?« Augentropfen?

»Was willst du sagen, Jan?«, frage ich und eine böse Ahnung beschleicht mich. Ihm tränen nicht die Augen, weil er mich vermisst. Ganz und gar nicht. Sein Immunsystem wehrt sich gegen Dottys Haare, die, seit ich nicht mehr zweimal täglich sauge (Hausarbeit ist in Phase 1 ein absolutes NO-NO) fröhlich durch die ganze Wohnung schweben. Und wirklich:

»Ich weiß, wie sehr du leidest, Helen.« Woher willst duuu das denn wissen? »Ich wollte heute eigentlich auch erst mal ein paar Sachen holen, während du nicht zu Hause bist. Aber anscheinend verlässt du die Wohnung schon seit Tagen nicht mehr.« Ich werde knallrot und blicke auf die Tischplatte. »Wir können uns doch sowieso nicht aus dem Weg gehen. Helen«, seine Stimme ist so weich wie Butter in der Sonne. »Wir haben zusammengelebt.« Ja, ganze viereinhalb Wochen. »Wir müssen doch besprechen, wie wir das mit der Wohnung machen.«

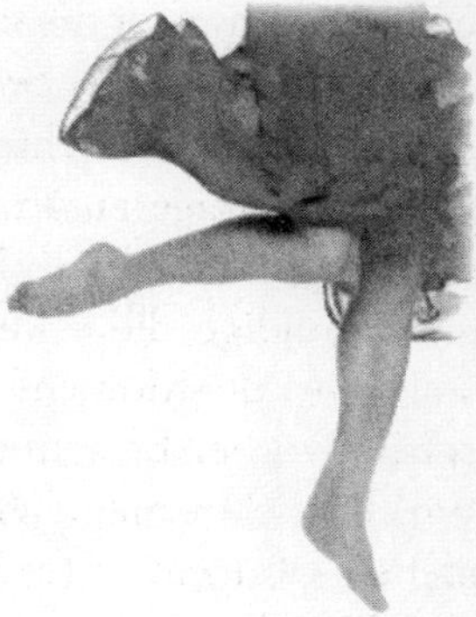

3.

Hier sitze ich nun in meinem schicken Kordanzug. Jetzt bin ich nicht nur todunglücklich, betrogen, verlassen und in Gefahr, eine alte Jungfer zu werden. Nein, nun bin ich zu allem Überfluss auch noch obdachlos.

Ich öffne Lara, die es immerhin bis kurz vor die eigene Wohnung geschafft hatte, bis mein neuerlicher Hilfeschrei sie erreichte, die Haustür. Gemeinsam packt es sich schneller. Eigentlich würde ohne Lara gar nichts vonstatten gehen, da ich nur auf dem Bett sitze und heule, während sie meine Sachen in Koffer und Kisten verstaut. Ja, so sieht es aus. Nun werde ich zu allem Überfluss auch noch aus meinem Zuhause vertrieben.

»Ich will dich natürlich nicht aus unserer Wohnung vertreiben, Helen, ich weiß ja, dass ich an allem Schuld bin. Bloß wirst du dir die Miete alleine wahrscheinlich nicht leisten können, oder?« Oder? Was heißt hier oder? Der Mistkerl weiß doch ganz genau, dass ich nicht mal so eben tausend Euro im Monat fürs Wohnen raushauen kann. Na schön, ich verdiene nicht schlecht, aber wer weiß denn, wie es nächsten Monat aussehen wird?

»Es kann nicht jeder so ein Scheiß-Yuppie sein wie du«, habe ich ihn angefaucht, den Herrn Ich-habe-meine-Internetfirma-genau-zum-richtigen-Zeitpunkt-gegründet.

»Ich kann verstehen, dass du sehr wütend bist, Helen«, hat er auf mich eingeredet wie auf ein krankes Tier, »und du hast auch sicher allen Grund dazu.« Danke! Danke vielmals. »Wie gesagt, wenn du das mit der Miete irgendwie hinbekommst, dann bin ich gerne bereit, auszuziehen. Wirklich. Ich möchte es dir so leicht wie möglich machen. Das alles tut mir so Leid.«

Dafür kann ich mir leider auch nichts kaufen. Es läuft letztlich immer auf dasselbe hinaus: Nämlich, dass ich meine Sachen packen muss.

»Ich glaub's nicht«, stöhnt Lara, während sie meine Keramikengel-Sammlung aus dem Regal räumt und dick in Zeitungspapier einhüllt, »du wohnst doch erst seit einem Monat hier. Andere Leute haben nach einem halben Jahr noch Umzugskisten im Flur rumstehen. Wieso musst denn ausgerechnet du schon alles ausgepackt haben?«

»Ich konnte doch nicht ahnen, dass ich sofort wieder ausziehen muss«, schniefe ich.

»Und selbst wenn, hätte sie trotzdem alles an seinen Platz gestellt«, unkt Sophia. Diese gemeine Person. Sollte sie mir nicht beistehen in so einer schweren Zeit?

»Ich verstehe nicht, warum du freiwillig aus dieser tollen Wohnung ausziehst. So was findest du doch nie wieder.« Na und? So einen tollen Mann wie Jan finde ich auch nie wieder, aber mich fragt ja keiner.

»Ich sag doch, ich kann es mir nicht leisten.«

»Na, und wenn du dir eine Mitbewohnerin suchst?« Bloß das nicht. Meine erste und einzige WG-Erfahrung hat mich ein für alle Mal von solchen Ideen kuriert. Während meines dreimonatigen Praktikums bei L'Oréal in Paris musste ich lernen, dass ein kurzes Treffen auf einen Kaffee nicht ausreicht, um beurteilen zu können, ob jemand als Mitbewohner geeignet ist. Sandrine war ein hübsches, gepflegtes Ding mit roter Lockenmähne, niedlichem Gesichtchen und unschuldigem Augenaufschlag. Leider von oben bis unten eine Mogelpackung, und das bezieht sich nicht nur auf ihre auf D-Körbchen aufgepumpten Brüste, die ich des Öfteren bewundern durfte, wenn sie nachts betrunken und splitterfasernackt durch die Wohnung torkelte. Man würde es nicht für möglich halten, was für einen Dreck eine so kleine Person machen kann (zusammen mit ihren wechselnden Liebhabern). Und das mir! Also, Mitbewohnerin – nie wieder!

»Ich hasse WGs! Das weißt du doch!«

»Ich mein ja nur.«

»Außerdem würde mich hier ja doch nur alles an Jan erinnern.« Dazu fällt Lara auch kein Gegenargument ein, und sie packt schweigend weiter. Oh, meine schönen Klamotten! Die werde ich alle in der neuen Wohnung (wo auch immer die sein mag) aufbügeln müssen. Na ja, wenn das mein größtes Problem wäre. Ist es aber nicht. Wie finde ich bloß ganz schnell eine erschwingliche Wohnung? Übergangsweise muss ich nämlich in das Haus meines Vaters und dessen zweiter Frau ziehen. Gegen das Haus hätte ich ja nichts, wer wohnt nicht gerne in einer Villa in Blankenese? Dummerweise gehören Papa und die platinblonde Schreckschraube Angela dazu.

»Es tut mir so Leid, dass du nicht bei uns wohnen kannst«, sagt Lara, als könnte sie meine Gedanken lesen.

»Nein, das macht wirklich nichts«, beruhige ich sie. Das wäre wirklich noch schöner. Lara und ihr zukünftiger Mann Manuel wohnen zu zweit in einer Vierzig-Quadratmeter-Wohnung, weil sie derzeit jeden Cent in seine

Videoproduktionsfirma stecken. Arm, aber idealistisch. Und vor allem glücklich miteinander. Beneidenswert!

»Willst du nicht doch noch ein paar Wochen hier bleiben, bis du was anderes gefunden hast?«

»Mit Jan unter einem Dach? Das ist doch wohl nicht dein Ernst?« Denn der will nach fünf Tagen Obdachlosigkeit wieder in die Wohnung zurück und das verstehe ich sogar. »Nein, ich habe ihm gesagt, dass ich morgen Nachmittag draußen bin, und das werde ich auch sein!«

Da war ich wohl doch etwas voreilig, muss ich nach durchgearbeiteter Nacht am nächsten Tag feststellen. Todmüde sitze ich mit Lara am Küchentisch und trinke ein Gesöff, das Tote aufwecken würde, während wir auf Manuel warten, der meine Sachen mit seinem Kleinlaster nach Blankenese transportieren wird. Bernds Vorschlag, doch lieber übergangsweise zu ihm in die WG zu ziehen, habe ich dankend abgelehnt. Schon bei dem Gedanken an diese Bude schüttelt es mich. Ich starre auf das weiße Blatt Papier vor mir und kaue auf einem Bleistift herum. Mit diesem Schreiben verabschiede ich mich endgültig von Jan. Und damit auch von dem Leben, das mir so genau vorgezeichnet schien. Unsere Hochzeit. Das Eheleben. Die vier Kinder, ein Junge (Ivan), die Zwillingsmädchen (Clara und Lina) und ein weiterer Junge (Luis). Einschulungen, Abschlussbälle, ein Haus am Meer, wir beide, alt und grau, auf der Veranda, mit vielen Enkelkindern um uns herum.

»Helen? Wo bist du mit deinen Gedanken«, weckt Lara mich aus meinen Tagträumen. Ich seufze tief.

»In einem Leben, das niemals sein wird«, sage ich düster. Das Weiß des Blattes vor mir wird immer greller. Ich setze die Miene des Bleistiftes auf das Papier und beginne zu schreiben. LIEBER JAN. Nein, das ist nicht gut.

Lieber Jan, wie das klingt. Außerdem ist er gar nicht lieb. Sondern böse. Ist doch wahr, das hätte er sich doch wirklich mal früher überlegen können. Also, ein neues Blatt. JAN, … Hmmm. Vielleicht erst mal die Fakten? ICH WERDE MORGEN EINEN NACHSENDEAUFTRAG BEI DER POST STELLEN. Schon wieder einen. Da war ich erst vor fünf Wochen. BRIEFE, DIE BIS DAHIN EINGEHEN, SCHICKE MIR BITTE AN DIE ADRESSE MEINES VATERS NACH. ICH WERDE MICH DARUM KÜMMERN, UNSERE HOCHZEITSGÄSTE AUSZULADEN. Hier schießen mir kurz die Tränen in die Augen. Schnell weiter. DIE MÖBEL LASSE ICH WIE BESPROCHEN HIER, BIS ICH EINE NEUE WOHNUNG GEFUNDEN HABE. WENN DAS DER FALL IST, WERDE ICH DICH BENACHRICHTIGEN, WANN ICH DIE SACHEN ABHOLE UND DEN SCHLÜSSEL DANN IN DEN BRIEFKASTEN WERFEN. Ich halte inne. Sonst noch was? Als ich aufblicke, sehe ich Sophia, die mir jetzt gegenübersitzt und mit einem Gesichtsausdruck den Kopf hin- und herwiegt, dass es einem angst und bange werden kann.

»Was?«, frage ich aggressiv.

»Du flüchtest dich in die Sachlichkeit, Helen«, sagt sie sanft, »um deinen Schmerz nicht fühlen zu müssen. Nach dieser langen Zeit kann das doch nicht …«

»Ich fühle meinen Schmerz sehr wohl«, herrsche ich sie an, »ich muss ihn nicht noch zu Papier bringen und signieren. Jan ist schwul und wird nie wieder zurückkommen. Daran ändere ich auch nichts, wenn ich ihm jetzt die Ohren voll heule.«

»Du sollst das ja auch nicht für ihn tun, sondern für dich.«

»Lass mich in Ruhe! Wo ist überhaupt Lara?«

»Hier«, erklingt es von der Tür und Lara und Manuel

betreten gemeinsam die Küche. Na so was, ich habe die Türklingel gar nicht gehört. »Mit wem redest du?«

»Ach, mit niemandem.« Zweifelnde Gesichter. »Mit mir selbst.« Klingt immer noch besser als »mit meiner inneren Therapeutin«.

»Hi Helen«, sagt Manuel verlegen und gibt mir links und rechts ein Küsschen auf die Wange. »Tut … tut mir echt Leid wegen Jan.«

»Ja, danke, schon gut«, antworte ich, »hoffentlich bist du ihm in letzter Zeit nicht zu nahe gekommen. So viele Schwule, wie ich in letzter Zeit gesehen habe, da könnte man fast meinen, das sei ansteckend.« Wir bringen alle drei ein schiefes Grinsen zu Stande, nur Sophia bemerkt mit unbeweglicher Miene:

»Du benutzt schon wieder Humor, um zu überspielen, wie unwohl du dich fühlst.«

»Möchtest du noch einen Kaffee trinken, Manu?«

»Gerne.«

»Wie verletzt du bist. Wie einsam.« Sophia lamentiert weiter, bis ich Manuel einen Pott Kaffee in die Hand drücke und er sich mitten auf Sophias Schoß setzt. Sie stößt einen empörten Laut aus und verschwindet.

»Na, da habe ich ja ganz schön was zu schleppen«, sagt Manu mit einem Blick auf die Kartons, Koffer und Reisetaschen.

»Wir tragen ja auch was mit«, sagt Lara beschwichtigend.

»Den Teufel werdet ihr«, knurrt er und legt ihr besitzergreifend den Arm um die Hüften, »ich lasse doch nicht zwei zarte Frauen Umzugskartons schleppen.« Das ist wirklich süß von ihm. Lara strahlt denn auch über das ganze Gesicht, beugt sich zu ihm herunter und schnurrt:

»Mein starker Held.« Der starke Held grinst, zieht sie

fester an sich und küsst sie leidenschaftlich. Da ich nicht weiß, wo ich hingucken soll, wende ich mich meinem Abschiedsbrief zu und lese ihn noch mal durch. Ja, ein bisschen sachlich vielleicht, aber was soll ich denn bitte anderes schreiben? Ich fühle mich furchtbar, mein Leben ist leer ohne dich? Komm zurück, und ich werde alles in meiner Macht Stehende tun, der Mann deiner Träume zu werden? Nein, dann doch besser so. Mit Schwung schreibe ich GRUSS HELEN darunter. Lara und Manuel knutschen immer noch. Wie paralysiert starre ich sie an und kann den Blick auch dann nicht abwenden, als eindeutig Zungen in Aktion treten. Jetzt öffnet Lara halb die Augen, bemerkt meinen Blick und löst sich schnell von ihrem Liebsten.

»Entschuldigung, Helen, das ist nicht sehr taktvoll von uns, es tut mir Leid.«

»Ja, sorry«, macht auch Manu auf zerknirscht.

»Schon gut«, winke ich lässig ab.

»Tja, dann wollen wir mal.« Während die beiden die Küche verlassen, nehme ich kurz entschlossen noch einmal den Stift zur Hand. PS: UNTERSTEH DICH, AUCH NUR AUF/UNTER/AN EINEM EINZIGEN MEINER MÖBELSTÜCKE MIT EINEM MANN ZU POPPEN!!!

Berühmte letzte Worte.

Es ist wie in einem meiner Albträume. Nur dass es diesmal die Realität ist. Ich sitze im stilvoll eingerichteten Esszimmer meines Vaters an der langen, akkurat gedeckten Tafel mit dem teuren Geschirr und den hauchdünnen Weingläsern. Die zwei Kerzenleuchter sollen Wärme und Gemütlichkeit spenden, mir ist trotzdem eiskalt. Nichts, aber auch gar nichts wird jemals die eisige Atmosphäre dieses Haushalts erwärmen. Am Kopfende thront mein Herr Papa, groß, schlank, mit grauen Schläfen, hellen, wachen

Augen und einem hageren, markanten Gesicht. Ja, er sieht gut aus für seine Mitte fünfzig. Ein Mann von Welt, der seinen Wert kennt, der viel Geld verdient, der es gewohnt ist, Befehle zu geben. Links neben ihm sitzt die Frau, die seine Befehle gewöhnlich ausführt, ohne mit der Wimper zu zucken und ohne zu hinterfragen, ob es wirklich sinnvoll ist, was er da von ihr verlangt. Angela. Neununddreißig Jahre alt und dank Schönheitschirurgie noch immer ohne Reiterhosen an den Oberschenkeln oder Krähenfüße unter den Augen. Die Brüste füllen locker Körbchengröße D und stehen wie eine eins, obwohl sie Mutter einer einundzwanzigjährigen Tochter ist. Jacqueline, blauäugig, blond gelockt, schmollmündig und im sechsten Monat schwanger, sitzt meinem Vater zur Linken. Ihr fast fünfzehn Jahre älterer Ehemann Paul (wie die Mutter, so die Tochter) sitzt daneben. Durchschnittlich groß, durchschnittlich schwer, durchschnittlich aussehend. An Paul ist alles durchschnittlich bis auf sein Bankkonto, das ist auf Grund seiner gut gehenden Marmorfirma dick und rund. Ja, noch runder als der Bauch seiner Frau. Und dann bin da noch ich. Ich sitze Paul gegenüber, Angela zu meiner Rechten, zu meiner Linken Sophia. Die weicht hier, im Horrorkabinett meines Seelenlebens, natürlich nicht von meiner Seite. Und ausnahmsweise bin ich sogar fast ein bisschen beruhigt durch ihre Anwesenheit. Ich wünschte, meine Mutter wäre hier, aber die ist vor zwei Jahren nach Mallorca ausgewandert. Ich vermisse sie schrecklich, aber ich weiß, dass sie dort endlich wieder glücklich ist und nach allem, was in ihrem Leben passiert ist, gönne ich ihr das Glück von Herzen. Auch wenn es bedeutet, dass ich jetzt in diesem Haushalt leben muss.

Mein Vater hat meine Mutter verlassen, als ich acht Jahre alt war. Damals war Angela achtzehn und schwanger.

Laut meiner Mutter lief das Verhältnis zwischen ihr und meinem Vater da schon über mehrere Jahre. Was meinen alten Herrn also auch noch zum Kinderschänder macht. Zusätzlich zu allem anderen. Zusätzlich dazu, dass er vor meinen Augen diese neue, bessere Familie gegründet hat. Mit dieser schlanken, jungen Frau und der Tochter, die ein wahrer Sonnenschein war, wenn sie bei unserem Vater auf dem Knie saß, und ein wahrer Tyrann, wenn ich an den Wochenenden zu Besuch kam und mit ihr spielen musste. Das war es, was ich in dieser Familie war: Ein geduldeter Gast und kostenloser Babysitter für Jacqueline. In einem Spielzimmer, das beinahe so groß war wie die Wohnung, in der ich mit meiner Mutter nach der Scheidung lebte (denn der berufliche Erfolg meines Vaters stellte sich erst nach seiner zweiten Hochzeit ein), verbrachte ich meine Sonntage damit, mich von Jacqueline mit ihren teuren Spielsachen bewerfen zu lassen, während mein Vater im Schlafzimmer meine Stiefmutter durchvögelte. Als ich mit fünfzehn Jahren, bebrillt, verpickelt, mit fettigen Haaren, zu großer Nase, nicht vorhandenem Busen aber immer ausladenerem Hintern, die Biestigkeiten dieses damals siebenjährigen verzogenen Görs ertragen musste, habe ich stets geschwiegen, ihr süß ins Gesicht gelächelt und dabei gedacht: »Warte nur, bis dich auch endlich die Akne heimsucht.« Leider verwandelte sich meine Schwester zu allem Überfluss nahtlos von dem entzückenden Kind mit hellblonden Löckchen und engelsgleichem Gesichtchen in die (zugegeben) wunderschöne, elfengleiche junge Frau, die sie heute ist. Alle Männer zwischen zwölf und zweihundert standen auf sie. Immer. Und ich habe sie glühend um ihre Pubertät beneidet, in der ihr größtes Problem war, sich zwischen all diesen Verehrern zu entscheiden. Nun gut, das ist Schnee von gestern. Ich will mal nicht undankbar sein, denn wahrscheinlich wäre ich keine Typberaterin geworden, wenn ich nicht selber mein erstes Versuchsobjekt gewesen wäre.

Nun sitze ich also hier. Ein Paar zu meiner Linken, ein Paar zu meiner Rechten. Ich bin allein. Angela und Jackie unterhalten sich über die neue Babykollektion von Oilily, Papa und Paul sprechen über die Ausbildungsversicherung für Klein-Georg. Denn dass es ein Junge wird, das musste sich Jackie von ihrem Arzt natürlich bestätigen lassen, sobald man das Geschlecht des Kindes feststellen konnte. Da waren sich Papa und sein Schwiegersohn einig, und Jackie hat getan, was von den Frauen in dieser Familie erwartet wird: gelächelt, genickt und gehorcht. Und es ist tatsächlich ein Junge. Endlich. Mein Vater ist so stolz, als hätte er den Kleinen selbst gezeugt, hat er doch stets und nicht mal im Verborgenen mit dem Schicksal gehadert, das ihm »nur« zwei Töchter geschenkt hat.

Bislang hat noch niemand meinen Einzug kommentiert. Ich wurde mit spitzmündigen Küsschen auf die Wange begrüßt und dann mitsamt Dotty ins Gästezimmer geschickt. Wo meine arme Katze nun auch bleiben muss.

»Du weißt doch, Helena, die feinen Möbel und unsere wertvollen Teppiche.« Jaja, ich weiß. Tote Materie war in diesem Haus von jeher wichtiger als Lebewesen irgendwelcher Art. Und die Zierfische in dem großen Aquarium im Wohnzimmer erhalten ihr Futter auch nur deshalb, weil sie so entzückend schimmern und gut zu den Gardinen passen.

»Helena, hast du schon einen Nachsendeauftrag bei der Post gestellt?«, ist die erste Frage, die mein Vater an mich richtet.

»Das tue ich morgen als Erstes«, versichere ich.

»Und, ja, hm«, er räuspert sich vernehmlich, »die geplante Hochzeit ist ja nun vom Tisch, nehme ich an?« Alle Augen richten sich plötzlich auf mich, die ich feuerrot werde und stammele:

»Ja, das siehst du richtig.«

»Ich werde mich um alles kümmern, Liebes«, sagt Angela, »du brauchst dich nicht damit zu befassen.«

»Danke, nicht nötig«, flüstere ich und starre auf meinen Teller. Wenn sie sich darum kümmert, dann muss ich auf ewig dankbar dafür sein.

»Wir müssen den Festsaal absagen und den Kirchentermin, die Gäste müssen ausgeladen werden«, zählt Angela auf und ich werde kleiner und kleiner. Dabei bin ich eigentlich gar nicht schuld an meiner eigenen Voreiligkeit. Ist doch wahr. Tatsächlich war es nämlich so, dass ich mich, als ich meiner Familie die Verlobung bekannt gegeben habe, das erste Mal anerkannt gefühlt habe. Geschätzt, ja, vielleicht sogar geliebt. Beinahe so, als hätte ich nun doch noch das Klassenziel erreicht. Und deshalb habe ich mich mit Angela sofort mit Feuereifer in die Vorbereitungen gestürzt.

»Was das wieder kosten wird«, brummelt mein Vater und ich werde noch eine Spur röter. Wahrscheinlich sehe ich mittlerweile aus wie ein frisch gekochter Hummer. Ich würge verzweifelt an dem Kloß in meinem Hals herum. »Ich bezahle natürlich die Stornogebühren und alles andere«, sage ich möglichst ruhig.

»Das wirst du nicht tun.« Natürlich ist mein Vater dagegen. Denn dann könnte er mir ja keine Vorwürfe mehr machen. »Als Brautvater zahle ich die Hochzeit meiner Töchter. Das schließt die Kosten mit ein, die entstehen, wenn du dich für den falschen Mann entscheidest.«

»Wie die Mutter, so die Tochter«, sage ich leise.

»Wie bitte?«

»Nichts.« So weit, dieses Statement zu wiederholen, geht mein Mut doch nicht.

»Nun gut«, lässt mein Vater die Sache auf sich beruhen, um gleich zum nächsten Schlag auszuholen, »und hast du dir schon die Wohnungsanzeigen in der Zeitung angesehen, Helena?« Alles klar. Ich verstehe schon. Auch wenn ich gerade mal zwei Stunden hier bin, wird es langsam Zeit für mich, wieder die Biege zu machen.

»Das mache ich gleich nach dem Essen«, sage ich erstickt und füge todesmutig hinzu: »Außerdem heiße ich Helen.« Was, wie ich zugeben muss, nicht ganz der Wahrheit entspricht. Laut Personalausweis bin ich Helena Margret Ramien. Aber wie die Göttin der Schönheit zu heißen ist nicht so erhebend, wie es klingen mag. Nein, es kann ein Fluch sein, wenn sich im Geschichtsbuch im Kapitel »Griechische Mythologie« eine Abbildung jener Tochter von Zeus befindet und jeder in der Klasse im Vergleich meine Unzulänglichkeit ihr gegenüber erkennen kann. Das Einzige, was ich zu diesem Zeitpunkt mit ihr gemeinsam hatte, war der allmächtige, untreue Vater. In diesem Moment wusste ich: Ein neuer Name muss her. Und so sehr ich meine Großmutter, der ich meinen zweiten Vornamen verdanke, liebe: Margret kam nicht in Frage. Und so ist Lara auf die Idee gekommen, mich Helen zu nennen.

»Das wüsste ich aber, wenn ich nach deiner Geburt diesen Namen für dich ausgesucht hätte«, sagt der Herrscher des Olymps jetzt ironisch und lächelt meine Stiefmutter an. Sie verfällt in ein gurrendes Gekicher. »Mag sein, dass dich deine Mutter Helen nennt, meine Tochter heißt Helena.«

»Sie ist nicht nur meine Mutter, sie war deine Frau!«, versuche ich ihn zu provozieren. Leider merke ich, dass ich wieder knallrot anlaufe und der Kloß im Hals noch dicker wird. Paul und Jackie beschäftigen sich konzentriert mit dem Rindercarpaccio auf ihren Tellern und tun so, als würden sie nichts mitbekommen. Angela schaut mich böse an, doch mein Vater lächelt sein altbekanntes Lächeln, bei dem die Augen kalt und unbeteiligt bleiben, und sagt sehr sanft:

»Schon gut, Helena. Du bist sicher etwas angespannt heute. Das ist ja auch verständlich.« Der Blick aus seinen Augen trifft mich wie ein eisiger Wasserstrahl, dann wendet er sich Jackie zu. So war es schon immer. Er suggeriert mir, dass da noch diese andere Tochter ist, die mehr nach seinem Geschmack ist und straft mich mit Nichtachtung. Wieder einmal kämpfe ich mit den Tränen. Sophia legt beruhigend ihre Hand auf meine und sieht mich mitleidig an.

»Willst du denn dein Carpaccio nicht essen, Liebes«, fragt Angela mit aufgesetzter Liebenswürdigkeit.

»Nein«, sage ich und schiebe meinen Teller von mir, »nein, danke, ich bin Vegetarierin.«

So viel steht fest, eine neue Wohngelegenheit muss her, und zwar am liebsten gestern. Miesgelaunt liege ich auf dem zwei mal zwei Meter großen Gästebett mit der sündhaft teuren hellgrünen Überdecke und kraule meine Katze. Vor lauter Umzugsstress verliert die noch mehr Haare als sonst. Oh, was wird meine Stiefmutter fluchen, wenn sie dieses Zimmer wieder betritt. Bei diesem Gedanken gelingt mir sogar ein kleines schiefes Grinsen, aber eigentlich ist mir weiß Gott nicht zum Lachen zumute.

Wie konnte mein Leben so urplötzlich aus den Fugen geraten? Meine beste Freundin geht zum Traualtar, meine kleine Schwester in den Mutterschutz. Und ich? Ich gehe shoppen. Und noch nicht einmal für mich selbst. Es ist deprimierend. Wobei mich noch mehr deprimiert, dass ich noch nicht einmal das – nämlich shoppen für andere Leute – in den letzten Tagen gemacht habe. Es wird Zeit, dass ich mich wieder an die Arbeit mache! Entschlossen greife ich nach meinem Terminkalender und dem Telefon.

»Biergarten?«

»Guten Abend, Frau Biergarten, hier spricht Helen Ramien, ich hoffe, ich störe Sie nicht.«

»Ganz und gar nicht. Sind Sie wieder gesund?«

»Topfit. Und daher wollte ich Sie fragen, ob wir nicht einen neuen Termin vereinbaren wollen.«

»Sehr gerne.«

»Morgen?«, rutscht es mir heraus. Sehr ungeschickt. Sehr blöd. Wenn ich um acht Uhr abends einen Termin für morgen ausmache, dann bedeutet das absoluten Notstand und so was macht sich nicht gut.

»Morgen passt mir ausgezeichnet.« Sieht so aus, als sei ich nicht die einzige Frau auf der Welt, die Notstand hat.

»Großartig. Gegen elf bei Ihnen zu Hause? Dann können wir gleich Ihren Kleiderschrank durchforsten.«

»Wunderbar.« Sie klingt wie ein Kind kurz vor Weihnachten.

»Also dann bis morgen.« Zufrieden lege ich auf und fühle mich schon ein wenig besser. Die kriegen mich nicht klein! Weder der schwule Jan noch meine reizende Familie.

Kurz bevor ich einschlafe kommt Sophia noch mal an mein Bett. Will sie mir etwa »Gute Nacht« sagen, wenn das hier schon sonst keiner tut? Das ist echt nett. Sie lässt sich auf die Bettkante sinken.

»Helen, lass uns über dein Verhältnis zu deinem Vater reden.« Das hätte ich mir ja denken können. Ich will jetzt aber nicht über meinen Vater reden. Ich weiß ja, alle meine gescheiterten Beziehungen sind seine Schuld. Früher habe ich mir mit Vorliebe verheiratete oder zumindest vergebene Männer ausgesucht. Logisch, das war natürlich die Hoffnung, einmal gegen die andere Frau (sprich Angela) zu gewinnen. Ist mir übrigens nicht ein einziges Mal gelungen. Aber was Papa jetzt damit zu tun haben soll, dass Jan plötzlich schwul geworden ist, das will mir nicht in den Kopf. »Dann denk mal drüber nach.«

Jacqueline liegt in einem grell beleuchteten Kreißsaal. Um sie herum steht meine ganze Familie, mein Vater, Angela, Paul, meine Mutter. Alle feuern sie an und sie schreit und ich schreie mit. Ich sehe in verzerrte Gesichter und frage mich, wo ich bin. Bis ich plötzlich merke, wo ich mich befinde. An einem warmen Ort, um mich her ist es ganz weich und rot, doch dann werden die Stimmen immer lauter und es ist, als würde mir jemand die Luft abschnüren. Dann bekommt Jacqueline ihr Baby und mir wird klar, dass ich dieses Baby bin. Ich sehe mich um und die Gesichter über mir verziehen sich zu fürchterlichen Fratzen und mein Vater schreit:

»Seht mal, Georg ist ein Mädchen.« Und dann hallt ein Echo durch den Kreißsaal: »Georg ist ein Mädchen, ein Mädchen.«

Dann bin ich plötzlich in dem riesigen Spielzimmer von früher und durch ein Loch in der Decke fallen Spielzeugautos, Wasserpistolen und Legosteine auf mich runter und verschütten mich, bis nur noch meine Haare oben rausgucken. Ich mache den Mund auf, um zu schreien, da fährt ein Miniaturauto hinein und meine Speiseröhre herunter. Ich fange an zu würgen und zu husten und wache auf.

Vollkommen gerädert blicke ich mich um. Die Sonne scheint hell zum Fenster hinein. Wie spät ist es? Ich greife nach meinem Handy auf dem Nachttisch. Schon halb neun. Benommen setze ich mich auf. Was für ein Albtraum. Während ich noch versuche, einen klaren Kopf zu bekommen, bemerke ich aus den Augenwinkeln schon, wie Sophia es sich auf dem Korbsessel neben dem Fenster bequem macht. Ja, schon klar, das gefällt ihr. So ein Traum ist natürlich ein gefundenes Fressen.

»Du willst mir doch nicht allen Ernstes weismachen, dass ich mir Jan ausgesucht habe, weil er eigentlich schwul ist, oder?« Sophia sieht mich nur mit schief gelegtem Kopf an. »Ja, mein Vater wollte, dass ich ein Junge werde und Jan hätte lieber, dass ich ein Mann wäre, willst du das damit sagen? Das ist doch vollkommen verrückt.«

»Ich will dir gar nichts sagen, meine Liebe. Dein Unterbewusstsein schon.«

»Woher soll ich denn bitte schön gewusst haben, dass Jan schwul ist? Das wusste er doch noch nicht einmal selber.«

Oder?

Dieser ganze Psychoquatsch macht mich wahnsinnig. Ich werde mich jetzt auf meinen Termin konzentrieren und morgen in der Therapie werde ich Sabine bitten, mir Sophia endlich irgendwie vom Hals zu schaffen. Und mit den Sitzungen bei ihr werde ich auch aufhören. Jawohl! Ganz ehrlich, bevor ich mit der Therapie angefangen habe, war ich wesentlich gesünder.

Durch das kleine hölzerne Gartentürchen betrete ich den Vorgarten von Frau Biergartens kleinem weiß getünchten Reihenhäuschen. Schlottermann/Biergarten steht auf dem Namensschildchen. Auf mein Klingeln öffnet eine rundliche Frau Ende vierzig. Auf den ersten Blick erfasse ich, dass ein gehöriges Stück Arbeit auf mich wartet: Viel zu dunkle halblange Haare, blasse Haut, falsch gezupfte Augenbrauen, ein sackartiges Hauskleid, das wie ein Zelt über den üppigen Busen fällt, flache braune Sandalen. Aber ihr Lächeln nimmt einen sofort gefangen.

»Frau Ramien, nicht wahr?«, strahlt sie mich an und schüttelt mir die Hand. »Wie schön, dass es nun doch noch geklappt hat. Kommen Sie rein! Eine Tasse Kaffee? Oder Tee? Was Kaltes?«

»Tag, Frau Biergarten, ein Glas Wasser, wenn Sie haben, bitte.«

»Natürlich, selbstverständlich. Folgen Sie mir doch bitte in die Küche.« Auf dem Weg dorthin sehe ich mich aufmerksam um. Die Einrichtung der Wohnung sagt einiges über den Menschen aus, der dort lebt, und eine gute Beratung kann ich nur dann leisten, wenn ich das wahre Ich meines Kunden erkenne. Klingt hochgestochen, ist aber so. Und das Haus von Frau Biergarten erzählt mir eine ganze Menge. Sie ist eine Frau, die Schönes liebt. Alles sieht sauber und ordentlich aus und es steht eine Menge Dekokram herum. Plastikblumen, extravagante Vasen und Kerzenständer. Ein bisschen überladen für meinen Geschmack, aber um den geht es hier ja auch nicht. Ich wundere mich kurz, wieso jemand für seine Wohnung mehr sorgt als für das eigene Aussehen. Aber das werden wir ja jetzt ändern. Am Küchentisch sitzt ein großer grauhaariger Mann mit leichtem Bauchansatz und griesgrämigem Gesichtsausdruck. »Das ist mein Verlobter, Heiner Schlottermann und das ist Helen Ramien«, werden wir einander vorgestellt.

»Angenehm«, grunzt er, steht auf und schüttelt kurz meine Hand. »Ich muss los. Heute Abend wird es spät.«

»Auf Wiedersehen. Hab einen schönen Tag«, ruft Frau Biergarten ihm fröhlich hinterher, aber ich bemerke doch den traurigen Blick, mit dem sie ihm nachschaut. Natürlich, er beachtet sie nicht mehr. Auch das wird sich ändern!

Eine Stunde später sind Hannah und ich per Du und inspizieren gemeinsam ihren Kleiderschrank. Nach meinem altbewährten System sortieren wir die Klamotten in drei Stapel: verwendbar, bedingt verwendbar und Altkleidercontainer. Der letzte Haufen ist am größten. Zielsicher hat Hannah bei ihren Einkäufen der letzten Jahre sowohl bei Farbe als auch beim Schnitt danebengegriffen. Sie geniert sich ein wenig, als ich sie bitte, sich mir in Unterwäsche zu zeigen, tut es dann aber trotzdem. Und welche Überraschung!

»Hannah, du hast ja eine richtige Wespentaille«, sage ich beeindruckt. Es stimmt. Großer Busen, ausladender Hintern, schmale Taille. So, wie man es sich wünscht. »Wenn du dich in diese weiten Kleider hüllst, dann sieht man ja gar nichts davon. So geht das nicht. Die Farben sind auch völlig falsch, du bist ein Herbsttyp. Wie bist du nur auf die Idee gekommen, dein Haar so dunkel zu färben? Was ist deine Naturhaarfarbe?«

»Rot«, haucht die verschämt. Ist das zu fassen?

»Natürlich rot. Und warum färbst du sie dir dann kackbraun? Das werden wir ändern!« Ich bin in meinem Element. Auf geht's in die Innenstadt, wo wir P&C, Biba und C&A unsicher machen. Ja doch, schicke Mode muss (und darf in diesem Fall) nicht teuer sein. Da passe ich mich natürlich dem Geldbeutel meiner Kundschaft an. Den Termin beim Friseur habe ich schon heute Morgen gebucht und um halb fünf sitzt Hannah auf dem Friseurstuhl und wird, während sie meinen Anweisungen an Flo lauscht, immer kleiner und kleiner.

»Also, sie braucht einen richtig feschen Kurzhaarschnitt,

schön fransig an den Seiten. Und wir wollen zurück zur Naturhaarfarbe.«

»Rot?«

»Genau.«

»Da müssen wir erst voll blondieren. Das greift die Haare ziemlich an.« Hannah wimmert verschreckt, und ich lege ihr beruhigend meine Hand auf die Schulter.

»Keine Sorge, bei der Frisur ist das kein Problem. Die kaputten Längen kommen ja weg.«

»Aber«, wirft sie zaghaft ein, »Schlotti mag langes Haar bei Frauen.« Mit einem verächtlichen »Pffhh«, wische ich diesen Einwand vom Tisch und gebe Flo das Zeichen, loszulegen. Schlotti. Schlotti sollte erst mal lernen, seine Frau überhaupt zu sehen. Und was heißt hier eigentlich seine Frau? Hannah hat mir erzählt, dass er keine Anstalten macht, sie zu heiraten, obwohl sie seit vielen Jahren zusammen sind. Vielleicht, weil der Sex mit anderen Frauen dann zu außerehelichem Sex werden würde? Na, wir werden sehen, ob der seine Meinung nicht ändert, wenn er die neue Hannah zu Gesicht bekommt. Versonnen betrachte ich Flo, der wie ein Kobold um sie herumschwirrt. Der vierte schwule Mann der letzten Zeit, wie mir gerade bewusst wird, aber das macht mir in diesem Fall nichts aus. Im Gegenteil! Ein Friseur muss schwul sein! Nur dann kann man nämlich mit ihm stundenlang über Haarkuren und Nagellack, schräge Ponyfransen und den neuesten Klatsch aus der Königsfamilie tratschen. Nein, dass Flo schwul ist, das ist schon okay! Außerdem macht er aus Hannah gerade ein echtes Kunstwerk.

Die ist zwar erschöpft, aber überglücklich, als sie nach gut neun Stunden vor ihrem Reihenhäuschen aus meinem Auto steigt, bepackt mit mehreren prall gefüllten Plastiktüten und kaum wieder zu erkennen.

»Der Heiner wird Augen machen«, sagt sie und ihre braunen Augen strahlen. Vor freudiger Erwartung, klar. Der goldene Lidschatten, der perfekt zu ihrer Augenfarbe passt und sie betont, tut ein Übriges.

»Das wird er sicher«, nicke ich bestätigend. Sie lächelt in sich hinein. Oh nein, den Blick kenne ich. Jetzt malt sie sich gerade aus, wie Heiner sich heute Abend begeistert auf sie stürzen wird und was die beiden dann alles miteinander veranstalten werden. Was ich, nebenbei gesagt, gar nicht so genau wissen will. Davon abgesehen: Ist es nicht einfach ungerecht, dass ein Mann seine Frau wie ein Möbelstück (oder schlechter) behandelt und dafür zum Schluss zur Belohnung eine topgestylte Partnerin und den Sex seines Lebens bekommt? Irgendwas läuft da doch schief. Hannah jedenfalls ist augenscheinlich glücklich wie schon lange nicht mehr. Vielleicht schießt sie den blöden Kerl ja auch ab und sucht sich was Netteres, jetzt mit neuem Look und dem aufpolierten Selbstwertgefühl. Ich gebe die Hoffung nicht auf.

»Also, du schickst mir dann die Rechnung, Helen, oder?«

»Mache ich.«

»Und du kommst nächsten Mittwoch um die gleiche Zeit?«

»Unbedingt.« Neue Klamotten und ein Friseurbesuch waren ja schon ganz nett, aber das ist erst der Anfang. Natürlich rücke ich nicht gleich am ersten Tag mit allen Tipps und Tricks raus. Ich muss doch schließlich auch leben, oder? Außerdem ließe sich eine Komplettberatung gar nicht an einem einzigen Tag machen. Natürlich habe ich auch Kunden, die sich nur in einem bestimmten Bereich von mir helfen lassen und damit zufrieden sind. Lieber sind mir aber Langzeitprojekte. Meine Beratung kann sich, wenn gewünscht, auf beinahe jeden Lebensbereich ausweiten, wobei mir meine Unentschlossenheit, was die Berufswahl nach dem Abitur anging, heute sehr von Nutzen ist. Ich bin nicht nur ausgebildete Aerobictrainerin und Kostümbildnerin, sondern habe auch diverse Praktika und eine halb fertige Ausbildung als Diätassistentin hinter mich gebracht. Der nächste Schritt für Hannah besteht jetzt in einer ausführlichen Make-up-Schule, gefolgt von einer Ernährungsberatung und der Erstellung eines Gymnastikprogramms für zu Hause. Und danach schauen wir mal weiter. Winkend fahre ich von dannen und beobachte im Rückspiegel, wie Hannah sich mitsamt ihren Einkäufen durch das schmale Gartentürchen zwängt.

4.

Was mache ich jetzt mit dem angebrochenen Abend? Ich überschlage kurz die Möglichkeiten:

- zum etwa hundertsten Mal zu Lara fahren, mich mit ihr und Manu (dem das nichts ausmacht, wiiiiirklich!) vor den Fernseher setzen und mir vorkommen wie das fünfte Rad am Wagen
- auf die Reeperbahn fahren, dort geschätzte zwei Stunden lang einen Parkplatz suchen, um dann in Bernds Albtraum-WG aus einem leidlich sauberen Becher mit abgeschlagenem Henkel ungenießbaren Kaffee zu trinken und mir anzuhören, dass ich ein Kontrollfreak bin und mir die falschen Männer aussuche (wieso ist Bernd noch mal mein Freund?)
- in mein neues »Heim« zurückkehren, dort einen Abend bei gefühlten vier Grad über Null im »Salon« verbringen, erniedrigenden Fragen über mein Privatleben ausweichen und Angela davon abhalten, meinem Vater auf dem weißen Ledersofa einen zu blasen, selbstverständlich mit der Kleenexschachtel in Reichweite (eines meiner traumatischen Kindheitserlebnisse)

– meiner reizenden Stiefschwester einen Besuch abstatten und wahrscheinlich blöd genug sein, mich für den Valentinstag nächsten Jahres als Babysitter für den kleinen Georg abkommandieren zu lassen. Schließlich werde ich an diesem Tag ja sowieso keine Verabredung haben, oder?

Für meinen Geschmack sind das alles ziemlich unschöne Varianten einer Abendunterhaltung. Ich könnte natürlich auch bei Jan anrufen und ihn anflehen, zu mir zurückzukommen. Oder ganz auf cool tun und erzählen, dass ich bereits jemand Neues kennen gelernt habe. Oder ihn ganz unverbindlich auf einen Kaffee einladen, damit wir »gute Freunde« werden können und mich auf diesem Weg wieder in sein Herz und Bett einschleichen.

»Tse, tse, tse«, macht Sophia und greift mich behutsam beim Arm. Das habe ich doch nicht ernst gemeint. Natürlich werde ich ihn nicht anrufen. Eigentlich ist mir sowieso nicht nach Gesellschaft zumute. Ich werde mich einfach ins Café Real setzen, einen Milchkaffee mit Schokosirup bestellen und ein wenig in dem Roman schmökern, den mir Lara letztens so wärmstens ans Herz gelegt hat. »Genau, Helen, das ist eine gute Idee«, bekräftigt mich Sophia in meinem Entschluss, »verbring Zeit mit dir selbst. Entspanne dich.« Jawoll, ich werde es versuchen.

Wenig später nehme ich den ersten Schluck aus der überdimensionalen Kaffeetasse, die mich an Samson aus der Sesamstraße erinnert. Hmm, lecker. Heiß und süß! Ich vertiefe mich für zwei Minuten in meine Lektüre, da steht plötzlich ein Mann vor meinem Tisch und fragt:

»Entschuldigung, ist der Platz noch frei.« Na toll! Ich will meine Ruhe haben. Andererseits kann ich ihm ja wohl kaum den Stuhl verwehren. Wenn ich jetzt sage, es kommt noch jemand, sieht es später so aus, als wäre ich versetzt worden, und diese Demütigung könnte ich nicht ertragen. Ohne aufzublicken sage ich:

»Ja, ja, nur zu.«

»Danke. Ich hoffe, das ist okay«, sagt er und lässt sich mir gegenüber nieder.

»Jaja«, mache ich ungeduldig und lese betont konzentriert weiter. Der soll mir bloß kein Gespräch aufzwingen, dazu bin ich jetzt echt nicht in Stimmung. Halt die Klappe, halt bloß die Klappe, denke ich beschwörend und tatsächlich bleibt mein Gegenüber schweigsam. Gott sei Dank. Ich versuche, mich wieder auf Clarissa Satori zu konzentrieren, die kurz vor Ausbruch des Zweiten Weltkrieges in einer Scheune auf dem Gut ihres Vaters ihre Jungfräulichkeit verliert. Leider fesselt mich das Ganze nicht allzu sehr. Zudem kann ich nicht umhin zu registrieren, dass mein Tischgenosse mich anscheinend ununterbrochen anstarrt. Beharrlich starre ich weiter auf die Buchstaben. Warum zum Teufel glotzt der so? Da kommt ein Kellner an unseren Tisch und fragt:

»Hallo, was darf ich bringen?«

»Einen Martini, bitte. Und hättest du gerne einen Tequila, Helen?« Mit einem Ruck hebe ich den Kopf und wer sitzt vor mir? Natürlich. Michael. Was habe ich bloß immer für ein Pech? »Na, wie sieht's aus?«

»Äh, nein danke, keinen Tequila, nein«, sage ich kurz und der Kellner trollt sich achselzuckend.

»So sieht man sich wieder«, sagt Michael und grinst mich mit seinen strahlend weißen Zähnen an.

»Tja«, mache ich unbestimmt und wende mich wieder meinem Buch zu.

»Hee«, macht er und stupst mit seiner Rechten gegen

meine Hand, »was ist denn? Wieso sprichst du nicht mit mir?«

»Darf ich bitte einfach mein Buch weiterlesen?«, frage ich beherrscht.

»Aber …« Ratlos sieht er mich an. Dann leuchten seine Augen plötzlich auf und er fängt an zu kichern: »Helen, hast du das denn nicht kapiert? Wir hatten nichts miteinander, ehrlich nicht. Ich habe dich nur zu mir nach Hause gebracht, weil du so betrunken warst, dass du nicht mehr wusstest, wo du wohnst. Ich habe dich ganz sicher nicht angerührt. Glaub mir doch, ich bin schwul.« Treuherzig lächelt er mich an. Mir reichts. Es kommt mir gerade so vor als hätte ich ein Déjà-vu, und kein besonders angenehmes dazu. Ich krame in meiner Tasche nach dem Geldbeutel und hole einen Fünf-Euro-Schein heraus.

»Das ist mir nicht entgangen«, sage ich, während ich ihn auf den Tisch knalle und aufstehe.

»Ist das ein Problem für dich?«, fragt Michael jetzt vollkommen verwirrt.

»Allerdings! Und was für eins!«

»Das ist doch nicht dein Ernst!« Fassungslos starrt er mich an. Ich will mich gerade auf dem Absatz umdrehen, als mir aufgeht, wie das auf ihn wirken muss. Nicht gut. Gar nicht gut. Um es genau zu nehmen, politisch total unkorrekt. Ich spiele nur eine Sekunde mit dem Gedanken, ausnahmsweise mal drauf zu scheißen, was jemand anderes von mir hält und das Weite zu suchen, aber dann siegt (wie immer) die Miss Perfect in mir. Mit einem tiefen Atemzug lasse ich mich wieder auf den Stuhl fallen. Michaels Augenbrauen treffen mittlerweile über seiner Nasenwurzel beinahe aufeinander, so sehr hat sich sein Blick verfinstert: »Sag bloß, du bist einer von diesen religiösen Spinnern, die behaupten, Schwulsein sei eine Sünde.«

Ich will gerade den Mund aufklappen, um diese Anschuldigung weit von mir zu weisen, da gebietet er mir mit einer Handbewegung zu schweigen. »Dann will ich dir jetzt mal was erzählen, Fräulein Bibelfest. Ja, in der Bibel mag stehen, dass der Mann nicht beim Mann liegen soll, aber zu der Zeit war es üblich, dass die Männer sich Knaben ins Bett geholt haben. Verstehst du, Knaben! So wie ich die Bibel verstehe, hat Gott einfach etwas gegen den Missbrauch von Kindern. Und sicher, ganz sicher hat er nichts dagegen, wenn zwei Menschen, egal was für Menschen, einander in Liebe begegnen.« Vor lauter Erregung ist er während seines Vortrages immer lauter geworden, und als er sich jetzt aufatmend zurücklehnt und mich herausfordernd ansieht, bemerke ich, dass er nicht der Einzige ist, dessen Blick auf mir ruht. Sämtliche Gäste in unserer näheren Umgebung drehen neugierig die Köpfe in unsere Richtung und betrachten mich mit einer Mischung aus Verachtung und Neugier. Ich spüre, wie mir das Blut in den Kopf schießt und ich puterrot anlaufe.

»Ich … ich glaube auch, dass er nichts dagegen hat«, stammele ich verlegen.

»Und was hast du dann dagegen?«, bohrt er nach.

»Gar nichts«, rufe ich verzweifelt, »ich habe nichts gegen Schwule. Wirklich nicht. Aber warum muss ausgerechnet mein Verlobter plötzlich schwul sein?« Kaum habe ich das ausgesprochen, halte ich mir schon erschrocken die Hand vor den Mund. Zu spät, Helen, was raus ist, ist raus. Dabei geht das diesen blöden Michael ja wohl überhaupt nichts an. Und noch weniger all die anderen Leute, die gebannt unserer Unterhaltung gefolgt sind und natürlich auch meinen letzten Ausruf gehört haben. Ich blicke mich um und erkenne in mindestens zehn Augenpaaren den gleichen Ausdruck, eine Mischung aus Betroffenheit, Sensationsgier und – was am allerschlimmsten ist – Mitleid. Ich will euer Mitleid nicht. Michael hat bis jetzt noch nichts gesagt. Trotzig und mit zusammengebissenen Zähnen sehe ich ihn an. Soll er mir doch irgendeinen blöden Spruch reindrücken, mir egal. Aber er sagt nur:

»Oh. Das tut mir Leid.« Ich spüre, wie ich einen Kloß im Hals bekomme, doch ich schlucke ihn energisch herunter. Das wär's noch. Ich kenne den Mann doch gar nicht. Ja, er hat mich schon mal heulen sehen, nur war ich da halb bewusstlos vor lauter Tequila. »Ich sehe ein, dass das schrecklich für dich sein muss«, fährt er fort und streichelt meine Hand. Helen, reiß dich zusammen! »Kann ich dir vielleicht irgendwie helfen? Möchtest du darüber reden?« Ich konzentriere mich mit aller Kraft auf den sich langsam auflösenden Milchschaum in meiner Kaffeetasse. Nicht heulen, jetzt bloß nicht heulen! »Helen«, plötzlich steht er auf und zieht mich an der Hand mit hoch, »ich glaube, um dich sollte man sich heute ein bisschen kümmern.«

Zwanzig Minuten später schließt Michael die Türe zu seiner und Nicks Wohnung auf und lässt mir galant den Vortritt. Ich war leider zu kraftlos, um mich gegen den Vorschlag zu wehren. Ich weiß nicht, ob ein Abend mit einem glücklichen Pärchen, ob Homo oder Hetero, zurzeit so eine gute Idee ist. Aber was sind die Alternativen? Na also. Vielleicht werde ich hier wenigstens ein bisschen abgelenkt.

»Nick, wir haben Besuch«, ruft Michael laut und schon erscheint ein sommersprossiges Gesicht in der Küchentür. Über Jeans und schlichtem braunen Langarm-Shirt trägt er eine blau-weiß-gestreifte Schürze, in der linken Hand hält er einen hölzernen Kochlöffel, von dessen Spitze es verführerisch dampft.

»Ach, wie schön. Gut, dass ich die Pasta noch nicht in den Kochtopf geworfen habe. Also für drei«, sagt er ganz selbstverständlich und verschwindet wieder in der Küche. Was zu essen? Cool! Bin wirklich ganz ausgehungert vom vielen Weinen. Ich muss endlich damit aufhören, ständig und überall loszuheulen. Ich leiere irgendwann noch mal die Blutgefäße in meinen Augen aus, sodass sie sich auch mit Hilfe von Augentropfen nicht mehr anständig zusammenziehen werden. Michael und ich folgen Nick in die Küche und lassen uns auf je einen Stuhl fallen.

»Helen, das ist schön, dass du hier bist«, erklärt Nick begeistert, während er vergnügt vor dem Herd hin und her springt und scheinbar zehn Sachen auf einmal tut. Staunend beobachte ich, wie er ein flaumiges Ciabattabrot mit einem scharfen Messer in Scheiben schneidet, ohne es dabei zu zerdrücken. »Ich hatte irgendwie das Gefühl, dass du nicht ganz verstanden hast, dass du von uns nichts zu befürchten hattest.«

»Nein, nein, ich weiß, dass nichts passiert ist«, sage ich verlegen und werde ein bisschen rot.

»Gott bewahre«, sagt Nick und wirft die Hände hoch. »Nichts für ungut, aber ich konnte Frauen noch nie etwas abgewinnen.« Ein bisschen beleidigt verziehe ich das Gesicht.

»Rein sexuell gesehen«, fügt Nick da auch schon geistesgegenwärtig hinzu, »ansonsten seid ihr für mich göttliche Wesen.« Er nimmt meine Hand und küsst sie, woraufhin ich ihm ein verzeihendes Lächeln schenke. Während Michael Rotwein in drei bauchige Gläser schenkt, verteilt Nick die Brotscheiben auf einem gefetteten Backblech, beträufelt sie mit Olivenöl und Kräutern, um sie dann in den Ofen zu schieben. Er richtet Salat an, zaubert ein Dressing, rührt in der Nudelsoße herum, wirft die Pasta ins Wasser und schneidet Honigmelone in Würfel. Ich frage mich allen Ernstes, wie der den Überblick behält.

»So, fertig«, sagt Nick laut und stellt uns mit Schwung den in Herzform angerichteten Rucolasalat mit Kirschtomaten, Pinienkernen und Honig-Senf-Dressing vor die Nase. Dazu schmeckt das knusprige Kräuterbrot, das auf die Sekunde genau aus dem Ofen genommen wurde und an den Seiten leicht angebräunt, aber nicht verbrannt ist. Die Penne, bissfest und in scharfer Tomatensoße mit Scampi, schmecken besser als bei jedem Italiener.

»Du isst doch Meeresfrüchte«, fragt Nick mich etwas besorgt.

»Fisch ja, Fleisch nein«, lasse ich meinen Standardspruch los. Ich frage mich langsam, ob ich hier vielleicht in irgendeine Feierlichkeit hereingeplatzt bin. Einjähriges Jubiläum zum Beispiel? Das wäre mir wirklich sehr unangenehm.

»Nein, nein, keine Sorge«, sagt Michael lachend, als ich zaghaft meine Bedenken äußere, »wir essen einfach gerne gemütlich.«

»Und gesund«, fügt Nick hinzu und spießt eine Kirschtomate auf seine Gabel.

»Außerdem sind wir schon seit fast fünf Jahren zusammen.«

»Fünf Jahre?« Ich staune Bauklötze. Das ist ja unglaublich.

»Du denkst wohl bei Schwulen an Dark Rooms und Gruppensex mit Fremden, was?«, fragt Michael.

»Nein, natürlich nicht«, beeile ich mich zu sagen und verschlucke mich dabei fast an einem Rucolablatt.

»Wohl zu viel ›Wahre Liebe‹ geguckt?«, unkt Michael, und da bemerke ich das breite Grinsen, das sich über sein Gesicht zieht. Ja, sehr witzig. Dark Rooms. Sofort erscheint vor meinem inneren Auge Jan, mein Jan, in einem stockfinsteren Raum mit lauter fremden Männern. Dabei ist er doch so sensibel.

»Nein, nein, wir sind seit fünf Jahren zusammen. Und treu!« Das kam ein bisschen sehr betont aus Nicks Richtung, finde ich. Und der Blick, den er Michael dabei zuwirft. Wieso suche ich jetzt in dieser anscheinend gut funktionierenden Beziehung ein Problem? Weil ich es nicht ertragen kann, dass andere schaffen, was mir bisher noch nicht gelungen ist? Wow, sieh mal an! Ich brauche Sophia gar nicht, um mich verrückt zu machen.

»Das finde ich echt toll, ehrlich«, sage ich lächelnd, aber meine Stimme zittert ein wenig. Michael legt mir beruhigend die Hand aufs Knie und sagt zu Nick:

»Helens Freund hat mit ihr Schluss gemacht, weil er jetzt auf Männer steht.« Oh Gott, wenn jemand anderes es ausspricht, klingt es noch viel grausamer. Mitfühlend sieht Nick mich an und sagt:

»Du armes Mäuschen.« Ich möchte lieber schnell das Thema wechseln.

»Was macht ihr eigentlich beruflich?«, frage ich betont munter, stoße meine Gabel in eine Garnele und betrachte sie genau.

»Ich habe die Därme entfernt«, sagt Nick leicht pikiert, woraufhin ich meine Untersuchung sofort beende und das Meerestier genussvoll verspeise.

»Hmmm«, mache ich, »lecker!« Nick verzeiht mir gnädig meinen Fehltritt und sagt:

»Ich bin Koch.« Hätte ich mir ja denken können.

»Das merkt man! Das Essen ist einfach toll! Und wo? Lass mich raten. Bestimmt im Atlantik. Oder im Vier Jahreszeiten?« Ich möchte meinen Fehler mit dem Garnelendarm unbedingt wieder gutmachen und trage deshalb vielleicht sogar ein bisschen zu dick auf, aber Nick lächelt geschmeichelt und hebt abwehrend die Hände.

»Nein, nein, im Freudenhaus.« Na, da bleibt mir doch die Spucke weg.

»Ich schwöre, das ist mein Lieblingsrestaurant«, sage ich begeistert.

»Ach, das sagst du doch nur so.«

»Wirklich! Bei allem, was mir heilig ist. Das Essen ist so toll.« Für mich, die ich gerade mal so eben einen Gurkensalat hinbekomme, ist Nick jetzt schon ein Held.

»Und was machst du, Michael?«

»Ich bin Friseur«, antwortet er.

»Ach Quatsch«, entfährt es mir, woraufhin er grinst und sagt:

»Stimmt. Ich bin Werbetexter.«

Ich muss zugeben, ich hatte einen mehr als vergnüglichen Abend mit den beiden. So vergnüglich, dass ich mich für den folgenden Abend zur Ally-McBeal-Schlacht habe überreden lassen. In meiner verwaschenen Miss-Sixty-Jeans, den schwarzen Puma-Turnschuhen und einem überdimensionalen Sweatshirt stehe ich daher nur zwanzig Stunden später wieder bei den Jungs auf der Matte, eine Familienpackung Chips unterm Arm. Das ist mein Chill-Outfit. Jede Frau braucht so etwas. Gemütlich und doch hipp. Nick öffnet die Tür und umarmt mich zur Begrüßung:

»Hey, lange nicht gesehen!« Haha. »Wow, ist das dein Abi-Sweatshirt? Zeig mal!« Stolz drehe ich mich einmal um die eigene Achse. Immerhin ist das Ding über zehn Jahre alt. Eine Antiquität. ›Dreizehn Jahre offener Vollzug‹ steht auf dem Rücken. »Warst du auch so ein Moppelchen in der Schule wie ich oder warum passt du da heute zweimal rein?« Ein Moppelchen? Nick? Ungläubig lasse ich meinen Blick über seinen durchtrainierten Körper wandern. Der weiß wohl um meine Vergangenheit und erlaubt sich einen grausamen Scherz. Aber er nickt eigentlich ziemlich glaubwürdig und sagt: »Ich weiß, kaum zu glauben!«

»Allerdings«, sage ich anerkennend und fühle mich ihm gleich noch verbundener. Deshalb raune ich ihm verstohlen mein gut gehütetes Geheimnis entgegen: »Mit sechzehn war ich noch so breit wie hoch.« Damit drücke ich Nick die Chips in die Hand. »So was rühre ich seitdem nicht mehr an.«

»Versuchung, dein Name ist Weib. Ja, denkst du vielleicht, ich?«, stöhnt er übertrieben, »Michael, guck mal, was Helen mitgebracht hat. Bitte befrei mich!« Da steckt Michael den Kopf durch die Küchentür und grinst breit.

»Helen, mach dich nicht unbeliebt. Nick ist auf Dauerdiät.«

»Schon vernommen«, sage ich zerknirscht.

»Und, bist du bereit für den Ally-McBeal-Marathon?«

»Und ob!«, sage ich begeistert. Ich folge den beiden ins Wohnzimmer, wo auf dem Couchtisch sämtliche Ally-Folgen auf DVD auf uns warten. Dazu ein gläserner Krug mit eisgekühlter Apfelschorle, Gemüsesticks mit Dip und eine riesige Schale Weintrauben. Nick legt die erste DVD ein, wir lassen uns zu dritt auf der Couch nieder und legen die Füße hoch. Dann richtet Michael feierlich die Fernbedienung auf den Fernseher.

»Lasset die Spiele beginnen!«

Immer wenn ich Ally gesehen habe, ist das Leben nicht mehr ganz so schlimm. Denn sie hat gewaltig einen an der Klatsche und ist trotzdem ein Fernsehstar geworden, nicht wahr? Ja, mag sein, dass ich da jetzt etwas durcheinander bringe, aber die Hauptsache ist doch, dass ich mich für einen Augenblick getröstet fühle, oder etwa nicht? Und gestärkt genug, um am folgenden Morgen endlich in Angriff zu nehmen, wovor ich mich bisher erfolgreich gedrückt habe: die Hochzeitsausladungen. Dem Himmel sei Dank ist das Haus leer, weil Angela mal wieder einen ihrer wichtigen auswärtigen Termine hat, wie sie mir in ihrer geschwungenen Handschrift auf einem rosa Post-it an der Kühlschranktür mitteilt. Vermutlich Fruchtsäurepeeling oder Botox-Auffrischung, denke ich gehässig, während ich mir eine Tasse Kaffee einschenke und mich am Küchentresen niederlasse. Nach den ersten paar Schlucken nehme ich todesmutig mein Adressbüchlein und das Telefon zur Hand. Ich entfalte den eng beschriebenen Zettel mit der Gästeliste und atme tief durch. Doch das säuerliche Gefühl im Magen lässt sich dadurch nicht vertreiben, ebenso wenig wie mein Pulsschlag von etwa hundertdreißig. Auch wenn ich mich damit im optimalen Fettverbrennungsbereich befinde, möchte ich doch nicht ins Telefon japsen, wenn ich der Geschäftsführerin des Kosmetiksalons, in den ich meine Kunden immer schleppe, meine, nun ja, geänderten Pläne mitteile. Der Gedanke daran lässt mich jetzt schon hyperventilieren und ich lege das Telefon erst mal wieder hin. Ganz ruhig, Helen, es wird schon werden. Um meine schwirrenden Gedanken zur Ruhe zu bringen, versuche ich es mit der Entspannungsübung, die Sabine mir vor vielen Jahren beigebracht hat. Ich schließe die Augen und gehe in Gedanken zu meinem »Happy-Place«. In meinem Fall ist das eine grüne Wiese mit leuchtend bunten Sommerblumen darauf. Unter einer uralten, mächtigen Eiche lasse ich mich nieder und spüre die wärmenden Strahlen der Sonne, die durch die Zweige schimmern, auf meiner Haut. Von fern erklingt eine leise Melodie. Ich lausche und erkenne das Stück sofort. Es ist der Pachelbel-Chaconne. Das Stück, zu dem Jan und ich frisch getraut aus der Kirche herausspazieren sollten. Am 30. September. Und danach sollte es zur Feier ins festlich geschmückte Restaurant gehen, gemeinsam mit all unseren Gästen. Etwas löst sich aus der Krone des Baumes, schwebt mit leichten Schwüngen zu mir herab und landet auf meinem Bauch. Es ist die Gästeliste. Mit einem Ruck öffne ich meine Augen wieder und nehme entnervt einen großen Schluck Kaffee aus meiner Tasse. Mist! Wieso passiert mir das immer wieder? Mein Herz klopft noch wilder als vorher und die Angst schnürt mir die Kehle zu. Egal wie oft ich die »Happy-Place«-Übung ausprobiere, jedes Mal verirrt sich ein unschönes Detail in den Wipfel meiner Eiche, das mich unsanft in die Realität zurückwirft. Ich versuche es auch nur deshalb immer wieder, weil ich diese Technik gerne an meine Kunden weitergebe. Und die sind unverständlicherweise immer total begeistert davon. Ich dagegen bin genauso unentspannt wie vorher und rufe erst mal Lara an, um ihr mein Leid zu klagen. Und genau wie ich gehofft hatte erklärt sie sich sofort bereit, mir zu helfen. Anscheinend hat sie sogar schon eine Lösung parat. Ich soll heute Abend, wenn sie aus dem Büro kommt, zu ihr nach Hause kommen und die Gästeliste mitbringen, und dann »regeln wir die Sache«. Erleichtert lege ich den Hörer auf. Genau, wir regeln die Sache. Das klingt gut.

Am Abend starre ich auf die von Lara liebevoll entworfene und bereits einhundert Mal gedruckte Ausladungskarte. Auf rosafarbenem Hintergrund sieht man ein sehr schmeichelhaftes Foto von meinem Gesicht, auf dem ich mir verschmitzt grinsend auf die Unterlippe beiße und die Augen scheinbar verlegen nach oben links verdrehe. Ich habe dieses Bild noch nie gesehen, aber seit der Autowerbung, in der sich ein Säugling mit vielsagender Grimasse an die Stirn tippt, weiß ich, dass am Computer mittlerweile alles möglich ist. Und Lara ist ein echter Profi auf ihrem Gebiet. Links über meinem Kopf schwebt eine Gedankenblase, in der sich ein Paar Stöckelschuhe der Art befinden, wie Carrie Bradshaw sie in »Sex and the City« immer trägt: Sauteuer, hellgrün, mit Pailletten und ähnlichem Firlefanz besetzt und mit Schwindel erregendem Absatz. Kurz: ein Traum. Die Gedankenblase auf der anderen Seite zeigt ein sehr unvorteilhaftes Foto von Jan, auf dem seine Haare fettig aussehen und der Ansatz eines Doppelkinns zu sehen ist, das er nun beim besten Willen nicht hat. Trotzdem erfreue ich mich kurz an dem Anblick. Außerdem sieht er im Vergleich zu mir uralt aus. In pinkfarbenen Lettern auf zartrosa Grund steht unten auf der Karte:

»ICH MUSSTE FESTSTELLEN, DASS ICH MEINE SCHUHE SORGFÄLTIGER AUSSUCHE ALS MEINEN MANN.« Ich werfe Lara einen zweifelnden Blick zu und weiß nicht, ob ich lachen oder weinen soll, aber sie sagt nur:

»Na los, dreh sie um!« Ich tue wie geheißen und lese:

»GLÜCKLICHERWEISE WAR ER NICHT VOM UMTAUSCH AUSGESCHLOSSEN. ABER DIE PARTY AM 30. SEPTEMBER MUSS NUN LEIDER AUSFALLEN.« Ich verziehe kläglich das Gesicht und Lara fragt sofort:

»Was ist? Gefällt's dir nicht?« Sie klingt so enttäuscht, dass ich ein ganz schlechtes Gewissen bekomme.

»Doch, doch«, beeile ich mich zu sagen, »es ist nur …«

»… es ist immer noch ein trauriger Anlass«, kommt mir da unerwartet Manu zu Hilfe, der bis dahin schweigend auf seinem Sessel gesessen und uns beobachtet hat. Jetzt steht er auf, quetscht sich zu uns auf die Couch und legt seinen Arm um Lara: »Die Karte ist super, Lara, aber verlang jetzt nicht, dass Helen darüber Luftsprünge macht.«

»Das verlange ich doch gar nicht, quatsch«, wehrt sie sich, »ich möchte dir nur nichts aufdrängen.« Jetzt wird es mir langsam richtig unangenehm. Sie hat sich solche Mühe gegeben. Doch bevor ich sie bremsen kann, kramt sie in ihrer Tasche herum und legt mir weitere Entwürfe vor. »Sieh mal, ich hatte noch ein paar andere Ideen, falls du die besser findest ...« Hat sie heute im Büro eigentlich auch noch was anderes gemacht? Und das alles nur, weil ich zu feige bin, ein paar Anrufe zu tätigen. Ich falle ihr plötzlich um den Hals und sage:

»Lara, du bist die tollste Freundin, die man sich wünschen kann. Vielen Dank. Die Karte ist wirklich super.«

»Na ja, ich dachte, also ...«, druckst sie ein bisschen herum, »ich wollte gerne eine Verbindung zu dir schlagen, mit dem Schuhekaufen, weißt du. Und, ich dachte, es ist irgendwie cool, so, als kämst du gut damit klar.« Genau. Was ich zwar nicht tue, was ich aber natürlich will, dass die Leute es von mir denken. Sie hat Recht. Es ist perfekt. Ich lasse meinen Blick über die anderen Postkarten wandern. Professionell und witzig gemacht sind sie alle, keine Frage. »EIN KORB VOLLER ROSEN, EIN ZÄRTLICHER KUSS, EIN SCHLAG IN DIE FRESSE UND JETZT IST SCHLUSS.« – »ICH HAB IHN GELIEBT, IM HERZEN GETRAGEN, JETZT IST ER VERRUTSCHT UND LIEGT MIR IM MAGEN.« Ich muss bei dem Anblick von Jans Gesicht, das verstört aus meinem Bauch hervorlugt, sogar ein bisschen grinsen.

»Das fand ich auch nicht schlecht, aber ich dachte, es sagt zu sehr aus, dass er dir wehgetan hat.« Da hat sie Recht.

»Hat er ja auch«, sagt Sophia und greift nach einer himmelblauen Karte, auf der eine einzelne glitzernde Träne über mein lächelndes Gesicht läuft. »AUCH IN EINER TRÄNE KANN SICH DIE SONNE SPIEGELN«, liest sie versonnen vor. »Also die würde ich nehmen.« Na schön, kann sie ja ruhig, wenn sie ihre eigene Hochzeit absagen muss. Ich aber gebe Lara völlig Recht: Die Schuhkarte soll es sein. Diesen Punkt kann ich jetzt von meiner Liste der Unangenehmlichkeiten streichen, die ich in Bezug auf diese Hochzeit noch vor mir habe.

Noch nie hat ein so trauriges Gesicht über einem Brautkleid geschwebt wie in diesem Moment. Todunglücklich stehe ich in der Garderobe von Jeannettes Brautmoden und betrachte mich im Spiegel. Die weiße Korsage schmiegt sich an meinen Oberkörper, meine Taille ist auf Grund der Schnürkünste Jeannettes auf Wespengröße zusammengeschrumpft. Feines Organza schwebt in mehreren Lagen federleicht um meine Fußknöchel, die Schleppe fällt einen guten Meter hinter mir weich zu Boden. Von den fast noch tiefer hängenden Mundwinkeln einmal abgesehen bin ich eine Augenweide. Was wäre ich für eine schöne Braut gewesen? Und jetzt? Das Kleid ist immer noch der Wahnsinn, doch dabei so bräutlich, dass ich es wohl selbst umgefärbt nie im Leben tragen könnte. Den Oscar für das beste Kostüm könnte ich in dieser Robe entgegennehmen, wenn ich sie vorher in einem zarten Türkis einfärben würde.

»Nun komm doch endlich mal raus da«, ertönt ungeduldig Bernds Stimme jenseits des Vorhangs.

»Ach nein, lieber nicht«, lehne ich ab. Ich will schnell wieder raus aus dem Ding.

»Wozu bin ich denn mitgekommen, wenn ich's nicht

sehen sollte?«, quengelt er und ritsch, schon hat er den Vorhang beiseite gerissen.

»Bist du wahnsinnig geworden«, quietsche ich empört, »ich könnte auch nackt hier stehen.« Bernd starrt mich nur an, von oben bis unten. »Was ist«, frage ich schließlich. Er macht mich ganz unruhig mit seinem Geglotze. Nervös fingere ich an dem champagnerfarbenen Satinband meines Schleiers herum. Bernd glotzt weiter. Ich habe es befürchtet. Ich bin atemberaubend. »Siehst du, wie ich es gesagt habe«, platze ich damit heraus. »Das Kleid ist perfekt. Es gibt kein schöneres Brautkleid. Und nun habe ich es vergeudet für eine Hochzeit, die nicht stattfindet.« Mit größter Anstrengung halte ich mich davon ab, in Tränen auszubrechen.

»Hey«, sagt Bernd, der endlich seine Sprache wieder gefunden zu haben scheint, »das heißt doch nicht, dass du niemals heiraten wirst. Du findest schon wieder Jemanden. Trägst du eben dann das Kleid.« Das ist doch wieder typisch Mann.

»Bist du wahnsinnig geworden«, fahre ich ihn an, »ich kann doch nicht ein Kleid tragen, in dem ich eigentlich einen anderen heiraten wollte. Dieser Fetzen ist verflucht. Für immer!«

»Nein, das geht wirklich nicht«, pflichtet mir Jeannette kopfnickend bei. Dankbar blicke ich sie an, doch kann ich mich des leisen Zweifels nicht erwehren, dass ihre Beweggründe eher wirtschaftlicher denn spiritueller Natur sind.

»Ach so, hmm«, brummelt Bernd vor sich hin, »tja, also wenn das so ist …«

»Ja, so ist das«, bekräftige ich noch einmal und versuche, mir das Teufelswerk dramatisch vom Leib zu reißen. Bevor ich in meiner unbändigen Wut womöglich die Korsage mit bloßen Händen entzweireiße, kommt Jeannette mir zu Hilfe und löst die Schnüre an meiner Rückseite. Wir verziehen uns wieder in die Garderobe und schließen den Vorhang, vor dem Bernd wie ein Tiger im Käfig auf und ab marschiert.

»Ach, weißt du, eigentlich ist das Kleid nicht so doll. Du findest noch ein Schöneres, wenn es so weit ist«, macht er einen lahmen Versuch, mich aufzubauen, aber das geht leider daneben. Nicht so doll. Von wegen. Drei volle Tage bin ich mit Lara durch die Gegend gezogen, bis wir endlich das richtige Kleid gefunden hatten. Und mit richtig meine ich richtig. Bei Klamotten mache ich keine Kompromisse. Und wenn es sein muss, dann gebe ich auch 1600 Euro für ein Brautkleid aus.

Minuten später stehe ich in meinem rosa Hosenanzug vor einer etwas hilflos blickenden Jeannette, die eine Wolke aus Organza über dem Arm trägt.

»Wollen Sie … es jetzt mitnehmen?« Tja. Gute Frage eigentlich. Normalerweise hätte das Kleid bis kurz vor der Hochzeit im Laden aufbewahrt werden sollen. Hier und da noch ein paar Änderungen. Aber jetzt? Was mache ich denn jetzt?

»Können Sie es nicht zurücknehmen«, fragt Bernd Jeannette mit einem Augenaufschlag, der auch weniger weiche Frauenherzen auf der Stelle zum Schmelzen bringen würde.

»Na ja, unter diesen Umständen ist das, denke ich, machbar«, nickt sie denn auch mit einem schmachtenden Lächeln.

»Na super«, sagt er und lächelt mir aufmunternd zu.

»Aber mehr als achtzig Prozent vom Kaufpreis kann ich Ihnen nicht erstatten«, sagt Jeannette, und ich wundere mich, wie das Kleid durch vier Wochen Lagerung in ihrem eigenen Laden für sie um zwanzig Prozent an Wert verlieren kann. Ist mir auch egal. Gerade kommt nämlich eine junge Frau mit ungefähr meiner Statur in den Laden und blickt sich suchend um. Ich sehe sie freudestrahlend vor dem Traualtar. In einem champagnerfarbenen Traum aus Organza mit enger Korsage und langer Schleppe. Das geht auf keinen Fall. Das ist mein Kleid.

»Nein, danke«, sage ich schnell und entreiße Jeannette das Kleid geradezu, »ich möchte es eigentlich doch nicht zurückgeben.«

»Gut, dann eben fünfundachtzig Prozent«, sagt sie widerwillig. Die glaubt tatsächlich, es ginge mir um das Geld.

»Nein, darum geht es gar nicht. Ich möchte das Kleid behalten.« Da gucken sie, die beiden. Bernd erstaunt und Jeannette irgendwie enttäuscht. Logisch eigentlich. Da hätte sie ganz schnell mal eben dreihundertzwanzig Euro machen können. Und das Kleid hätte sie auch wieder. Aber nicht mit mir. »Packen Sie es mir bitte ein, ich nehme es jetzt mit«, sage ich in einem Ton, der keinen Widerspruch duldet.

Draußen auf der Straße läuft Bernd kopfschüttelnd neben mir her, während ich meine Beute in der riesigen Tragetasche hin und her schlenkere und richtig gute Laune habe. Durch seine verständnislose Miene fühle ich mich nun doch zu einer Erklärung genötigt.

»Ich will einfach nicht, dass eine andere mein Kleid trägt.« Ich merke selber, wie dämlich das klingt und setze daher hinzu: »Wo es doch verflucht ist.«

»Verstehe. Du willst also die Ehe einer dir völlig Fremden nicht gefährden.«

»Wer weiß? Es könnte Lara sein«, verteidige ich mich, obwohl das natürlich Blödsinn ist. Sie hat ihr Kleid doch längst.

»Darf ich fragen, was dich diese gute Tat kostet?«

»Häh?«

»Das Kleid. Was hat es gekostet?«

»Geht dich gar nichts an.«

»Fünfhundert?« Ja klar.

»Tausendsechshundert. Was dagegen?«, frage ich schnippisch und beschleunige meinen Schritt. Ich höre lieber nicht so genau hin, was Bernd da murmelt von wegen »nicht ganz dicht« und »wieder zur Vernunft kommen« und »bei Ebay noch ein paar Hunderter rausschlagen«. Will ich gar nicht hören, beschließe ich und umklammere den Griff meiner Tragetasche. Meins!

5.

Nach dem unglückseligen Besuch im Brautmodengeschäft hat Bernd es sich zur Aufgabe gemacht, mich heute Abend aufzumuntern.

»Keine Widerrede, Helen«, hat er gesagt, »oder meinst du wirklich, dass ich dich jetzt mit diesem verfluchten Fetzen alleine lasse. Damit du dann den ganzen Abend heulend davorsitzt. Du kommst jetzt mit mir auf eine Party. Und das ist mein letztes Wort.« Nach vielem Geziere und Rumgejammere habe ich mich dann schließlich von ihm breitschlagen lassen. Dass das ein großer Fehler von mir war, merke ich in dem Augenblick, als ich die Wohnung von Simon, dem heutigen Geburtstagskind, betrete und mich

1. ungemein an Bernds WG erinnert fühlte,
2. einen deutlichen Marihuana-Geruch wahrnehme und
3. feststellen muss, dass ich in meiner dunkelroten eleganten Stoffhose mit der weißen Bluse total overdressed bin.

Und dabei ist besagte Hose doch mein absolutes Wohlfühlkleidungsstück. Von Wohlfühlen kann allerdings keine

Rede sein, wenn alle anderen aussehen, als kämen sie gerade aus dem Bett. Meine kunstvolle Hochsteckfrisur mit den das Gesicht umrahmenden Korkenzieherlocken, die mir noch vor einer knappen Stunde vor dem Spiegel Schreie des Entzückens über mein eigenes Konterfei entlockte, wirkt noch viel lächerlicher als meine Klamotten. Kaum einer der zerzauselten Köpfe um mich herum hat wohl heute Kamm oder Bürste gesehen. Nach einer Hose an einem Stück muss man mit der Lupe suchen. Mag ja im Moment total angesagt sein, ich finds trotzdem affig, sich eine kaputte Hose zu kaufen. Um es kurz zu machen, hier ist Grunge-Look in und ich damit megaout. Hätte ich mir ja eigentlich denken können.

»Danke für die Warnung«, habe ich Bernd giftig zugezischelt, doch er hat nur gelacht und seinen Arm um mich gelegt.

»Lenchen, weißt du, was das Schöne an meinen Freunden ist?« Gerade ziehe ich ein bisschen mein Näschen kraus, als ein Typ sich an uns vorbeidrängelt, der etwas auf dem Kopf hat, unter dem andere Leute höchstens ihre Klorollen verstecken würden.

»Hast du den gesehen«, sagt mein Blick, aber für so etwas ist Bernd nicht der richtige Ansprechpartner.

»Na, was denn?«, frage ich stattdessen herablassend.

»Dass sie jeden so sein lassen, wie er ist. Ohne ihn zu verurteilen. Ganz im Gegensatz zu deinen Freunden. Oder zu dir.« Mit Unschuldsmiene blinzele ich zu ihm hoch.

»Na hör mal! Bei mir darf jeder so sein, wie er ist! Schau dich doch zum Beispiel an.«

»Bei mir hast du deine Bemühungen doch nur aufgegeben, weil du wusstest, dass sie zwecklos sind.« Beleidigt schiebe ich ein bisschen die Unterlippe vor.

»Pah! Und was soll das überhaupt heißen, meine Freunde.

Willst du jetzt Lara beleidigen? Oder dich selbst«, fällt mir in diesem Moment schlagfertig ein, aber Bernd hat anscheinend gerade keine Lust zu diskutieren. Er sagt nur knapp:

»Ich rede doch von deinen Schickimicki-Möchtegern-Freunden«, und schiebt mich dann vor sich her in Richtung Gastgeber.

»Hey, ich bin Simon«, sagt der freundlich lächelnd und schüttelt mir die Hand, »schön, dass du mitgekommen bist.«

»Ich bin Helen. Alles Gute zum Geburtstag«, stammele ich. Simon ist der Typ mit dem Klodings auf dem Kopf und davon bin ich noch immer einigermaßen irritiert.

»Fühlt euch wie zu Hause«, sagt er herzlich und schon ist er wieder weg. Nur der gelbbraune Hut ist im Getümmel noch gut zu erkennen.

»Du bist unmöglich«, stellt Bernd fest und drückt mir ein Bier in die Hand.

»Ich habe doch gar nichts gemacht«, protestiere ich, »außerdem hätte ich gerne ein Wasser.«

»Du hast ihn nicht mal angesehen. Die ganze Zeit hast du auf seine Mütze gestarrt.«

»Schon«, winde ich mich, »aber sag doch mal ehrlich, sah die nicht genauso aus wie das Ding, wo man die Klorollen drunterpackt.«

»Das kann dir doch scheißegal sein.« Mann, hat der eine Laune. Man könnte meinen, er selbst hätte heute eintausendsechshundert Euro in den Wind geschossen.

»Ich dachte, du wolltest mich aufmuntern«, schmolle ich.

»Will ich auch. Wäre aber nett, wenn du dich nicht total danebenbenehmen würdest. Warte hier, ich hole dir dein Wasser.« Und weg ist er. Danebenbenehmen? Ich mich?

Na, da hört sich doch alles auf. Wenn sich hier jemand zu benehmen weiß, dann ja wohl ich. Frechheit. Ich werfe einen kurzen inspizierenden Blick auf die Tapete. Scheinen keine Schmierflecken dran zu sein, also lehne ich mich dagegen, um wenigstens ein kleines bisschen Halt zu haben in dieser mir so fremden Welt. Während ich auf Bernd warte, sehe ich mir die Leute ein bisschen genauer an. Hier im Flur sitzt ein Grüppchen von vier Frauen auf dem Boden. Alle sehen gut gelaunt aus, das muss man ihnen lassen. Aber ansonsten. Du lieber Himmel. Ich bemühe mich, nicht allzu sehr zu starren, doch in meinem Kopf startet automatisch das Make-over-Programm.

Objekt 1: tolle rote Haare, nur total verfranst, gute Figur, riesige Füße.

Mein Tipp: ein guter Splissschnitt mit der heißen Schere, Glanzkur in die Haare und unbedingt Schuhe mit hohem Absatz tragen.

Objekt 2: eigentlich auch ganz hübsch, aber dieses Frotteeunterhemd in gelb und himmelblau, wie ich es mit fünf getragen habe, ist wirklich denkbar ungünstig. Da hängt der etwas schwabbelige Bauch unten raus und man sieht die mickrigen, spitzen Brüste.

Mein Tipp: Push-up-BH und ausreichend langes T-Shirt. Stattdessen die Aufmerksamkeit auf die schönen grünen Augen lenken. Mit reichlich Wimperntusche und einem violetten Lidschatten. Ja, das könnte klasse aussehen.

Objekt 3: Das wird schon etwas schwieriger. Aber ich liebe die Herausforderung. Aalglatte mausbraune Haare, die platt am Kopf anliegen …

»Wenn du nicht sofort damit aufhörst, hier die Leute so kritisch zu mustern, dann gehen wir«, unterbricht Bernd unsanft meine Gedanken.

»Das tue ich doch gar nicht«, lüge ich und nehme ihm das Wasser aus der Hand. »Oh, das ist ja mit Kohlensäure, ich wollte ohne. Bitte«, füge ich mit einem hinreißenden Augenaufschlag noch hinzu, worauf Bernd seinen Mund, den er soeben empört geöffnet hat, um mir wohl etwas Unfreundliches an den Kopf zu werfe, wieder schließt und sich trollt. »Danke, vielen Dank«, übertreibe ich, als er mir das Glas in die Hand drückt und bemühe mich von da an, die Leute nicht mehr allzu unverhohlen anzustarren, denn ich muss zugeben: Mich mustert hier tatsächlich keiner. Ich sitze neben Bernd auf dem klumpigen dunkelgrünen Siebziger-Jahre-Sofa und ständig kommen irgendwelche Bekannten von ihm, begrüßen erst ihn, dann mich, aber niemand wirft irgendwelche abfälligen oder auch nur neugierigen Blicke auf mein merkwürdiges Outfit. Dabei falle ich in dieser Umgebung wirklich aus dem Rahmen. Die Leute scheinen das nicht mal zu bemerken. Verrückt. Richtig warm werde ich aber mit keinem von ihnen, obwohl ich mich ehrlich darum bemühe. Mir fällt nämlich auf, dass ich spätestens heute, ob gewollt oder nicht, in Phase 2 gerutscht bin. Ich habe unsinnig viel Geld ausgegeben und befinde mich auf einer Party. Angestrengt halte ich nach einem schönen Fremden Ausschau, mit dem ich knutschen könnte, aber da bin ich hier einfach falsch. Schon um zehn würde ich nichts lieber tun, als nach Hause zu fahren. Aber Bernd will nicht.

»Ich muss aber mal«, quengele ich.

»Dann geh doch. Das Klo ist hier raus und dann die erste links.«

»Neee.«

»Dann kann's ja nicht so dringend sein.«

»Kannst du vorher mal gucken gehen, ob es sauber ist? Bitte!« Genervt verdreht Bernd die Augen, erhebt sich dann aber doch.

»Alles in Ordnung, Prinzessin auf der Erbse«, meldet er, als er eine Minute später zurückkommt, also wage ich den Gang auf eine fremde Toilette, die Sagrotantücher im Handtaschenformat im Anschlag. Ich muss zugeben, so schlecht sieht's hier wirklich nicht aus. Ein frischer Apfelduft liegt in der Luft, und selbst in den Ecken finde ich keine Staubmäuse. Hmm. Suchend blicke ich mich um. Das bin ich nicht gewohnt, dass meine Vorurteile sich so gar nicht bewahrheiten. Selbst von unten ist die Klobrille sauber. In meinem Weltbild ein wenig erschüttert komme ich wenige Minuten später ins Wohnzimmer zurück. Na schön, ich werde Bernd sagen, dass ich seine Freunde falsch eingeschätzt habe und dass ich ... Aber Bernd interessiert sich jetzt nicht mehr die Bohne für meine Einschätzung. Nicht, dass er das vorher getan hätte. Aber jetzt sehe ich nur seinen Hintern in der dunkelgrünen Kordhose, das gestreifte Secondhand-Hemd ist ihm hochgerutscht und gibt den Blick auf seinen unteren Rücken frei. Der darauf wuchernde Pelz verursacht mir eine Gänsehaut, aber die Dame, die gerade unter ihm liegt, scheint das nicht zu stören. Im Gegenteil, sie fährt gerade mit ihren unmanikürten Fingern mitten hinein in die Haarpracht und krault darin herum. Ich fasse es nicht, der knutscht hier in aller Öffentlichkeit. In meiner Phase 2. Jetzt erkenne ich auch, dass es sich bei Bernds Knutschpartnerin um mein Objekt Nr. 2 von eben handelt, die Hübsche mit dem Schwabbelbauch. Gerade öffnet sie die Augen und schaut direkt in meine. Sie weicht ein wenig vor Bernd zurück, der sie irritiert anguckt.

»Deine Freundin«, flüstert sie aus dem Mundwinkel, ohne den Blick von mir zu lassen.

»Gott bewahre«, stelle ich klar, ehe Bernd auch nur den Mund aufmachen kann.

»Nein, nein«, beschwichtigt auch er sie, »wir sind nur gute Kumpel.« Kumpel? Na reizend. Wenn ich in meinem Leben eins nicht sein will, dann ist es ein Kumpel. Das passt einfach nicht zu mir. Kumpel trinken zusammen Bier, rülpsen und pinkeln im Stehen. Ich trinke Mineralwasser und lasse von Bernd das Bad auf Sterilität prüfen. Was ich damit sagen will: Auch wenn ich keinen Sex mit ihm habe, so bin ich doch immer noch eine Frau und will auch als solche behandelt werden.

»Ich bevorzuge den Ausdruck: beste Freundin«, sage ich steif und bin gleichzeitig ein bisschen wütend, dass Bernd hier so einfach mit einer Schickse rummacht, kaum dass ich mal zwei Minuten weg bin.

»Hallo, beste Freundin, ich bin Katrin«, sagt die Schickse, rappelt sich auf und streckt mir freundlich lächelnd die Hand hin.

»Helen«, sage ich und schüttele sie.

»Ich hol was zu trinken, wollt ihr auch was?«, fragt sie sich erhebend.

»Klar, ein Bier«, sagt Bernd und streckt seine langen Beine von sich.

»Danke, ich habe hier noch mein Wasser. Aber echt lieb von dir, vielen Dank!« Ich betrachte Bernd missbilligend, während Katrin sich auf den Weg in die Küche begibt.

»Was ist los, Lenchen«, fragt er und legt seinen Arm um mich, als ich mich zu ihm setze.

»Findest du das gut, dass sie dir jetzt dein Getränk holt?«, frage ich, bevor ich darüber nachdenken kann. Und richtig, Bernd verdreht natürlich sofort genervt die Augen.

»Sag mir doch lieber, warum du es nicht gut findest?«

»Na ja, weil …«, stammele ich. Zugegeben, jetzt kommt es mir auch ein bisschen komisch vor, in dieser Umgebung aus dem Knigge zu zitieren. Andererseits finde ich es wirklich nicht richtig, wenn ein Mann eine Frau losschickt, um ihm sein Bier zu holen. Mich den Umständen anpassend frage ich geradeheraus: »Ich finde einfach, du könntest die Frau, die du ganz offensichtlich heute Nacht zu vögeln gedenkst, wenigstens ein bisschen umwerben. Und dazu gehört doch wohl mindestens, dass du ihr was zu trinken holst.« Bernd grinst mich breit an, nimmt mein Gesicht in beide Hände und gibt mir einen dicken feuchten Schmatzer auf den Mund, bevor ich mich dagegen wehren kann.

»Ja, Mami, du hast bestimmt Recht«, sagt er mit treuherzigem Blick, »Katrin und ich kennen uns schon seit zwei Jahren, manchmal schlafen wir miteinander, aber eigentlich ist sie ein echter Kumpel.«

»Ich denke, ich bin dein Kumpel«, sage ich sinnloserweise.

»Du bist meine beste Freundin, für die ich bis ans Ende der Welt laufen würde, um ihr verdammtes Wasser ohne Kohlensäure aufzutreiben.« Ich weiß nicht, warum, aber ich fühle mich geschmeichelt. Deshalb schenke ich Bernd ein strahlendes Lächeln, woraufhin der mich an sich zieht und knuddelt. »Bin ich auch dein bester Freund?«, fragt er.

»Ja, natürlich«, sage ich und versuche, mit einigermaßen heiler Frisur aus seinem Klammergriff zu entwischen. Jetzt presst er auch noch seine Wange gegen meine und zerdrückt damit meine schöne Korkenziehersträhne.

»Dann macht es dir auch bestimmt nichts aus, Katrin und mich auf dem Nachhauseweg kurz bei ihr rumzufahren, oder?«

»Na schön«, sage ich unvorsichtigerweise, »aber nur, wenn wir jetzt sofort fahren. Ich habe nämlich keine Lust mehr.«

»Wirklich nicht? Ich hatte den Eindruck, du amüsierst dich hier prächtig«, unkt Bernd mit hochgezogenen Augenbrauen, als Katrin wieder um die Ecke biegt. »Süße, ich hab uns eine Fahrgelegenheit organisiert, lass uns gehen.«

»Und das Bier?«, fragt Katrin und hält die zwei Flaschen hoch.

»Das nehmen wir mit.« Damit steht er auf und nimmt ihr eine davon ab. »Können wir dann?«

»Moment, ich muss noch meine Jacke holen, ich glaub, die liegt irgendwo im Flur.«

»Alles klar.« Wieder kommt er nicht auf die Idee, das Kleidungsstück möglicherweise für sie zu holen. Er hält mir eine Hand hin und hilft mir beim Aufstehen. Wir winken ein »Tschüs« in die Runde, und dann verlassen Bernd, Katrin und die Fahrgelegenheit die Party.

Das hätte ich mir ja denken können, dass Katrin nicht gerade um die Ecke wohnt. Wir sind schon gut zwanzig Minuten unterwegs, aber noch ist Jenfeld nicht in Sicht. Nach Hause werde ich noch einmal mindestens fünfundvierzig Minuten brauchen. Toll. Die beiden dagegen scheinen die Autofahrt zu genießen, sie schlürfen genüsslich ihr Bier aus der Flasche und reden in einer Tour. Wütend umklammere ich das Lenkrad und frage betont ruhig:

»Gibt es eigentlich einen Grund, warum ihr nicht zu dir fahrt?«

»Daniel steht auf Katrin, deshalb.«

»Dein Mitbewohner Daniel«, vergewissere ich mich schockiert.

»Genau. Wir wollen ihn nicht verletzen und deshalb …«

»Verstehe schon«, unterbreche ich und konzentriere mich lieber wieder auf die menschenleere Straße. Das hier träume ich doch wohl gerade, oder? Im Rückspiegel kann ich Katrins etwas zerknirschtes Gesicht sehen, doch schon nach einer halben Minute scheint das schlechte Gewissen verflogen zu sein und die beiden unterhalten sich wieder fröhlich. Na ja, mir kann es ja eigentlich egal sein. Zehn Minuten später sind wir endlich am Ziel, Katrin krabbelt aus dem Rücksitz hervor und gibt mir ein Küsschen auf die Wange:

»Vielen Dank, Helen, du, das war echt total nett von dir!«

»Keine Ursache«, sage ich lächelnd. Doch als Bernd sich zu mir runterbeugt, um sich ebenfalls zu verabschieden, werfe ich ihm einen bitterbösen, eisigen Blick zu.

»Lenchen, vielen Dank! Du hast was gut bei mir«, versucht er sich einzuschmeicheln.

»Allerdings«, flüstere ich böse.

»Du bist die allerbeste Freundin weit und breit.« Er greift nach meiner mittlerweile ziemlich geplätteten Locke und wickelt sie sich um den Finger. Das mag ja mit meinen Haaren funktionieren, aber bei mir ist das nicht so einfach.

»Genau, und du hast mich nicht verdient«, flüstere ich.

»Ach«, macht Bernd und nimmt meine Nasenspitze zwischen Zeige- und Mittelfinger, »immerhin habe ich dich heute Abend mit auf eine tolle Party genommen.« Noch ehe ich spöttisch das Gesicht verziehen kann, fährt er fort: »Gibs zu, du hast den ganzen Abend nicht ein Mal an Jan gedacht.« Er gibt mir noch einen Kuss auf die Nase und kraxelt aus dem Auto. Ja, danke, dass du mich dran erinnert hast, denke ich, während ich beobachte, wie die beiden Arm in Arm im Hauseingang verschwinden. Diese schlecht sitzenden Kordhosen sehen wirklich unmöglich aus, schießt es mir noch durch den Kopf, bevor mir unerwartet und mit voller Wucht meine Einsamkeit bewusst wird.

Die Tränen laufen mir über das Gesicht, während ich mitten in der Nacht einmal quer durch ganz Hamburg fahre. Und das Schlimmste ist, ich will zwar dort weg, wo ich herkomme, aber eigentlich will ich auch nicht dorthin, wo ich hinfahre. Jetzt fängt es auch noch an zu regnen und ich, die ich sowieso ziemlich nachtblind bin, sehe jetzt fast gar nichts mehr. Doch das Autofahren durch die dunklen Straßen, das pladdernde Geräusch der Regentropfen, wenn sie auf der Windschutzscheibe zerschellen, hat auch etwas Meditatives. Ich beginne über mein Leben nachzudenken. Im Moment läuft es nicht besonders gut, obwohl ich mich beruflich nicht beklagen kann. Die Ausladungskarte, die ja an fast alle meine Geschäftskontakte ging, war fast so etwas wie eine ungewollte Werbekampagne. Plötzlich will jeder etwas für mich tun, ich habe in der letzten Woche mehr als dreißig Anrufe von potenziellen Neukunden bekommen, denen ich allen empfohlen worden bin. Über eine mangelnde Auftragslage werde ich mich also in den nächsten Wochen nicht beklagen können. Aber schließlich ist Karriere doch nicht alles. Wie soll es denn bloß weitergehen mit mir? In einem Monat werde ich dreißig und hänge meinem Zeitplan hoffnungslos hinterher.

Eigentlich habe ich mir mein Leben so vorgestellt:

Mit 19 Abi, mit 23 erfolgreiche Kostümbildnerin beim Film, mit 25 verheiratet, mit 30 vierfache Mutter.

Und so ist es gelaufen:

Mit 19 Abi, mit 29 Typberaterin, Single und weit davon entfernt, Mutter zu werden.

Vor meinem inneren Auge sehe ich Bernd und Katrin engumschlungen im Haus verschwinden und seufze schwer. Das ist natürlich völliger Blödsinn. Diese merkwürdige Beischlaf-Kumpel-Beziehung ist nun wirklich das Allerletzte, was mir vorschwebt. Trotzdem. Die beiden sind heute wenigstens nicht allein. Alle haben jemanden. Lara hat Manu. Michael hat Nick. Sogar Jackie hat ihren komischen Ehemann, Angela hat meinen Vater. Wen Jan hat, das möchte ich lieber nicht so genau wissen. Fakt ist: Jeder hat irgendwen. Ich habe niemanden. Bevor Sophia empört aufschreien kann, bringe ich sie mit einer Handbewegung zum Schweigen.

»Keinen Mann, meine ich natürlich«, fauche ich sie an.

»Du hast Freunde, das ist auch sehr wichtig.« Ja, ich habe Freunde. Erleichtert zücke ich mein Handy. Ich muss nicht in Villa Eisblock zurück, wenn ich nicht möchte. Aber wen rufe ich an? Bernd jetzt bei Katrin wieder rauszuklingeln, nein, das bringe ich nicht über mich. Obwohl es ihm recht geschähe. Immer diese unverbindliche Rumvögelei, das geht mir sowieso auf den Keks an ihm. Lara kann ich ausnahmsweise auch nicht einspannen. Sie und Manuel feiern heute ihr Vierjähriges, die Glücklichen. Und obwohl Lara mir wahrscheinlich sogar noch während der Geburt ihres eigenen Kindes überallhin zu Hilfe eilen würde, schätze ich, dass ich die Geduld ihres zukünftigen Mannes heute überstrapazieren würde. Bleiben nur noch Michael und Nick. Die wohnen ja hier gleich um die Ecke, dann kann ich eigentlich auch einfach mal klingeln. Wie spät ist es denn? Halb zwölf. Naja, die werden schon noch wach sein.

Ziemlich lange stehe ich vor der Haustüre und befürchte schon, dass die beiden nicht zu Hause sind, als es schließlich doch noch in der Gegensprechanlage knackt:

»Hallo? Wer ist da?«

»Michael, ich bin's, Helen. Darf ich bitte hochkommen.«

»Äh, ja, klar. Beeil dich nicht.« Mit dieser merkwürdigen Aufforderung betätigt er den Türöffner und ich betrete das Treppenhaus. Außer Atem erreiche ich kurze Zeit später den vierten Stock und klopfe an der geschlossenen Wohnungstür. »Moment«, erschallt es von innen in gehetztem Tonfall. Natürlich, ich habe sie beim Sex gestört. Ist ja wieder typisch. Aber deswegen bin ich ja schließlich hier. Weil alle Leute Sex haben, außer mir. Wobei es mir dabei weniger um den fehlenden Sex als um die fehlende Liebe geht. Ich beschließe, kein schlechtes Gewissen wegen der Störung zu haben, was mir beim Anblick von Nicks finsterem Gesicht nicht ganz leicht fällt. Nach einem kurzen »Hi, entschuldigt den Überfall«, wende ich mich lieber Michael zu, der ein wenig freundlicher guckt.

»Helen«, sagt er und küsst mich auf beide Wangen, »wie kommen wir zu diesem unerwarteten Besuch?«

»Zu so später Stunde«, fügt Nick finster hinzu. Oh, ich hasse es, wenn jemand böse auf mich ist. Deshalb setze ich meinen mitleiderregensten Blick auf, seufze tief und biete an:

»Ich kann auch wieder gehen, wirklich kein Problem. Ich wollte auf keinen Fall stören.« Noch immer lässt Nick sich nicht zu einem Lächeln erweichen. Er erinnert mich irgendwie an meinen Vater mit seinem Eisblick. »Es tut mir echt Leid«, stammele ich, drehe mich auf dem Absatz um und will in Richtung Tür flüchten, doch da hält Michael mich auf. Zum Glück.

»Helen, ist schon gut, du brauchst wirklich nicht zu gehen. Wir freuen uns, dass du da bist!« Ich werfe einen zweifelnden Blick in Richtung Nick, doch Michael lacht nur und hilft mir aus meiner Jacke. »Ach, Nick darfst du nicht ernst nehmen, der ist seit heute Morgen mal wieder auf Diät und deshalb unausstehlich.«

»Ach so.« Jetzt verstehe ich. Da hat er mein ganzes Mitgefühl.

»Na ja, eigentlich ganz gut, dass du da bist«, knurrt Nick, »vielleicht kannst du mich ja ein bisschen von dem Hungergefühl ablenken. Hast du wenigstens irgendwas Interessantes zu erzählen.« Ehrlich gesagt fühle ich mich ein bisschen unter Druck gesetzt, aber kaum sitzen wir in der Küche vor drei dampfenden Tassen heißen Tees, da sprudelt es schon aus mir raus. Ich erzähle ausführlich, wie ich mir mein Leben vorgestellt habe und dass jetzt so gar nichts nach Plan laufen will. Michael sieht mich mitleidig an und nickt hin und wieder verstehend, während Nicks Blick starr auf den Löffel mit Honig gerichtet ist, den ich gerade genüsslich in meinen Früchtetee tropfen lasse.

»Tschuldigung«, sage ich schnell, versenke den Löffel mitsamt dem süßen Gold komplett in der Tasse und schiebe ihm das silberne Döschen mit den Süßstoffperlen zu, »na ja, jedenfalls scheine ich einen neuen Lebensplan ausarbeiten zu müssen. Der alte ist Schrott!«

»Und wie soll der aussehen?«

»Tja, ich weiß auch nicht«, überlege ich laut und nehme einen Schluck aus der himmelblauen Tasse. Autsch, verdammt. Ich puste versonnen in die heiße Flüssigkeit: »Vier Kinder werde ich wohl nicht mehr bekommen können. Also sagen wir drei.«

»Moment mal«, unterbricht Michael, »wie wäre es, wenn du vorne anfängst, anstatt das Pferd von hinten aufzuzäumen?« Verständnislos blicke ich ihn an. »Na, erst der Samen, dann die Kinder. Ist doch sonnenklar: Wir müssen einen neuen Mann für dich finden.«

»Geht wohl nicht anders«, brummele ich vor mich hin.

»Bist du denn schon bereit für eine neue Beziehung«, mischt sich da Nick, wahrscheinlich vom Süßstoff aufgeputscht, endlich mal ins Gespräch ein. Bereit? Was heißt schon bereit? Man sagt ja, dass die Trauer um eine Beziehung halb so lange dauert wie die Beziehung selbst. Was in diesem Falle fünfzehn Monate wären. Nein, nein, diesen Luxus kann ich mir leider nicht erlauben. Und außerdem will ich nicht mehr traurig sein. Und einsam. Ich will endlich wieder glücklich sein. Und zweisam.

»Ja, ich bin bereit«, sage ich daher voller Überzeugung und nicke heftig mit dem Kopf.

Tja, problematischerweise ist vorhandene Bereitschaft ganz nett, aber in der Partnersuche gibt's leider noch ein paar andere Hürden zu überwinden. Und das FINDEN würde ich sagen, ist die Höchste von ihnen.

Den restlichen Abend verbrachten wir damit, die ersten beiden Teile von »Sissi« zu gucken, was sogar Nicks Laune erheblich gebessert hat. Ich habe mein Lager auf der Couch aufgeschlagen, während die beiden im Schlafzimmer verschwunden sind. Nachdenklich liege ich da, versuche, nicht so genau hinzuhören und überlege, wie ich jetzt möglichst schnell und möglichst den richtigen Mann finde. Da die Zeit drängt und die biologische Uhr tickt, muss ich pragmatisch an die Sache herangehen und zielorientiert handeln. Also:

IST-ZUSTAND:
Kein Mann!
SOLL-ZUSTAND:
Ein Mann!

Aber nicht irgendein Mann. Es ist wie beim Schuhekaufen (was ich ja bisher bekanntlich sorgfältiger getan habe als Männeraussuchen): Ich visualisiere, noch bevor ich das erste Schuhgeschäft betrete, das Paar, das ich gerne haben möchte. Ich male es mir bis ins kleinste Detail aus und normalerweise steht genau dieser Schuh spätestens im dritten Laden im Regal und wartet auf mich. Kein Witz, so einfach ist das. Und was für einen Mann hätte ich gerne? Natürlich sollte er ein Stück größer sein als ich, aber auch nicht zu viel. Diese Lulatsche haben meist eine schlechte Haltung, und außerdem trage ich, zumindest hin und wieder, auch gerne mal Schuhe mit weniger hohem Absatz. Ein Meter achtzig wäre ideal. Ein, vielleicht zwei Jahre älter als ich. Braune Haare sollte er haben, die einen Kontrast zu meinen blonden Haaren bieten, aber nicht so dunkel, dass wir von weitem wie so ein Klischee-Pärchen aussehen. Gute Haut und schöne, gepflegte Zähne. Die Hände sind auch sehr wichtig. Sein Klamottenstil sollte lässig, aber schick sein. Jemand, der sich Gedanken darüber macht, was er anzieht, und der auch gerne einkaufen geht. Was könnte er beruflich machen? Arzt? Ach nein, dann muss er so oft nachts arbeiten, das ist nicht so schön. Wie wäre es mit einem Architekten? Das wäre doch was. Dann könnte er das Haus, in das wir später mit den Kindern ziehen, gleich selbst entwerfen. Er sollte außerdem sportlich sein, vielleicht Tennis spielen. Langsam breitet sich ein entspanntes Lächeln auf meinem Gesicht aus. Ja, mit solch einem Mann könnte ich mir mein Leben vorstellen.

»Auch irgendwelche Wünsche, was den Charakter betrifft?«, fragt Sophia mit leisem Spott in der Stimme. Natürlich, dazu komme ich doch jetzt: Zärtlich soll er sein und humorvoll. Er muss sich benehmen können, damit ich ihn überall mit hinnehmen kann. Noch nicht einmal mein

Vater soll etwas an ihm auszusetzen haben können. Er soll unternehmungslustig sein, aber nicht ständig abends auf die Piste wollen. Nicht rauchen, wenig Alkohol trinken. Ich möchte stundenlang mit ihm auf der Couch liegen, heißen Tee trinken und reden. Mit einem Lächeln auf den Lippen schließe ich die Augen und kuschele mich unter die Decke. »Und er muss sich seiner sexuellen Orientierung hundertprozentig sicher sein«, denke ich noch, bevor ich einschlafe.

Es ist nicht ganz so wie mit den Schuhen. Jedenfalls läuft mir Mr Right auch am dritten Tag nach meiner Visualisierung nicht über den Weg. Und am Abend eben dieses Tages liege ich in meinem Bett, kraule Dotty, die sich an meiner Seite zu einer Kugel gerollt hat, den weichen Bauch, starre an die Decke und merke: Anscheinend muss ich anfangen, mein Schicksal selbst in die Hand zu nehmen. Ich wiederhole mich nur ungern, aber schließlich werde ich nicht jünger. Also was tun? Eine Kontaktanzeige aufgeben?

> *Attraktive SIE Ende zwanzig, schlank, sucht IHN für Familiengründung und ewige Liebe. Bin leicht zwanghaft veranlagt, aber dadurch umso liebenswürdiger.*

Also ich weiß nicht. Meiner Meinung nach klingen diese Anzeigen immer so bedürftig. Da könnte ich auch schreiben:

> *HILFE! Werde in wenigen Wochen dreißig und bin noch nicht unter der Haube. Wer will mich?*

Also, so geht das nicht! Wer wird denn gleich die Feuerwehr holen, obwohl man gerade erst die Kerzen am

Tannenbaum angezündet hat. Na eben! Bin doch eine tolle Frau, das wäre doch gelacht, wenn mich keiner haben wollte. Vielleicht kann mir ja einer von meinen Freunden ein Blind Date verschaffen. Entschlossen schnappe ich mir mein Handy und verfasse eine SMS:

»Ich möchte mich der Männerwelt nicht länger vorenthalten. Wer kann mir ein Blind Date besorgen? Meinen Männergeschmack kennt ihr ja. Ich freue mich auf viele Verabredungen! LG, Helen!« Dann gehe ich im Menü auf AN MEHRERE EMPFÄNGER VERSENDEN und gehe meine Adressliste durch. Dummerweise geht die SMS dann aber doch nur an Lara, Michael, Nick und Bernd. Vor allen anderen wäre mir meine offensive Männerjagd dann doch etwas peinlich.

Am nächsten Morgen reißt mich das Piepsen des Handys um halb neun aus meinen Träumen. Schlaftrunken greife ich danach und lese eine Nachricht von Bernd:

»Lust auf nen Kaffee im Real um 18 Uhr? Habe Neuigkeiten. B.«

»Klar«, smse ich zurück und drehe mich noch mal auf die andere Seite. Also, dass nun ausgerechnet einer von Bernds Freunden mein zukünftiger Mann sein wird, wage ich doch ernsthaft zu bezweifeln. Simon mit dem Klorollenwärmer auf dem Kopf vielleicht?

6.

»Helen, hör endlich auf, Trübsal zu blasen, ich brauche deine Hilfe!« Mit diesen Worten springt Bernd vom Tisch auf und gibt mir zur Begrüßung einen Kuss auf die Stirn. Seine Mischlingshündin Socke, ganz treue Gefährtin, tut es ihm nach, springt an mir hoch und fährt die Zunge aus, um mir das mühsam aufgelegte Make-up vom Gesicht zu schlabbern. Gerade noch rechtzeitig kann ich mit hochgerissenen Armen das Schlimmste vermeiden. »Socke, lass das«, sagt Bernd laut, und dann, entschuldigend zu mir, »sie hat dich halt so vermisst.«

»Ist schon gut, ich sie doch auch«, sage ich und tätschle Socke den wuscheligen schwarzen Kopf.

»Und ich erst«, stimmt er zu. »Meine Eltern sind für ein paar Tage in Bayern bei meinen Großeltern, darum ist sie mal wieder bei mir.«

»Wie schön«, freue ich mich. »Und ich blase kein Trübsal. Du hast doch meine SMS bekommen, oder nicht? Ich habe beschlossen, dass das Leben zu kurz ist, um es mit Liebeskummer zu vergeuden. Ich bin bereit für eine neue Beziehung.«

»Freut mich für dich«, antwortet Bernd und zustimmend nickend lasse ich mich ihm gegenüber auf den Stuhl sinken.

»Und wieso brauchst du meine Hilfe?«, frage ich ihn erstaunt. Ich dachte, er zaubert jetzt gleich einen angesehenen, gut gekleideten und sympathischen Architektenkumpel für mich aus dem Hut. Sieht nicht so aus. Stattdessen rutscht er ein wenig verlegen auf seinem Stuhl hin und her, anscheinend ist ihm die ganze Sache etwas unangenehm. Du liebe Zeit, was kann er denn von mir wollen? Er wird doch nicht ... Ich lege behutsam meine Hand auf seine und sage:

»Bernd, du weißt, ich liebe Socke, aber Dotty und Socke können sich nicht ausstehen. Und ich kann nicht die ganze Zeit aufpassen, dass sie meine Katze nicht mit einem Haps verschlingt.«

»Mein Hund frisst keine Katzen. Und am wenigsten deine Katze. Da müsste ich mir schon eher Sorgen machen, dass die alte Kratzbürste Socke das Gesicht zerfetzt.«

»Was?«, frage ich empört.

»Ja, wie das Frauchen, so die Katze«, grinst Bernd und ich schnappe nach Luft. Da hört sich doch alles auf. »Außerdem will ich dich doch gar nicht als Hundesitter engagieren. Es geht um was anderes.«

»Und warum beleidigst du dann meine Katze? Damit verschlechterst du deine Chancen, mein Lieber. Was immer du auch von mir willst ...«

»Wenn du mal die Luft anhältst, würde ich es dir auch sagen.«

»Also?« Bernd holt tief Luft und sagt:

»Helen, ich brauche eine Typberatung.« Eine Sekunde lang glaube ich, mich verhört zu haben.

»Sehr witzig.«

»Lenchen, es ist mein Ernst, wirklich! Bitte hilf mir!« Ich beuge mich vor und sehe Bernd misstrauisch an:

»Okay, wer bist du? Und was hast du mit meinem besten Freund gemacht?«

Eine halbe Stunde später hat Bernd mich endlich davon überzeugt, dass es wirklich und wahrhaftig Bernd ist, der vor mir sitzt und kein wahnsinniger Psychopath, der ihm die Haut abgezogen und sich damit verkleidet hat. Bernd will meine Dienste als Typberaterin in Anspruch nehmen. Und das, nachdem ich ihm das seit langem regelmäßig mindestens zweimal im Jahr anbiete. Und zwar immer kurz vor Weihnachten und vor seinem Geburtstag, wenn ich mal wieder verzweifelt nach einem Geschenk für ihn gesucht habe. Die Antwort war jedes Mal die gleiche: ein spöttischer Blick, eine hochgezogene Augenbraue:

»Lenchen, es wird dir komisch vorkommen, aber ich interessiere mich nicht sonderlich für die neue Herbstkollektion, Farbenlehre und Augenbrauenzupfen.«

»Vielleicht solltest du das aber«, habe ich jedes Mal mit einem Blick auf die wuchernden Balken über seinen Augen schnippisch versetzt, was dem Herrn nie mehr als ein gutmütiges Lachen entlocken konnte. Und jetzt soll plötzlich alles anders sein? Misstrauisch betrachte ich meinen besten Freund, wie er da vor mir sitzt und mich flehend anguckt. Dass er gutes Ausgangsmaterial ist, wenn ich das jetzt mal so formulieren darf, war mir immer schon klar. Trotz seiner einunddreißig Jahre ist das dunkelblonde Haar noch genauso voll und kräftig wie zu unseren Abiturzeiten. Nur einen Schnitt bräuchte es mal wieder. Die grünen Augen strahlen ungewöhnlich hell und sind von langen, gebogenen Wimpern umrandet. Wenn ich erst einmal die Augenbrauen unter Kontrolle habe, werden sie noch besser zur Geltung kommen. Eine ordentliche Rasur, ein ausgiebiger Einkaufsbummel, doch, ich denke, wir werden im Handumdrehen eine echte Sahneschnitte aus dem guten alten Bernd zaubern. Die Frage ist nur:

»Warum?«

»Lenchen«, sagt er feierlich, »ich habe mich verliebt.«

Na, ist doch logisch. Schließlich haben wir ja Frühling. Die Blüten sprießen, die Lenden pochen, warum sollte das bei Bernd nicht genauso sein? Wäre allerdings das erste Mal, seit ich ihn kenne. Wenn es denn wirklich mehr als ein paar Salto schlagende Hormone sind. Ich kenne Bernd jetzt schon so lange, aber wirklich verliebt habe ich ihn noch nie gesehen. Sicher hatte er auch mal Freundinnen, die über den Status einer Katrin hinausgekommen sind. Aber für keine von denen hat er sich auch nur rasiert. Seine Gefährtinnen gehörten allerdings auch immer eher zu der Fraktion Müsli, ohne das jetzt in irgendeiner Weise abwertend zu meinen. Ganz bestimmt nicht. Ich meine nur, dass keine von denen sich an seinem teilweise doch recht abenteuerlichen Aussehen je gestört hat. Weil es ja schließlich auf die inneren Werte ankommt. Und auf einmal nicht mehr? Doch, erklärt mir Bernd, seine Angebetete schaut sicher auch auf den Charakter, und dabei ist sie so wunderschön, so gepflegt, so …

»Ich verstehe«, unterbreche ich seine Schwärmereien, »mir brauchst du sowieso nicht zu erzählen, dass die Optik von entscheidender Bedeutung ist. Auch bei der Partnerwahl. Dieser Erkenntnis verdanke ich schließlich meinen Broterwerb.«

»Also, hilfst du mir?« Ich nicke, wenn auch etwas zögernd. Wollte ich nicht mein eigenes Liebesleben auf Trab bringen? Was soll's? Bernd ist schließlich mein Freund, und sicher bringt diese gute Tat mir auch ein paar Karmapunkte ein. Kann ja nicht schaden. Vielleicht gibt's zu dem netten Architekten dann sogar noch einen Waschbrettbauch gratis dazu. Oder ausgesuchte Liebhaberqualitäten.

»Ja, natürlich helfe ich dir.«

Auch wenn das bedeutet, dass ich zu diesem Zweck Bernds Wohnung betreten muss. Doch dieses Problem werde ich angehen, sobald ich mein derzeitiges gelöst habe. Seit gut zwanzig Minuten kreise ich nämlich auf der Reeperbahn, immer an der Davidswache vorbei, und suche einen Parkplatz. Meine Achselhöhlen fangen vor lauter Wut schon an, unangenehm zu nässen und ich bin kurz davor, Bernd per Handy anzurufen und anzuschreien, als sei er alleine verantwortlich für die unmögliche Parkplatzsituation. Ich unterlasse es dann doch aus drei unterschiedlichen Gründen: Zum einen fahre ich gerade wieder an der Polizeistation vorbei und möchte mir kein Bußgeld plus Punkt in Flensburg aufbrummen lassen. Zum Zweiten würde Bernd mich wahrscheinlich auslachen und mir zum wiederholten Male ein Fahrrad ans Herz legen – sein bevorzugtes Fortbewegungsmittel. Und zum Dritten ist da vorne jetzt doch gerade ein Auto weggefahren. Schnell setze ich den Blinker und brause auf die Parklücke zu, bevor sie mir ein anderer wegschnappt.

Eilig mache ich mich auf den Weg zu dem uralten Haus, in dem sich Bernds WG befindet. Ich drücke die Klingel neben dem krakelig beschrifteten Schildchen »B. Zimmermann, D. Lose, F. Grote« und denke mal wieder, wie lustig es doch ist, dass Bernd Zimmermann heißt und Schreiner geworden ist. Ich hole noch mal tief Luft, bevor ich schnell die Stufen des penetrant nach Urin stinkenden Treppenhauses erklimme. Auf halbem Weg kommt mir

Socke schwanzwedelnd entgegen und rennt mit mir um die Wette die Stufen hinauf. Ich eile an Bernd vorbei in die Wohnung und ringe nach Atem. Puh! So richtig gut riecht es hier allerdings auch nicht.

»Hallo Lenchen«, sagt Bernd grinsend, übersieht meine vorwurfsvolle Miene und nimmt mich in die Arme, »ich weiß es sehr zu schätzen, dass du den Weg hierher auf dich nimmst, um mir zu helfen.«

»Hmm«, brumme ich unbestimmt, denn ich weiß beim besten Willen nicht, ob er das ironisch meint oder ob er sich wirklich bei mir bedanken will. Ich sehe mich um, in der Hoffnung, dass sich irgendetwas verbessert hat, seit ich das letzte Mal hier war. Mitnichten. Der lang gezogene Flur, von dem das Bad, die Küche sowie die vier Zimmer abgehen, ist nach wie vor trostlos, der braune Linoleumboden noch abgetretener, die Wände schmucklos, die Glühbirne pendelt ohne Lampenschirm traurig von der Mitte der Decke. Oje. Ich angele in meiner Tasche nach meiner Polaroidkamera und schieße erst mal ein Foto von Bernd. Das so genannte Vorher-Bild. Ich drücke genau in dem Moment ab, als seine Lippen das A in »He, was soll daaaaas« formen. Na, macht nichts. In diesem Moment öffnet sich die Tür, an der ein Schild mit der Zahl vier hängt, und ein schlaksiger, etwa fünfundzwanzigjähriger Mann in weißer Schießer-Feinripp und sonst nichts stolpert uns entgegen.

»Moin«, nuschelt er und verschwindet im Badezimmer.

»Moin«, antwortet Bernd gelassen.

»Wer war das denn?«, frage ich, als sich die Tür hinter dem Fremden schließt. Ich bin mir fast sicher, dass das weder Daniel noch Florian gewesen sein kann, aber falls doch, möchte ich nicht, dass er meinen Fehler mitbekommt.

»Ein Kumpel von Daniel, der wohnt hier für ein paar

Wochen. Ich glaub, der arbeitet als Kamera-Assi beim NDR oder so.«

»Und wie heißt er?«

»Keine Ahnung.« Nicht zu fassen. Hier interessiert sich wohl niemand für den anderen. Der Kerl könnte ja wer weiß was sein. Kriminell zum Beispiel. Meiner detektivischen Ader folgend linse ich in das Zimmer Nummer vier, und erblicke ein paar imposante Brüste und zwei strahlend blaue Augen darüber.

»Hi«, quiekt die nackte Brünette, als sich unsere Blicke treffen und ich ziehe erschreckt den Kopf zurück.

»Und wer ist das da?«, flüstere ich Bernd zu.

»Keine Ahnung«, sagt er mit nun schon leicht genervtem Unterton, »willst du einen Kaffee?« Ich folge Bernd, das Polaroid zum Trocknen schwenkend, in die Küche, oder besser gesagt in den schmalen orange-braun gefliesten Raum mit notdürftiger Küchenzeile. Eigentlich gibt es nur einen Kühlschrank, zwei Herdplatten, eine Spüle und eine Kaffeemaschine, die schon lange nicht mehr auch nur in der Nähe der Spüle war. Das vereinfacht die Entscheidung enorm.

»Nein, danke, keinen Kaffee für mich.« Ich blicke interessiert auf das Foto in meiner Hand. Dort erscheint immer deutlicher und mit offenem Mund Bernd. Kein sehr vorteilhaftes Bild, aber das wird den Kontrast nachher umso deutlicher machen.

»Wasser? Saft?«

»Gar nichts, wirklich! Lass uns doch an deinen Kleiderschrank gehen, was meinst du?«

Sekunden später stehe ich vor einem einen Meter breiten Kleiderschrank, in dem maximal alle meine Socken Platz hätten.

»Ich denke, du bist Schreiner. Wieso hast du so ein kümmerliches Schränkchen?«, frage ich fassungslos. Bernd erklärt mir, dass er nicht mehr Platz für seine Klamotten braucht und dass nicht jeder Mensch so ein Shopaholic sei wie ich. »Ich kann auch wieder gehen«, sage ich beleidigt und mache Anstalten, meine Drohung in die Tat umzusetzen.

»Nein, bitte nicht, Lenchen, es war doch nicht so gemeint«, legt Bernd sofort eine andere Platte auf und zupft mich verzweifelt am Fledermausärmel meiner todschicken neuen Bluse.

»Schon gut, nimm die Flossen weg«, sage ich und lasse mich auf sein Bett plumpsen. Da hat er übrigens lange nicht so geknausert wie am Kleiderschrank. Eine tolle Spielwiese von vier Quadratmetern hat er da gezimmert, aber dennoch: »Einen Tipp kann ich dir mal vorneweg geben!«

»Und welchen?«

»Lass sie niemals, unter keinen Umständen, in diese Wohnung. Wenn sie wirklich so ein zartes, reines Seelchen ist, wie du es beschreibst, dann könnten halb nackte Männer und ganz nackte Frauen sie vielleicht abschrecken. Von eurer, ähem, Innenausstattung mal ganz zu schweigen.«

»Aber mein Zimmer ist doch sehr schön, oder findest du nicht?«, verteidigt er sich mit langem Gesicht. Ich lasse meinen Blick durch den Raum schweifen. Zweifelsohne ist es der schönste in der ganzen Wohnung. Die orange geschwämmten Wände strahlen zusammen mit den diversen indirekten Lichtquellen echte Gemütlichkeit aus. An den Wänden hängen Drucke von Monet und Chagall, die originellen asymmetrischen Regale beweisen, dass hier ein Schreiner haust, dem sein Beruf auch noch Spaß zu machen scheint. Besagtes riesiges Bett bildet das Zentrum des Zimmers. Ich versuche es diplomatisch.

»Ja, hier ist es ganz schön. Allerdings fürchte ich, dass ihr bis hierher gar nicht kommen werdet.«

»Na schön, dann such ich mir eben eine neue Wohnung«, sagt Bernd schlicht, und mir bleibt vor lauter Überraschung die Spucke weg. Einfach so?

»Nun warte doch ab. Lass uns dich erst mal umstylen, bevor du deinen Mietvertrag kündigst. Du weißt doch noch gar nicht, ob aus euch beiden überhaupt etwas wird. Und ob sie dich mag.«

»Warum sollte sie nicht? Ich meine, wenn ich dazu auch noch aussehe wie ihr Traummann.«

»Und wie sieht der aus?«

»Das sollst du mir doch sagen.« Hilfesuchend sieht er mich an. Oje, das wird anstrengend.

Na schön. Das heißt wohl tatsächlich, dass die ganze Arbeit an mir hängt. Zunächst einmal muss ich herausfinden, um was für einen Typ Frau es sich handelt, um dann den für sie idealen Mann zu erschaffen. Das klingt ein bisschen nach der Allmacht Gottes, und ganz ehrlich, deshalb liebe ich meinen Job. Am einfachsten wäre es natürlich, wenn ich die Dame kennen lernen, sie zumindest einmal sehen könnte, aber nein, das geht natürlich nicht.

»Was ist, wenn sie mich mit dir zusammen sieht, Lenchen? Dann wird sie doch denken, dass wir ein Paar sind, oder?«

»Ich und du? Guter Witz! Na schön, dann erzähl mir von ihr.« Und Bernd legt los. Miss Perfect arbeitet in der Moderedaktion einer angesagten Frauenzeitschrift. Dort hat er sie das erste Mal gesehen, als er trendige Möbelstücke für die Rubrik »Must Haves« gefertigt hat. Eine Moderedakteurin? Jetzt wird mir einiges klar. Und sie sieht natürlich immer aus wie aus dem Ei gepellt, wunderschön ist sie außerdem, und eloquent und furchtbar nett. Dazu trägt sie auch noch den klangvollen Namen Leila, fährt ein Mini-Cabriolet in Himmelblau und liebt Sushi.

»Bernd, ich hoffe, dass es mit euch beiden klappt, die Frau hört sich an, als könnte sie meine beste ...«, in diesem Moment erscheint Laras trauriges Gesicht vor meinem inneren Auge, »ich meine, zweitbeste Freundin werden. Mich wundert nur ehrlich gesagt dein Geschmack ein bisschen. Du stehst doch sonst nicht so auf Schickimicki-Frauen.«

»Ich weiß, aber bei ihr spüre ich einfach, dass mehr dahintersteckt.«

»Und deine ständigen Sprüche über meine angebliche Oberflächlichkeit? Die Lady scheint da nicht anders zu sein.«

»Hey, du bist meine beste Freundin. Dann kann sie auch die Mutter meiner Kinder werden.« Dieser Logik habe ich nichts hinzuzufügen.

Der Kleiderschrank entpuppt sich als mittlere Katastrophe. Anscheinend ist auch Bernd fanatischer Anhänger der Schießer-Feinripp-Fraktion, wie ich sie heute Morgen schon (auf nüchternen Magen) erleben musste. Der Rest seiner Klamotten war mir natürlich schon hinlänglich bekannt: Flanellhosen, karierte Hemden, Opa-Westchen und Barbourjacken. Bis zum Letzten hatte ich gehofft, aus irgendeinem Winkel zumindest noch einen halbwegs passablen Anzug hervorzuziehen, aber leider Fehlanzeige.

»Kannst du mir sagen, was du vorhattest, auf meiner Hochzeit zu tragen?« Nein, das kann er natürlich nicht, und anscheinend geht er auch nie zu einer Taufe, Konfirmation oder Beerdigung (Letzteres freut mich für ihn). »Es hilft nichts, Bernd, du wirst ein bisschen was investieren müssen.«

»Kein Problem.« Doch zunächst einmal widmen wir uns dem kostenlosen Teil der Prozedur. Ich zwinge Bernd dazu, das Badezimmer mit den von mir mitgebrachten Sagrotan-Feuchttüchern zu desinfizieren, danach kümmere ich mich als Erstes um seine Augenbrauen. Bernd und Socke jaulen dazu im Chor. Ich habe schon lange keinen Mann mehr so laut winseln hören. Nach einer guten Viertelstunde ist der geflieste Boden mit kurzen schwarzen Haaren übersäht und Bernd betrachtet sich mit tränenfeuchten Augen im Spiegel.

»Schau, so sieht es aus, wenn man zwei Augenbrauen hat, statt einer einzigen durchgehenden«, grinse ich. Bernd wirft mir einen zweifelnden Blick zu:

»Sieht das nicht ein bisschen tuntig aus?«

»Eins kann ich dir sagen«, weise ich ihn zurecht, »wenn du jetzt bei jedem einzelnen Schritt anfangen willst zu meckern, dann lassen wir das Ganze.«

Er zieht erschrocken den Kopf ein und murmelt kleinlaut, ich soll nur machen, und er wird jetzt die Klappe halten. Ich bin bass erstaunt und genieße das Gefühl der Macht. Trotzdem tut er mir ein bisschen Leid, weshalb ich ihm versöhnlich die Schulter tätschele und sage: »Vertrau mir, Bernd. Es wird schon alles gut werden.« Er nickt treuherzig und schon fahren wir fort mit unserer ganz privaten Vorher-Nachher-Show. Natürlich schafft der Mann es nicht einmal zwei Minuten tatsächlich den Mund zu halten. Als ich seinem Bart zunächst mit dem Trockenrasierer und dann mit Klinge und Schaum zu Leibe rücke, quengelt er unentwegt.

»Ich will aber nicht aussehen wie ein Milchbubi. Außerdem kriege ich bestimmt Pusteln und dann sehe ich schrecklich aus. Du bist schuld, wenn ich Pickel bekomme. Meine Haut ist schrecklich empfindlich. Oh Gott, ich werde aussehen wie ein Pubertierender.« Einige Male zuckt meine Hand in dem Verlangen, Bernd einen kleinen Schmiss mit der Rasierklinge zu verpassen. Vielleicht würde ihn das endlich zum Schweigen bringen. Außerdem würde es seinem Gesicht vielleicht etwas von der Männlichkeit geben, um die er so bangt. Aber ich beherrsche mich. Stattdessen freue ich mich über sein schmerzverzerrtes Gesicht, als ich ihm reichlich alkoholhaltiges Aftershave auf die frisch rasierte Haut auftrage.

»Aaauuuuuu. Was machst du da? Ich brenne!« Das kann doch nicht sein Ernst sein.

»Das ist Aftershave.«

»Es brennt wie Feuer.«

»Das ist zum Desinfizieren, damit du keine Pickel bekommst. Wieso, was benutzt du denn nach dem Rasieren?«

»Nivea.« Jetzt wird mir einiges klar.

»Ab jetzt benutzt du bitte das hier«, sage ich und stelle die Flasche »Roma« in den Badezimmerschrank. Nebst dem passenden Eau de Toilette. Das habe ich schon auf dem Hinweg für ihn besorgt. Ein Mann muss gut riechen. Nicht einfach nur nach Nivea. Roma ist genau der passende Duft für Bernd, habe ich beschlossen. So männlich, wie er ist, kann er die leicht süßliche Note gut vertragen.

»Parfüm?«, fragt er schon wieder ungläubig. »Ist das nicht ein bisschen …«

»Nein, das ist nicht tuntig«, sage ich wütend, »hör endlich auf damit. Bevor du nicht mit einem anderen Mann im Bett liegst, wird dich auf der ganzen Welt niemand für tuntig halten.«

»Wirklich nicht?« Er lächelt geschmeichelt. Grimmig sehe ich ihn an. Das sollte eigentlich eine Zurechtweisung sein und ist völlig unbeabsichtigt als Kompliment herausgerutscht. Bernd gibt einen Spritzer Roma auf sein Handgelenk und verreibt ihn mit dem anderen, ehe ich es verhindern kann. Dann gibt er auch noch einen Tropfen hinters Ohr, wo Parfüm nun wirklich nichts zu suchen hat. Dort sitzen viel zu viele Schweißdrüsen. Ich erkläre ihm, dass durch Reiben der Duft nicht richtig zur Geltung kommt und weise ihn an, ab jetzt jeden Morgen einen Spritzer auf den Hals zu geben. Oder aufs Haar, wo sich der Duft besonders lange hält. Selbiges gehört übrigens dringend geschnitten. Ich diskutiere einige Minuten lang mit Bernd, der seinen Haarschnitt bisher immer selber vor dem Spiegel kreiert hat und nicht einsehen will, dass er diesem oberflächlichen Fuzzi von Friseur sein Geld in den Rachen werfen soll für etwas, das er genauso gut selber machen kann. Erneut stoße ich Drohungen über die sofortige Beendigung der Aktion aus und habe sodann einen gefügigen Bernd im Schlepptau.

Das Schöne an diesem Fall ist, dass er keiner langwierigen Veränderungen bedarf. Bernd ist im Grunde ein Rohdiamant, der nur noch ein bisschen geschliffen werden muss. Flo verpasst ihm einen todschicken Haarschnitt à la Brad Pitt und ein paar (wirklich nur ein paar) blonde Highlights.

»Nein, das sieht nicht tuntig aus.« Was können Männer nerven. Als Nächstes ist der Körper an der Reihe. Bernd ziert sich fast noch mehr als Frau Biergarten, als ich von ihm verlange, sich mir in Unterwäsche zu präsentieren. Von der Unterhose einmal abgesehen, bin ich mit dem Anblick höchst zufrieden. Dank Fußball und der Arbeit in der Schreinerei hat er einen großartigen Körper und braucht keine Diäten oder Trainingspläne von mir. Nur eine Brusthaar-Epilierung. Ich liefere ihn bei Chantal im Kosmetiksalon ab und ordere Maniküre, Pediküre und Haarentfernung. Hinter Bernds Rücken mache ich ihr ein Zeichen, dass nicht nur die Brust, sondern auch der untere Rücken enthaart werden muss. Ich erinnere mich noch lebhaft an den Pelz, in dem Katrins Hände herumgekrault haben. Bäh!

»Tschüs und viel Spaß«, sage ich, gebe Bernd einen aufmunternden Klaps und nehme ihm Sockes Leine ab. »Wir holen dich in eineinhalb Stunden wieder ab.« Damit mache ich mich auf den Weg, um schon mal ein bisschen einzukaufen. Erstens, weil das Zeit spart, zweitens, weil Socke ein bisschen Bewegung braucht und drittens, weil ich nicht scharf drauf bin, seine Schreie mit anzuhören. Immerhin ist er mein bester Freund und ich würde vermutlich ein gewisses Mitgefühl verspüren. Aber was sein muss, muss sein. Bei Hennes & Mauritz kaufe ich mehrere enge Boxershorts sowie zehn Paar einfache schwarze Socken. Ich musste nämlich mit Entsetzen feststellen, dass Bernds Strümpfe aus mehr Löchern als Wolle bestehen. Und auch wenn seine großen Zehen nach Chantals Behandlung um einiges appetitlicher aussehen werden als vorher, wird es Leila vermutlich abschrecken, wenn sie ihr aus den Socken vorne entgegenwinken. Zudem ist es ungeheuer praktisch, alle Socken von derselben Marke und in der gleichen Farbe zu kaufen, um die Sockensortiererei nach dem Waschen zu vereinfachen. Im Kopf treffe ich schon mal eine Vorauswahl der Klamotten, die ich Bernd gleich anprobieren lassen werde und dann ist es Zeit, ihn wieder einzusammeln. Ich betrete die hübsche weiß geflieste Eingangshalle des Kosmetikstudios und grüße

Natalie, die hinter der gläsernen Rezeption steht. Sie verzieht das Gesicht auf eine merkwürdige Art und Weise und gestikuliert wild in Richtung der gemütlichen altrosa Sitzecke. Anscheinend will sie mir irgendetwas sagen. Ich zucke verständnislos die Schultern und wende mich in die Richtung, in die sie zeigt. Bernd sitzt auf einem der Sessel und Socke rennt ihm schwanzwedelnd entgegen. Er nimmt sie in die Arme und vergräbt sein Gesicht in ihrem Fell. Dann hebt er den Kopf und starrt mich bitterböse an. Endlich weiß ich, wie ich geguckt habe, als meine Mutter mich vor vierundzwanzig Jahren gegen meinen Willen im Kinderland des Schenefelder Einkaufszentrums zurückgelassen hat, um in Ruhe shoppen gehen zu können. Ich kann nur hoffen, dass Bernd nicht vorhat, jetzt zwei volle Tage kein Wort mehr mit mir zu reden, so wie ich damals. Nein, da kann ich ganz beruhigt sein. Er hat etwas zu sagen, und zwar eine ganze Menge:

»Das war eindeutig zu viel, Helen«, tobt er los, und ich bin doch ein bisschen erschrocken, dass er mich nicht Lenchen nennt, »du bist ja wohl echt nicht mehr ganz dicht im Kopf.« Mit Leidensmiene berührt er seinen gepeinigten Oberkörper. Gegen meinen Willen muss ich grinsen. »Das ist überhaupt nicht lustig. Ich muss verrückt gewesen sein! Die Tussi hat mir diesen Wachsstreifen direkt über die Brustwarze geklebt. Wie konnte ich mich darauf einlassen, mich von einem dermaßen sadistischen Lu…?«

»Wegen Leila«, unterbreche ich ihn, bevor er etwas sagt, das ihm hinterher Leid tun könnte. Und tatsächlich bleibt ihm das Wort im Halse stecken. Er schluckt schwer. »Du willst, dass Leila sich in dich verliebt und Brusthaare, glaub mir, sind einfach nicht mehr in.«

»Nicht mehr in?«, regt er sich auf und entreißt mir die

Hundeleine. »Und wer sagt das dem da oben, damit er uns nicht mehr damit auf die Welt kommen lässt?« Vor meinem inneren Auge erscheint das Bild von Baby-Bernd, der in seinem Kinderbettchen liegt und dem die Brustwolle oben aus dem Strampler herausquillt, aber ich glaube nicht, dass ich diese Vorstellung jetzt mit ihm teilen möchte. Obwohl es schon lustig ist. Aber er scheint immer noch wütend zu sein.

»Es ist vorbei, du hast es überstanden«, sage ich, um dem Ganzen ein Ende zu machen, »nun komm, wir haben noch eine Menge zu tun.«

»Was machen wir denn jetzt«, fragt er ängstlich, als ich ihn an der Hand nehme und hinaus auf die Straße führe.

»Wir gehen einkaufen, völlig schmerzfrei«, verspreche ich ihm mit ganz sanfter Stimme und nur einem Hauch von ironischem Unterton. Ein Hauch zu viel.

»Du hast ja keine Ahnung, wie weh so was tut«, blafft er mich an und entzieht mir mit einem Ruck seine Hand.

»Ach, meinst du?«

»Es sei denn, du hast Brusthaare«, höhnt er. Ich kämpfe nur eine Sekunde mit mir.

»Das nicht«, antworte ich dann gelassen, »aber ich habe Schamhaare.« Triumphierend registriere ich, wie das Blut aus seinem Gesicht weicht. »Schon mal was von Brasilian Waxing gehört?«

Für Bernd ist es unvorstellbar, dass sich Frauen einer Intimzonen-Enthaarung unterziehen. Freiwillig.

»Wie sehen denn die Frauen aus, mit denen du so zusammen warst?«

»Na, wie schon. Behaart.«

»Bääh«, mache ich und schüttele mich angewidert.

»Sag mal, hast du nen Knall? Was ist denn daran Bääh?«

Tja, was eigentlich? Keine Ahnung, auf jeden Fall ist es nicht schick.

»Von all den Frauen war nicht eine enthaart?«, lenke ich ab.

»Vielleicht hat sich die eine oder andere links und rechts ein bisschen rasiert«, räumt er ein, »bestimmt war keine so bescheuert, sich die Haare samt Wurzeln rausrupfen zu lassen.« So, das ist also bescheuert? Ich leide alle sechs Wochen Höllenqualen und muss mir dann noch sagen lassen, dass das bescheuert ist?

»Ich wette hundert Euro, dass deine Leila epiliert ist«, hole ich meinen Trumpf aus der Tasche. »Ist sie deshalb bescheuert?« Einen kurzen Moment lang schweigt er.

»Natürlich nicht«, gibt er dann zögernd zu. »Aber ich verstehe das nicht. Das muss doch schrecklich wehtun.«

»Tut es«, bestätige ich nickend.

»Und warum machen Frauen das dann?«

»Weil es schön aussieht.« Nachdenklich starrt er vor sich hin. Wahrscheinlich stellt er sich jetzt vor, wie genau es aussieht. Und tatsächlich.

»Ich kann mir gar nicht vorstellen, wie so was aussieht.«

»Na ja, halt … glatt«, stammele ich. Jetzt wird mir das Thema langsam unangenehm.

»Glatt. Und wie noch?«

»Können wir das Thema wechseln?« Eine Weile gehen wir schweigend nebeneinander her, dann fängt er plötzlich an zu lachen und rempelt mich freundschaftlich an.

»Lenchen, du Luder. Gib's zu, du hast mich veräppelt.«

»Habe ich nicht.«

»Beweise«, fordert er und baut sich mit verschränkten Armen und breitem Grinsen vor mir auf.

»Du träumst wohl«, kontere ich. Wie ist es bloß dazu gekommen, dass ich mit Bernd über meine Schambehaarung rede? Ich könnte im Boden versinken. Jetzt weiß er, dass ich »unten ohne« rumlaufe. Fast ohne. Ein schmaler senkrechter Streifen bleibt stehen. Ganz ohne sieht es dann, für meinen Geschmack, doch ein bisschen zu kleinmädchenhaft aus. Außerdem wirken die Oberschenkel ohne eine kleine Trennungslinie optisch breiter. Immerhin hat er aufgehört, über seine eigene Epilierung zu jammern.

Am Abend liefere ich einen völlig neuen Mann in seiner Wohnung ab. Gemeinsam räumen wir seinen Kleiderschrank aus und verstauen die neuen Jeans, langärmelige und kurzärmelige T-Shirts mit V-Ausschnitt sowie den schicken hellgrauen Kordanzug nebst passender Hemdenauswahl darin. Die alten Klamotten faltet Bernd sorgfältig in einen Umzugskarton, denn er will sie partout nicht wegwerfen.

»Wer weiß, falls es mit Leila und mir doch nicht klappt«, sagt er plötzlich merkwürdig pessimistisch.

»Was soll das denn heißen«, fahre ich ihm über den Mund, »du musst selber dran glauben, das ist das Allerwichtigste. Und was soll das überhaupt heißen? Willst du etwa damit sagen, dass dir deine alten Kleider besser gefallen als die, die ich für dich ausgesucht habe?« Ich mache eine ausholende Handbewegung in Richtung Kleiderschrank.

»Nein, nein, natürlich nicht«, sagt er wenig überzeugend, »die Sachen sind schon ganz schön.« Ganz schön. Na toll! Und dafür schlage ich mir meinen wertvollen Tag um die Ohren. Ich mache ein so beleidigtes Gesicht, dass Bernd zu lachen anfängt, mich in die Arme nimmt und uns mit einer Wolke »Roma Uomo« umgibt.

»Du hast das wirklich toll gemacht, Lenchen. Vielen Dank!«

»Bitte, gern geschehen«, sage ich würdevoll.
»Jetzt sag mir nur noch, wohin ich sie einladen soll und wie ich mich dabei verhalten muss.«

Ich finde ja eigentlich, dass das meine Aufgabe ein wenig überschreitet, aber Bernd kann mich letzten Endes doch überzeugen: Schließlich ist er mit den meisten Mädels maximal auf ein Bier in die Strandperle gefahren, bevor er sie flachgelegt hat. Leila scheint da etwas anspruchsvoller zu sein. Außerdem soll es ja was Ernstes werden zwischen den beiden. Darum bekommt Bernd folgende Verhaltensregeln von mir mit auf den Weg:

DATING-RULES:

1. ERST DENKEN, DANN FRAGEN
   Er soll sich Gedanken machen und sich etwas halbwegs Originelles für die erste Verabredung ausdenken. Nicht gerade Fallschirmspringen, aber auch nicht bloß zum erstbesten Italiener.

»Und was ist, wenn ihr das nicht gefällt, was ich mir überlegt habe«, gibt Bernd zu bedenken.
»Deshalb sollst du dir ja vorher Gedanken machen. Klar lädst du eine Vegetarierin nicht ins Steakhaus ein.«
»Hm, vielleicht frag ich sie einfach, wo sie hingehen möchte, dann bin ich auf der sicheren Seite«, findet Bernd. Ganz falsch.
»Es geht hier nicht darum, dass du auf der sicheren Seite bist. Es geht um Romantik, und eine Frau möchte umworben werden und wissen, dass du dir was einfallen lässt, um ihr zu gefallen, kapiert?« Er nickt verständnisvoll.
»Und was würdest du vorschlagen?«

»Zum Beispiel das Valentino's, das dürfte ihr gefallen«, nehme ich ihm nun doch das Selberdenken ab. Ich habe schließlich nicht ewig Zeit, also weiter im Text:

2. DU MUSST SIE ABHOLEN

»Mit dem Fahrrad«, grinst Bernd.

»Nein, nicht mit dem Fahrrad. Du wirst dir doch wohl mal von irgendwem ein Auto ausleihen können. Von mir aus kannst du auch meins haben. Zur Not nimmst du eben ein Taxi.«

»An einem schönen Sommerabend könnten wir ja auch ganz romantisch zu Fuß durch die Nacht wandern«, schlägt er mit einem seligen Ausdruck im Gesicht vor. Mann, hat's den erwischt. Aber halt!

»Gut gemeint, und doch falsch!«, sage ich sehr bestimmt. »Frauen haben immer zwei Sorten von Schuhen: Die Bequemen, die man zum Spaziergang trägt, und die Unbequemen, die man zum Date anzieht. Alles klar?«

»Ist klar! Danke, dass du mir dein Auto leihst.«

»Also weiter!«

3. …

»Ich weiß es, ich weiß es …«, unterbricht er mich wie ein kleines Kind.

»Na?«

»Im Restaurant halte ich ihr die Tür auf und lasse ihr den Vortritt.«

»Falsch!« Meine Güte, ist das anstrengend. »Jetzt hör gefälligst mal zu, ohne mich die ganze Zeit zu unterbrechen.«

»Okay«, macht er kleinlaut.

»Wenn du etwas nicht verstehst, kannst du fragen«, erlaube ich ihm oberlehrerhaft, »aber ansonsten nimm bitte einfach die Regeln zur Kenntnis und halte dich daran.« Schließlich habe ich auch noch was anderes zu tun, füge ich in meinem Kopf noch hinzu. Ist doch nicht zu fassen. Ich sollte eigentlich irgendwo unterwegs sein. Mich in einem Szeneladen ins Getümmel werfen und meinem Traummann Gelegenheit geben, mich zu entdecken. Stattdessen gebe ich hier Benimmunterricht.

3. DU GEHST ALS ERSTER INS RESTAURANT HINEIN UND ALS LETZTER HINAUS
4. INTERESSIERE DICH FÜR SIE, STELL VIELE FRAGEN
5. MACH DEIN INTERESSE DEUTLICH, OHNE PLUMP ZU BAGGERN
6. BEZAHL DIE RECHNUNG
7. ACHTE DARAUF, DASS AUF KEINEN FALL EIN KONDOM AUS DEINEM PORTEMONNAIE HERVORSCHAUT
8. HAB NACH DEM ESSEN NOCH EINEN PLAN FÜR DEN WEITEREN VERLAUF DES ABENDS
9. MACH DEUTLICH, DASS DU GERNE MIT IHR SCHLAFEN WÜRDEST, TU ES ABER NICHT. MEHR ALS KÜSSEN IST NICHT ERLAUBT

»Und was ist, wenn sie mehr will?«, platzt es förmlich aus Bernd heraus.

»Dann freu dich und tu es trotzdem nicht.«

»Meinst du nicht, dass sie dann beleidigt ist?«

»Sie wird es zu schätzen wissen«, rede ich auf ihn ein wie auf ein krankes Tier, »und wenn alles gut läuft, wird sie für den Rest ihres Lebens mit dir schlafen können. Vertrau mir, Sex beim ersten Date ist nun mal ein Beziehungskiller.«

»Na gut«, räumt er unwillig ein. So, jetzt muss ich wirklich mal langsam aufbrechen, die Zeit ist ja wie im Fluge vergangen. Bernd bringt mich zur Haustür und hilft mir in meine Jacke. Braver Junge.

»Auch wenn ich es jetzt nicht erwähnt habe, aber so was wie In-die-Jacke-Helfen und Getränkholen und so ist natürlich selbstverständlich«, sage ich dennoch zur Sicherheit noch mal, während ich Socke zur Verabschiedung den Kopf tätschele. Bernd verdreht die Augen:

»Ganz blöd bin ich auch nicht, Lenchen. Aber Katrin, ich schwörs dir, die würde sich kaputtlachen, wenn ich ihr plötzlich die Tür aufhalten würde«, sagt er, mir die Tür aufhaltend.

»Danke«, betone ich und betrachte ihn nachdenklich. »Ist dir noch nie passiert, oder?«

»Was?«

»Na ja, kein Sex beim ersten Date.«

»Äh«, macht er und wird tatsächlich ein bisschen rot.

»Ach komm schon, du redest doch sonst mit mir über alles«, mache ich auf beleidigt und stupse ihm meinen Zeigefinger in die Brust.

»Au«, schreit er empört und reibt wehleidig über die Stelle, »manno.« Ups, die Epilation hab ich ja schon wieder vergessen.

»Sorry. Also?«

»Na schön, also …« Er scheint angestrengt nachzudenken. »Ach, das kann man gar nicht so genau sagen. Ich meine, so auf die altmodische Tour habe ich das doch sowieso noch nie gemacht. Mit Verabredung und nach Hause bringen und so.« Oh Mann, wenn das mal gut geht.

»Ich hab doch die Mädels eigentlich immer eher auf Partys oder so kennen gelernt und dann ...« Ja, genau. Und dann. Na, viel Glück kann ich da nur wünschen.

»Ach, einmal ist immer das erste Mal«, tröste ich ihn. »Übrigens solltest du besser noch ein, zwei Tage warten, bis du sie ansprichst. Nicht, dass du bei ihr auch anfängst zu quietschen, wenn sie versehentlich deine Brust berührt«, sage ich grinsend. »Und wenn du alle Regeln brav befolgst und dazu noch so aussiehst, wie du jetzt aussiehst, dürfte eigentlich nichts schief gehen!« Aufmunternd nicke ich ihm zu.

»Sonst noch was«, fragt er ziemlich erschöpft. Ich sehe ihm in seine schönen grünen Augen und bin plötzlich ganz gerührt, dass er all das auf sich nimmt für eine Frau, die er noch gar nicht richtig kennt. Mit meiner rechten Hand streiche ich ihm eine Haarsträhne aus der Stirn und sage:

»Sei einfach du selbst!« Auf der Treppe drehe ich mich noch einmal um und füge hinzu: »Nur nicht zu sehr!«

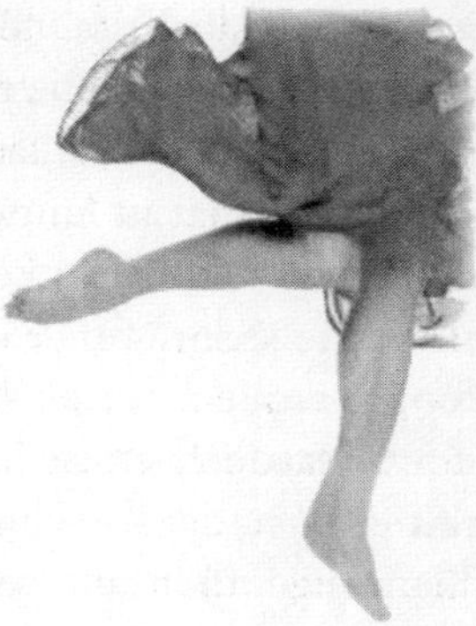

7.

Die nächsten Wochen fliegen vorbei und ehe ich michs versehe, haben wir den 17. Mai. Morgen ist mein dreißigster Geburtstag, und wenn nicht noch ein Wunder geschieht, dann werde ich den als Singlefrau feiern müssen. Michael und Nick bearbeiten mich schon seit Wochen, dass sie unbedingt eine Party für mich ausrichten wollen. Nein danke, nicht mit mir. Oder habe ich etwa was zu feiern?

»Helen, bitte, bitte, ich habe schon so lange keine Party mehr ausgerichtet.« Wie kann ich das widerlegen? Ich kenne die beiden schließlich erst seit kurzem.

»Nein, ich will meinen Geburtstag nicht feiern«, habe ich gesagt und mich mit verschränkten Armen und entschlossenem Gesicht auf die Couch fallen lassen.

»Aber du musst!«

»Ich muss gar nichts.«

»Bitte, bitte, ein ganz großes Bitte mit Zuckerguss oben drauf.«

»Ich habe Nein gesagt.«

Eine der schwersten Aufgaben, die der Mensch so am Tag zu bewältigen hat, ist es, morgens aufzustehen. Heute ist es noch viel schlimmer als sonst. Denn der Fuß, der heute den Boden neben meinem Bett berührt, ist der einer dreißigjährigen Frau. Ja, so ist es. Während uns die Zeit als Kinder immer zu langsam verstrich, die Stunden dahinschlichen wie Schnecken an der Hauswand, begannen sie mit den Jahren immer schneller und schneller dahinzugaloppieren und plötzlich ist man dreißig. Dabei war man doch gerade noch sechs. Kaum einen Wimpernschlag ist das jetzt her, als ich in meinem rot-weiß-blau-karierten Sommerkleid in unserem Garten stand, an einem meiner langen geflochtenen Zöpfen kaute und neugierig über die Hecke die neu eingezogenen Nachbarn beobachtete.

»Wie alt bist du?«, habe ich die Frau mit den schwarzen Haaren und der großen Sonnenbrille gefragt. Und sie hat gesagt:

»Dreißig.« Und ich weiß auch noch, was ich gedacht habe. Dreißig Jahre! Das ist furchtbar alt. Ein Jahr später sind wir dann übrigens aus dem Haus ausgezogen, weil mein Vater Frauen jenseits der dreißig ebenfalls furchtbar alt fand. Und jetzt hat mich also das gleiche Schicksal ereilt. Ehe ich michs versehe, habe ich Falten, werde bei einem Film ab achtzehn nicht mehr nach dem Ausweis gefragt, setzt die Menopause ein und ich werde grau. Ja doch, ich weiß! »Mit dreißig fängt das Leben doch erst an.« »Ich schwöre dir, ich hatte nie mehr Spaß als in meinen Dreißigern.« Blabla. Ist doch alles bloß blabla. Tatsache ist, dass die Selbstmordrate von Singlefrauen über dreißig drastisch in die Höhe geht. Ebenso wie die Schönheitsoperationen. Dagegen sinkt der Östrogenspiegel rapide. Und schwups, einen Wimpernschlag später, hat die biologische Uhr ausgetickt, statt der vier Kinder, die man eigentlich gerne gehabt hätte, hat man jetzt vorne eine vier und keinen Mann mehr an seiner Seite. Männer mögen keine

Vieren. Männer stehen auf die magischen zwei: Zweiundzwanzigjährige mit zwei megastraffen Möpsen.

Ich quäle mich aus dem Bett und unter die Dusche, entdecke, obwohl ich mich bemühe, nicht hinzusehen, plötzlich Dellen in meinen Oberschenkeln, Falten unter meinen Augen und bin von diesem Tag schon bedient, ehe er richtig angefangen hat. Am liebsten zurück ins Bett und die Decke über den Kopf gezogen, bevor die senile Bettflucht einsetzt. Aber nein, ich musste mich ja breitschlagen lassen, bei meinen zwei Grazien zu frühstücken.

Zu dumm, dass selbst schwule Männer glauben, dass eine Frau Ja meint, wenn sie Nein sagt. Und zu dumm, dass ich das nicht wusste, dann hätte ich die Katastrophe vielleicht noch aufhalten können. So bin ich allerdings mit der festen Überzeugung, meinen Willen kundgetan zu haben (und in diesem auch ernst genommen worden zu sein) aus der Wohnung der beiden stolziert, Sophias anerkennendes Nicken im Rücken spürend, nur um jetzt völlig ahnungslos in die größten Partyvorbereitungen seit Jacquelines achtzehntem zu geraten.

»Nanu, wer hat denn noch Geburtstag«, rutscht es mir von der Zunge, bevor ich bemerke, dass man sich tatsächlich meinem eindeutigen Wunsch zu widersetzen wagt.

»Helen, bitte nicht böse sein.«

»Wir wollen dir doch nur eine Freude machen. Du sollst einen schönen Tag haben und nicht die ganze Zeit darüber nachgrübeln, dass du alt bist und keinen Mann hast. Au!« Ein gezielter Tritt von Nick bringt Michael zum Schweigen.

»Was du natürlich nicht bist«, sagt Nick und legt seinen Arm um mich, »alt meine ich. Und sie könnte jeden haben«, fährt er in Michaels Richtung mit einem vorwurfsvollen Kopfnicken fort, »wenn sie wollte.« Nach einem Blick in die Küche bin ich überzeugt. Der Kühlschrank quillt über vor Delikatessen und auf dem Küchentisch stehen schon fünf gefüllte Silbertabletts mit atemberaubenden, wundervoll dekorierten Fingerfood-Häppchen. Trotz allem bin ich gerührt. Ich greife nach einem Lachsschnittchen mit Meerrettichsahne, und der Fisch zergeht mir auf der Zunge.

»Hmmmm«, machte ich genießerisch und Nick grinst wie ein Honigkuchenpferd.

»Gut, nicht wahr?«

»Himmlisch.« Ich nehme ein Stückchen Forelle. Es ist eindeutig, dass ich heute Geburtstag habe, denn ansonsten würde ich jetzt eins auf die Finger bekommen, aber unter diesen Umständen lächelt Nick nur gutmütig und lässt mich gewähren. Ich schlucke die Forelle zusammen mit der Angst vor dem Abend hinunter. Vielleicht wird es ja doch ganz nett.

»Dreißig und immer noch so knackig«, steht vorne auf der Geburtstagskarte, die mir Manuel und Lara zusammen mit einem liebevoll verpackten Geschenk überreichen. Ich schenke ihnen ein Lächeln und öffne die Karte. »Mal knackt's im Rücken, mal in der Hüfte und mal im Kopf!«, lese ich weiter laut vor und starre danach schockiert auf die beiden, die ich jahrelang für meine Freunde gehalten habe. Meine Festgäste stehen um mich herum, Manu und Bernd schütten sich aus vor Lachen, während Lara fast noch entgeisterter als ich selber auf ihren Freund guckt.

»Alles was du besorgen solltest, war die Geburtstagskarte«, zischelt sie wütend, »und selbst dafür bist du anscheinend zu blöd.« Manu bleibt bei diesen Worten das Lachen im Halse stecken.

»Ich dachte doch nur …«

»Guck dir an, was du angerichtet hast«, faucht sie und zeigt auf mich. Alle starren mich an. Alle sehen, dass es mir etwas ausmacht. Alle sehen, dass ich ein riesiges Problem damit habe, dreißig Jahre alt zu sein.

»Nein, nein«, winke ich ab und versuche ein Lächeln, »ist doch lustig.«

»Du findest es gar nicht lustig«, stellt Lara fest, die mich natürlich ganz genau kennt. Aber ich bestehe darauf.

»Doch, wirklich. Richtig witzig.« Ich versuche mich an einem künstlichen Lachen, das ich mir bei Angela abgeguckt habe und das mir gar nicht mal so schlecht gelingt. Immer noch zweifelnd sieht sie mich an, da erklingt von der Tür plötzlich ein lauter Knall. Nick hat gerade die Champagnerflasche geköpft, die Chantal aus dem Schönheitssalon mitgebracht hat. Gott sei Dank. Ablenkung und Alkohol. Alles wird gut.

Bis auf diesen Zwischenfall verläuft die Party erstaunlich gut. In den zahlreichen Päckchen, die ich von meinen Gästen bekomme, befindet sich nicht eine einzige Faltencreme, kein Ratgeber mit dem Titel »Wie entkomme ich der Singlefalle« oder ähnlich unsensible Geschenke. Das Essen ist ein Traum, die Stimmung ist ausgelassen und feuchtfröhlich. Ich trinke viel zu viel, aber heute lasse ich mal fünfe gerade sein. Auch wenn es schlecht für die Haut ist, mit der geht es ja in meinem Alter nun sowieso steil bergab. Kurz nach Mitternacht stoppt plötzlich die Musik und Bernds Stimme dröhnt durch die Wohnung.

»Alle mal ins Wohnzimmer kommen, bitte.« Dabei scheint er mit einem Löffel eins der teuren Weingläser zu malträtieren. »Bitte, kommt doch mal her, ich habe etwas zu sagen.« Gemeinsam mit Lara und Flo schwanke ich aus der Küche in Richtung Wohnzimmer, wo sich in der Tür eine kleine Traube gebildet hat. Wenige Minuten später stehen fünfunddreißig Personen dicht gedrängt um Bernd herum. Ich betrachte ihn stolz. Seit der Verwandlung sieht er wirklich besser aus. Zu blöd, dass er mit dieser Leila einfach nicht richtig in die Gänge kommt. Ich kann mir das gar nicht erklären. Die sollte ihn jetzt mal sehen, wie er dasteht im grauen Kordanzug mit dem rosa Hemd darunter. Sie würde dahinschmelzen. Leider hat er es ja wieder nicht geschafft, sie auf diese Party mitzunehmen, obwohl ich ihm dringend dazu geraten habe. Ich hätte ihm in diesem Fall sogar gestattet, erst verspätet auf meiner Geburtstagsfeier zu erscheinen, um vorher in Ruhe mit ihr Essen gehen zu können. Und der Plan für danach, laut Dating-Regel Nummer acht, wäre eine Party mit lauter netten Leuten gewesen. Perfekt! Aber nein.

»Lenchen, all deine gut aussehenden Bekannten, was, wenn sie einen von denen mehr mag als mich?« Dass die Frau bei der InStyle arbeitet und von früh bis spät nichts anderes sieht als gut aussehende Menschen, schien ihm kein schlagkräftiges Argument zu sein. Na schön.

Ein weiteres Mal schlägt Bernd mit dem Löffel auf das arme Weinglas ein, das ihm daraufhin von einem besorgt blickenden Nick entrissen wird.

»Könnt ihr nicht mal leise sein, hier will jemand was sagen«, fleht er in Richtung Menge. Und tatsächlich, das Gemurmel verstummt und alle blicken aufmerksam Bernd an, der sich verlegen räuspert. Dann schaut er suchend in die Runde und bleibt mit seinem Blick an mir haften.

»Lench … ich meine, Helen, komm doch mal bitte zu mir nach vorne«, sagt er feierlich und mit sonorer Stimme. Kichernd stolpere ich durch die sich bildende Gasse auf ihn zu. Er legt den Arm um mich und gibt mir einen Knutscher auf die Wange. »Ich glaube, ich spreche im Sinne aller, wenn ich sage, dass wir froh sind, heute hier zu sein und mit dir deinen Geburtstag zu feiern.« Zustimmender Beifall. »Und ich möchte dir sagen, dass ich dich jeden Tag vermissen würde, wenn du nicht geboren worden wärest. Ich wünsche dir nur das Beste!«

»Danke schön! Ich freue mich auch, dass ihr hier seid«, bekomme ich noch einigermaßen klar heraus und verbeuge mich nach allen Seiten. Eigentlich ist es doch ganz lustig, Geburtstag zu haben. Gerade will ich mich wieder ins Getümmel stürzen, da hält Bernd mich am Ärmel zurück. Was denn noch?

»Moment mal, ich bin noch nicht fertig«, sagt er lächelnd. »Es ist nämlich gut möglich, dass Helen und ich, einem sehr alten Versprechen folgend, in diesem Jahr heiraten werden. Ja, ihr habt richtig gehört«, wendet er sich der Gruppe um uns herum zu, während ich mit offenem Mund dastehe. Um uns herum herrscht Schweigen. Und ich verstehe ehrlich gesagt nicht so ganz, was das eigentlich soll.

»Äääääh … im Ernst?«, fragt schließlich jemand aus der zweiten Reihe.

»Auf der Skifreizeit in der zehnten Klasse, im zarten Alter von fünfzehn und sechzehn Jahren, begann diese ungewöhnliche Liebesgeschichte«, beginnt Bernd vergnügt zu erzählen wie ein alter Großvater, der von seinen Enkeln umringt in seinem Schaukelstuhl sitzt. »Glühweinselig saßen wir beide eines Abends in der Hütte und gaben uns das Versprechen, einander zu heiraten, sofern wir im greisen Alter von dreißig noch niemanden gefunden hätten.« Ach du Schande, und was er da erzählt, das stimmt auch noch. Jetzt fällt es mir wieder ein. Ich sehe uns zusammen an dem rustikalen Holztisch sitzen, mit unzähligen leeren

Glühweinbechern vor uns. Bernd trug einen dunkelbraunen Fleecepullover und Jeans. Er muss sich den Hintern abgefroren haben, aber es war natürlich total cool, in Jeans Ski zu laufen. Ich dagegen in meinem pinkfarbenen Overall sah auf der Piste immer aus wie Schweinchen Dick. Was war ich stolz, dass jemand wie Bernd mich mochte. Schließlich war er fast zwei Jahre älter als die verpickelten, pubertierenden Jungs in meiner Klasse. Hatte schon einen richtigen Bart. Und an diesem Abend, als wir uns dieses absurde Eheversprechen gegeben haben, da hatte ich mir tatsächlich eingebildet, dass später im Herbergsbett vielleicht irgendwas zwischen uns laufen würde. Wobei ich natürlich mehr an eine harmlose Knutscherei als an Sex gedacht habe. Aber nicht mal dazu kam es. Wir besiegelten unser Abkommen mit Handschlag, und gleich darauf sagte Bernd mir, was für ein toller Kumpel ich doch sei. Es ging sogar das Gerücht rum, dass er bei dieser Skifreizeit ein Techtelmechtel mit unserer über dreißig Jahre alten Sportreferendarin angefangen hatte. »Also«, beendet Bernd seine Geschichte, »natürlich bin ich nicht sicher, ob Helen ihr Versprechen halten wird, aber falls doch, werdet ihr natürlich alle zur Hochzeit eingeladen.« Um uns herum wird mittlerweile gegrölt und geklatscht, und da ich kein Spielverderber sein will, sage ich ganz cool:

»Okay, okay, ich werde es mir überlegen.« Bernd zwinkert mir zu, die Menge verteilt sich wieder, und ich stehe herum wie Piksieben. Das war doch irgendwie eine komische Aktion, oder? Was sollte das denn? Da kommt Lara grinsend auf mich zu:

»Bernd als dein Backup, das hast du mir ja nie erzählt.«

»Backup?«

»Na ja, so nennt man das doch. Ich hatte zwei. Toni und Martin.«

»Tatsächlich?«

»Klar. Die sind allerdings mittlerweile beide verheiratet. Also muss ich wohl doch bei Manu bleiben, auch wenn er manchmal so ein unsensibler Trottel ist. Tschuldigung noch mal wegen der Karte. Wenn man nicht alles selber macht.«

»Ach, schon okay«, winke ich ab. »Aber sag mal, das mit Backup und so, ist das bindend?« Verständnislos blickt sie mich an. »Also, das meinte er doch nicht ernst? Ich muss ihn doch jetzt nicht wirklich heiraten, oder?«

»Natürlich nicht, das ist doch nur ein Gag.«

»Ach so, na Gott sei Dank«, sage ich schnell. Ich bin verwirrt. Ich eise mich mit einer Ausrede los, schnappe mir eine neue Flasche Prosecco und verziehe mich ins Badezimmer. Dort lasse ich mich auf den Badewannenrand sinken und atme tief durch. Nein, natürlich ist das ein Gag gewesen. Aber ich komme mir trotzdem bloßgestellt vor. In seiner kleinen, gemeinen Rede hat er im Grunde alle noch mal mit der Nase darauf gestoßen, was mit mir los ist. Dass ich dreißig bin. Und unverheiratet. Und beides gegen meinen Willen. Und das so einfach rauszuposaunen, noch dazu als mein bester Freund, das finde ich ziemlich grausam. Andererseits habe ich schon einiges getrunken an diesem Abend und möchte niemandem Unrecht tun, am wenigsten Bernd. Na gut, beschließe ich, jetzt wird erst mal gefeiert. Und morgen, in nüchternem Zustand und bei Tageslicht, denke ich noch mal drüber nach. Vielleicht komme ich ja dann hinter die Pointe.

Es ist das zweite Mal innerhalb weniger Monate, dass ich mit einem ausgeprägten Brummschädel und einem Ekel erregenden Geschmack auf der Zunge in der Wohnung von Michael und Nick erwache. Doch es ist nicht ganz dasselbe. Diesmal liege ich in einem himmlischen Wasserbett. Die beiden haben mir doch tatsächlich ihr Schlafzimmer abgetreten. Ist ja ein Ding. Ich bemühe mich, gerührt zu sein, während ich unauffällig die schwarze Satindecke nach etwaigen weißen Flecken absuche. Als ich keine finde, bin ich ehrlich gerührt. Frisch bezogen. Natürlich, ich bin ja nun auch eine reife Frau. Dreißig Jahre alt. Da sackt man nach einer Party nicht mehr einfach irgendwo zusammen und schläft seinen Rausch aus. Oh nein.

»Sieh es doch positiv.« Ich bekomme beinahe einen Herzanfall vor Schreck, als plötzlich Sophia neben mir im Bett liegt. »Vielleicht schaffst du es jetzt endlich, wirklich erwachsen zu werden. Dich von all deinen Kindheitsschemata zu lösen. Deinen Vater nicht mehr all deinen Beziehungen im Weg stehen zu lassen.« Ohne sie eines Blickes zu würdigen, schäle ich mich aus dem Bett und gehe ins Badezimmer. In der Wohnung ist es noch ganz still. Gerade mal halb zehn. Während ich unter der Dusche stehe und das heiße Wasser meine Lebensgeister allmählich zurückbringt, lasse ich den gestrigen Abend noch einmal Revue passieren. Irgendwie habe ich ein schlechtes Gefühl in der Magengegend. Hm, was war denn bloß los? Auf keinen Fall habe ich mit jemandem geschlafen, oder auch nur rumgeknutscht aber … Jetzt fällt's mir wieder ein. Diese dusselige Geburtstagsrede von Bernd ist es, die mir Magenschmerzen bereitet. Dass wir heiraten werden, weil ich ja keinen anderen abgekriegt habe, trotz meines hohen Alters. Und alle fanden es wahnsinnig witzig. Und mir wird klar: Der Gag an der Sache, den ich mir gestern nicht mehr zu erfassen zugetraut habe, ist ein nicht existenter. So einfach. Dreißig musste ich werden, um zu kapieren, dass Bernd anscheinend lieber einen Freund verliert als eine gute Pointe. Vielleicht bin ich auch einfach nur überempfindlich? Nick platzt ohne anzuklopfen herein, gerade als ich aus der Dusche steige und reißt mich damit aus meinen Gedanken. Ich stoße einen markerschütternden Schrei aus und grabsche nach dem erstbesten Handtuch, um damit meine Blöße zu bedecken.

»Oh, Entschuldigung, Helen, sorry. Ich wusste nicht, dass du … oh Gott.« Mit fest zusammengekniffenen Augen steht er im Türrahmen, wird erst rot, dann blass, tastet nach dem rettenden Rückweg und schließt schnell die Tür. Na, wenigstens bin ich jetzt wach. Widerwillig steige ich in meine Klamotten von gestern. Sie stinken natürlich bestialisch. Dann traue ich mich schließlich in die Küche, wo Michael und Nick ebenfalls ziemlich gerädert sitzen und den ersten Kaffee schlürfen. Nick traut sich kaum, mir in die Augen zu schauen, als er mir meinen Cappuccino reicht.

»Helen, ich schwöre, das war wirklich keine Absicht.«

»Ach, ist schon gut«, sage ich mit der Gelassenheit einer alten Frau, die schon viel zu viel erlebt hat, um sich über Kleinigkeiten aufzuregen. »Vielen Dank übrigens für die Party. Es war ja echt lustig. So im Großen und Ganzen!«

»Gern geschehen. Ja, ich fand's auch gelungen«, sagt Michael, »deinen Freund Bernd fand ich übrigens echt nett.«

»Ach ja?«, horcht Nick auf.

»Nicht soooo nett.«

»Das will ich aber auch gemeint haben.«

»Schade, dass du ihn heiratest und nicht einen von uns«, werde ich wieder in das Gespräch eingebunden, »wo wir uns das so schön zurechtgelegt hatten.«

»Ich heirate ihn nicht«, sage ich sehr deutlich, »und was habt ihr euch zurechtgelegt?«

»Na ja, wir dachten, du könntest doch einen von uns

heiraten, dann ziehst du hier mit ein und könntest unsere Kinder bekommen. Eins von jedem«, sagt Michael gelassen. Da bleibt mir doch die Spucke weg.

»Du willst doch Kinder, oder?«, vergewissert sich Nick.

»Du willst mir ein Kind machen?«, frage ich spöttisch. »Du fällst doch schon in Ohnmacht, wenn du mich nackt siehst.«

»Ich dachte auch an künstliche Befruchtung«, sagt er trocken. So, das hat er sich ja ziemlich gut ausgedacht. Da stelle ich doch lieber mal sofort was klar:

»Tut mir Leid, ihr werdet euch eine andere Zuchtstute suchen müssen.« Ich bin ehrlich sauer. Was ist denn heute Nacht passiert, dass plötzlich alle meine Freunde so grausam zu mir sind. Jetzt fällt es mir auf, das kann kein Zufall sein. Erst die Karte von Manu und Lara (auch wenn sie nichts davon wusste), dann Bernds kleine Rede und jetzt das hier. Wie kann denn von einem Tag auf den anderen alles anders werden?

»Das war doch nicht total ernst gemeint«, sagt Michael beruhigend, »damals haben wir mal drüber rumgesponnen, aber mehr so im Scherz. Als du gedacht hast, du wärest vielleicht schwanger von einem von uns. Weißt du nicht mehr?« Ich blicke von einem zum anderen und die Tränen steigen mir in die Augen. Ein Scherz? So einer wie Bernd ihn gestern gemacht hat? Das ist nicht lustig. Gar nicht witzig. Was stimmt denn nicht mit mir, dass ich immer weinen muss, wenn andere lachen? Verwirrt starren die beiden mich an. Anscheinend können sie überhaupt nicht verstehen, was sie falsch gemacht haben.

»Warte, du weinst doch jetzt nicht deswegen, oder?«, fragt Nick mich völlig ratlos. Ich schüttele schluchzend den Kopf. »Warum dann?« Aber ich kann nicht darauf antworten, ich weine immer weiter. »Doch, sie weint wegen deinem dummen Spruch«, wirft Michael Nick vor, der hilflos meinen Arm tätschelt.

»Aber es war doch wirklich nicht so gemeint.«

Die nächsten Stunden bemühen sich die beiden, ihren Fehler so gut es eben geht wieder gutzumachen. Was so viel bedeutet, dass ich mit einem imposanten Frühstück verwöhnt werde (weiß der Teufel, wo sie das jetzt noch hergezaubert haben) und in eine Decke gehüllt auf dem Sofa sitzend zusehen darf, wie die beiden langsam wieder Herr über das Chaos in ihrer Wohnung werden. Ich selber darf keinen einzigen Finger krümmen, obwohl ich das nur für recht und billig gehalten hätte. Schließlich war das ja mein Geburtstag.

»Nein, Helen, du ruhst dich einfach nur aus. Möchtest du vielleicht noch einen frisch gepressten O-Saft?« Warum eigentlich nicht?

»Hey, Schlafmütze, aufgewacht«, dringt eine mir vertraute Stimme an mein Ohr. Mühsam öffne ich die Augen. Ich muss kurz eingenickt sein. Neben mir auf dem Sofa sitzt Bernd. Was macht der denn hier? Das ist nicht seine Wohnung.

»Ach du, hallo«, nuschele ich, bevor mir einfällt, dass ich ja eigentlich böse auf ihn bin. Ich setze mein verschlossenstes Gesicht auf. »Was machst du denn hier?«, frage ich unfreundlich.

»Ich wollte mal nachsehen, wie es der kleinen Schnapsdrossel von gestern geht?«

»Pfffh«, mache ich und rücke ein Stück von ihm weg.

»Welche Laus ist dir denn über die Leber gelaufen?«, fragt er unschuldig. Ist der wirklich so ahnungslos, wie er tut?

»Wenn du es genau wissen willst: DU!«, sage ich patzig.

»Ich?« Er guckt ehrlich erstaunt. Und so was will nun mein Freund sein. Vor meinem inneren Auge taucht wieder die Szene von gestern Abend auf, wie ich dastand, vor allen Leuten und, ja, nennen wir es doch mal beim Namen, bis auf die Knochen blamiert wurde.

»Wie konntest du das tun?«, fauche ich Bernd an, der erschrocken vor mir zurückweicht.

»Lenchen, was hab ich denn getan?«

»Wag es nicht, mich Lenchen zu nennen! Warum hast du das gemacht? Warum hast du mich gestern vor allen Leuten so bloßgestellt?« Die verdammten Tränen kommen, ohne dass ich es verhindern kann. »Du weißt genau, wie es mir geht. Du weißt, dass ich nicht dreißig werden wollte und du weißt, dass ich gerne verheiratet wäre. Und was machst du?« Ich schluchze so heftig, dass ich bezweifle, dass Bernd auch nur ein Wort von dem versteht, was ich sage. »Du machst dich über mich lustig. Was habe ich dir denn bloß getan?« Bernd sieht mich an, sein Gesicht spiegelt völlige Verwirrung. »Schau mich nicht so an«, schreie ich, »verschwinde!« Ich drehe mich von ihm weg und versuche, das Schluchzen in meiner Kehle wieder einigermaßen unter Kontrolle zu bekommen. Aber Bernd geht nicht. Er fasst mich bei den Schultern und dreht mich zu sich herum:

»Helen, es tut mir Leid. Bitte glaub mir, ich wollte dich nicht verletzen.« Er zieht mich an sich, und obwohl ich ihn immer noch hasse, kann ich mich nicht dagegen wehren. Wie ein kleines Kind liege ich in seinen Armen und schluchze herzzerreißend. Ich fühle mich so furchtbar, dass ich denke, mein Leben ist zu Ende. Bernd wiegt mich beruhigend hin und her und spricht leise auf mich ein. Ich verstehe nicht, was er sagt, aber seine weiche Stimme tut mir gut. Langsam geht mein Atem wieder ruhiger und ich weine nur noch leise vor mich hin.

»Tut mir Leid«, schniefe ich und will mich aus seiner Umarmung befreien, aber er lässt mich nicht weg.

»Gar nichts muss dir Leid tun«, sagt er und streichelt mir über den Kopf. Ich entspanne mich wieder und lasse mich gegen seine Brust sinken. Das tut so gut. »Es war wirklich nicht böse gemeint von mir gestern, ehrlich«, fährt er fort und plötzlich glaube ich das auch nicht mehr. Nein, Bernd mag mich. Er ist mein Freund. Er würde mir doch nie absichtlich wehtun. Ich habe einfach überreagiert. »Ich schwöre dir, mir ist das gestern plötzlich wieder eingefallen, was wir uns damals bei Vroni's versprochen haben.« Unter Tränen muss ich lächeln. Stimmt, Vroni, so hieß die Besitzerin von der Almhütte.

»Waren wir damals noch jung«, flüstere ich wehmütig, »und naiv. Als ob das Leben so leicht wäre.« Während ich das sage, komme ich mir noch älter vor als ich bin.

»Wäre das nicht schön«, wispert Bernd mir ins Ohr.

»Ja, schön wär's!« Dann spüre ich seine Hand unter meinem Kinn, und er hebt mein Gesicht zu sich empor, sodass er mich anschauen kann. Ich blinzele die letzten Tränen weg und versuche ein zaghaftes Lächeln, das mir aber sofort wieder entgleist, als Bernd sich plötzlich vorbeugt und seine Lippen auf meine drückt.

»Hey«, mache ich erschrocken und ziehe meinen Kopf zurück, »was machst du denn da?« Bernd lächelt ein wenig ironisch und antwortet:

»Wonach fühlt es sich denn an? Ich versuche, dich zu küssen.«

»Und warum, bitte schön«, frage ich, mir den Mund abwischend. Er beobachtet es und macht ein beleidigtes Gesicht. Da fällt es mir plötzlich wie Schuppen von den

Augen und ich springe vom Sofa auf. Das … also das kann doch wohl nicht wahr sein:

»Mitleidssex? Ist das deine Antwort auf eine verzweifelte Frau? Mitleidssex?« Dafür, dass ich ihn so anschreie, bleibt Bernd ziemlich gelassen.

»Ganz falsch«, sagt er, schlägt die Beine übereinander und greift nach meinem Arm, den ich ihm sofort entreiße.

»Du hast ja wohl nicht mehr alle Tassen im Schrank«, ereifere ich mich.

»Jetzt beruhig dich doch mal und setz dich wieder hin«, sagt er und klopft auffordernd auf den Platz neben sich. Ja, von wegen.

»Weißt du, so alt und so verzweifelt, dass ich mit dir schlafen müsste, bin ich nun doch noch nicht«, sage ich bissig. Ein Schatten fliegt über sein Gesicht. Okay, das war jetzt nicht nett von mir, aber ist doch wahr. Der Typ latscht ja wirklich von einem Fettnäpfchen ins nächste. »Sorry«, quetsche ich dennoch hervor, »das hab ich nicht so gemeint.«

»Das hoffe ich schwer«, sagt er leise, »ich hab dir nämlich was zu sagen, und es fällt mir sowieso schon nicht leicht und ehrlich gesagt wird es jede Minute schwerer.«

»Na was denn?«, frage ich ziemlich unwirsch. Bester Freund hin oder her, mein Nervenkostüm ist stark angegriffen und mein Kummerkastentanten-Potenzial ist heute nicht sehr ausgeprägt.

»Kannst du dich bitte hier zu mir setzen?« Ich lasse mich in gebührendem Sicherheitsabstand neben ihm nieder. »Also, Folgendes, ich … also, es ist nicht so einfach, weißt du.« Es wird doch hoffentlich nichts Schlimmes sein? »Ich, also, am besten sag ich's einfach so.« Gute Idee! »Ich bin verliebt in dich und ich möchte mit dir zusammen sein!«

Zwanzig Minuten später hat Bernd mich überzeugt, dass es sich bei seinem Geständnis nicht um einen grausamen Scherz handelt. Sondern um die grausame Wahrheit.

»Lenchen, ich fand dich schon mit vierzehn klasse. Ich mochte dich vom ersten Augenblick an, obwohl du ein pinkes Micky-Maus-Sweatshirt getragen hast und dein Hintern beinahe die Karottenjeans gesprengt hat. Ich mochte dich auch mit deiner Brille, deiner Zahnspange und deinen mausbraunen Haaren. Ehrlich!«

»Ach ja«, sage ich schnippisch, »und warum hast du dann immer nur mit mir auf dufte Kumpel gemacht?« Frage ich mich wirklich. Denn auch wenn Bernd heute als potenzieller Partner für mich überhaupt nicht mehr in Frage kommt, damals, in der achten Klasse, da fand ich ihn schon toll. Weil er so groß war, und so lässig. Außerdem hatte er schon einen recht ausgeprägten Bartwuchs und mit sechzehn dann auch eine coole schwarzweiß-karierte Vespa, an der er ständig herumgebastelt hat. Schwarze Ränder unter den Fingernägeln haben mich damals noch nicht gestört. Im Gegenteil. Er war der »Leader of the Pack«, der »Rebell«, mit dem ich meine Eltern zu gerne schockiert hätte. Aber damals hatte Bernd keine Augen für mich. Ich habe sicherlich dreihunderttausendmal seinen Namen in mein Heft geschrieben, bis er mich gebeten hat, mit ihm den Platz zu tauschen, damit er neben Tina sitzen konnte, die schon Brüste und blond gefärbte Haare hatte, die ihre Bücher mit einem Gürtel zusammengehalten zur Schule trug und schon mit mindestens vier verschiedenen Jungs rumgeknutscht hatte (von denen ich wusste). Bald darauf kam noch ein fünfter hinzu und ich hatte ganze drei Wochen lang Liebeskummer. Ich befolgte all die Tipps aus der »Bravo Girl« und der »Mädchen«, schrieb einen Abschiedsbrief, ohne ihn abzuschicken und eine Liste all der positiven und negativen Aspekte unserer Beziehung, die keine war. Na ja, und irgendwann konnte ich Bernd dann auch wieder in die Augen sehen und mich damit zufrieden geben, nur sein Kumpel zu sein. Immerhin, all seine Freundinnen kamen und gingen, aber ich blieb. Bis heute. Und jetzt will der plötzlich in mich verliebt sein? Wo gibt es denn so was?

»Das ist doch ganz einfach«, sagt Bernd und streckt seine langen Beine von sich, »du warst damals vierzehn und ich gerade sechzehn. Natürlich war ich nicht so naiv zu glauben, dass wir eine Chance hätten, wenn wir zu diesem Zeitpunkt zusammengekommen wären. Aber ich wusste, dass du die Frau bist, die ich einmal heiraten werde. Und daher musste ich dich gehen lassen. Um Erfahrung zu sammeln. Ich wollte nicht, dass du nach zehn Jahren mit mir sagst, dass du Angst hast, etwas verpasst zu haben.« Mit großen Augen starre ich ihn an. »Und außerdem«, setzt er mit einem breiten Grinsen hinzu, »wollte ich selber auch noch die eine oder andere Erfahrung mitnehmen.«

»Die eine oder andere?«, frage ich spöttisch. »Na, das hast du ja auch gründlich getan.«

»Eifersüchtig?«

»Pfffhh.«

»Es funktioniert heute einfach nicht mehr so wie bei unseren Großeltern. Man muss sich einfach ein bisschen austoben. Und frau natürlich auch. Und dazu wollte ich dir gerne die Gelegenheit geben.« Sanft fährt er mir mit seinem Zeigefinger über die Wange. Eine zärtliche Geste, die ich im Moment überhaupt nicht ertragen kann. Ich ziehe unwillig meinen Kopf zurück und sage ironisch:

»Wie ausgesprochen großzügig von dir. Und was hättest du gemacht, wenn Jan nun nicht plötzlich schwul geworden wäre? Immerhin hatten wir schon einen Hochzeitstermin.«

»Stimmt, das war knapp. Ich habe damals, kurz bevor du ihn kennen gelernt hast, einfach nicht schnell genug geschaltet. Weißt du noch, der eine Abend im Park, als du gesagt hast, du hättest jetzt endgültig die Nase voll von diesen Beziehungen, die nirgendwo hinführen?« Allerdings weiß ich das noch. Das war nach meiner kurzen, aber heftigen Affäre mit Kevin. Ich weiß gar nicht mehr genau, wo ich den aufgegabelt hatte, jedenfalls war ich der festen Überzeugung, dass er mein absoluter Traummann wäre. Obwohl er eine ganze Ecke jünger war als ich. Nicht so viel jünger, wie man angesichts seines Vornamens vermuten könnte, denn schließlich schossen nach dem Film »Kevin allein zu Haus« im Jahre 1988 seine Namensvettern wie Pilze aus dem Boden. Mein Kevin war ein Vorreiter aus dem Jahre 83 und damals stolze zwanzig Jahre alt. Und außerdem extrem weit und reif für sein Alter. Und da ich doch selber auch so jung aussehe, fand ich, wir wären das perfekte Paar. Geschaffen für die Ewigkeit. Bis Kevin eines Tages einfach nicht mehr anrief. Das war mir das letzte Mal in der neunten Klasse passiert, und ich musste einsehen, dass mein Realitätssinn augenscheinlich eine leichte Schieflage hatte. Das war der Abend, als ich mit Bernd zusammen auf einer Decke im Stadtpark lag, in die Sterne starrte und unterstützt von einer bewusstseinserweiternden Droge, von der ich normalerweise (ehrlich) die Finger lasse, der Wahrheit ins Auge blickte. Mir wurde klar, dass ich mir tatsächlich die falschen Männer ausgesucht hatte. Dass ich eine tief verwurzelte Angst vor echter Nähe, vor tiefen Gefühlen, vor andauernden Beziehungen hatte. An diesem Abend traf ich eine Entscheidung: Die missglückte Ehe meiner Eltern sollte meinem Glück nicht länger im Weg stehen. Ich würde meinen Fehler nicht wiederholen, sondern mir mit Feuereifer einen Mann zum Heiraten suchen.

»Eigentlich wollte ich dir noch ein wenig Zeit geben, um über den kleinen Giftzwerg hinwegzukommen«, Kevin war nur ein Meter achtundsechzig groß und außerdem ein ziemlicher Vollidiot, »und dir dann, na ja, Avancen machen.« Bei diesem Wort aus Bernds Mund muss ich mir auf die Zunge beißen, um nicht laut loszuprusten. Bevor ich meinen Benimmunterricht mit ihm gestartet habe, wusste der doch gar nicht, wie man so was macht. Seine »Avancen« bestanden daraus, dass er den Frauen eine Flasche Bier in die Hand und dann die Zunge zwischen die Lippen schob. Was die immer ganz toll fanden, denn meistens waren beide dann ziemlich schnell verschwunden. »Dummerweise«, unterbricht Bernd meine Gedanken, »hattest du drei Tage später Jan im Schlepptau.«

»Drei Tage, du spinnst doch.«

»Ich schwöre es dir. Tja, und da saß ich dann.« Waren es wirklich nur drei Tage? Da scheine ich ja nicht besonders wählerisch vorgegangen zu sein. Unter diesen Umständen habe ich ja mit Jan einen echten Glücksgriff getan. Schließlich war er so gut wie perfekt. Von seiner homosexuellen Seite einmal abgesehen. »Du glaubst nicht, wie erleichtert ich war, als du mir erzählt hast, dass Jan schwul ist«, greift Bernd das unglückselige Thema nun seinerseits auf, »denn ich dachte schon, ich hätte meine letzte Chance nicht ergriffen und dich für immer verloren.« Es klingt so schnulzig und so gar nicht nach Bernd, dass mir dazu wirklich keine passende Antwort einfällt. Ich starre ihn nur mit vermutlich ziemlich einfältigem Ausdruck an. Jetzt beugt er sich nach vorne, sodass sein Gesicht ganz dicht an meinem ist. Ich rieche einen Hauch von »Roma Uomo«, nicht zu viel und nicht zu wenig, vermischt mit dem leichten Mentholgeruch seines Lippenpflegestifts und seinem ganz eigenen Geruch, der mir so oft in die Nase gestiegen ist, wenn er mich tröstend an sich drückte. Mit großen Augen sehe ich, wie seine geschwungenen Lippen immer näher auf mich zukommen und sein Kopf sich ein wenig zur Seite neigt. Entschuldigung, aber der will mich doch jetzt nicht schon wieder küssen? Das ist doch heute schon mal schief gegangen, obwohl das ja nur so ein Schmatzer war. Und jetzt? Etwa so richtig? Bei der Vorstellung, Bernd könnte seinen offenen Mund auf meinen drücken und dann seine Zunge ausfahren, um darin herumzutasten, beginnt meine Unterlippe plötzlich zu zittern. Ich muss an die vielen Male denken, als ich betrachtet habe, wie diese Zunge sich in einen anderen weiblichen Mund gedrängt hat. Nicht, dass das irgendwie eklig gewesen wäre, aber ich war in diesen Fällen immer eine Außenstehende. Ein neutraler Betrachter. In dem Moment, als seine geschwungenen Lippen sich leicht öffnen und den Blick auf besagte Zunge freigeben, ist es um meine Selbstbeherrschung geschehen, und ich breche in schallendes Gelächter aus. Erschrocken zieht Bernd den Kopf zurück und sieht mich befremdet an.

»Bernd«, keuche ich nach Luft schnappend und bringe mich mit Mühe wieder unter Kontrolle, »das kann doch nicht wirklich dein Ernst sein?«

8.

Schon komisch, vor einer guten Viertelstunde, als Bernd dieses Zimmer betreten und mich aufgeweckt hat, war ich noch das reine Opferlamm. Verwirrt und gedemütigt. Jetzt ist es Bernd, der geknickt auf der Couch sitzt. Und ich? Was bin ich? Etwa die Böse? Das mag ich aber gar nicht. Nach einem Blick in seine Augen hat sich mein Lachanfall ziemlich schnell verabschiedet, und jetzt sitzen wir hier, zwischen uns beklemmende Stille.

»Bernd«, sage ich leise und greife vorsichtig nach seiner Hand. Sofort hebt er den Kopf, sieht mich an – hoffnungsvoll. Auch ein Blick, den ich sonst nur von mir selber kenne. Schnell ziehe ich die Hand wieder zurück. Will ja nichts Falsches suggerieren. In was für eine Situation hat der Typ mich bloß gebracht, denke ich unwillig. Und wenn er mich so waidwund anguckt, kann ich ihn dafür jetzt noch nicht einmal anschreien. Ich fühle mich total unwohl auf dieser Seite des Geschehens. Normalerweise bin ich doch die arme Zurückgewiesene. In diesem Moment kommt wieder Leben in mein Gegenüber, er greift meine beiden Hände und sieht mir in die Augen:

»Lenchen, ich gebe zu, das alles war vielleicht keine besonders gute Idee.« Vielleicht? »War wohl alles ein bisschen überstürzt. Du bist schließlich verwirrt, hast gerade einen Heulkrampf hinter dir. Ich glaub, ich gehe jetzt erst mal, damit du das Ganze sacken lassen kannst, okay?« Gehen will er? Das klingt in meinen Ohren gut.

»Okay«, sage ich leise und versuche, mir meine Erleichterung nicht allzu sehr anmerken zu lassen. Aber der leidende Blick ist aus Bernds Augen verschwunden, jetzt ist er wieder so, wie ich ihn kenne: obenauf.

»Alles klar! Ich ruf dich an!« Mit diesen Worten springt er auf und will aus dem Zimmer gehen.

»Warte mal ganz kurz«, fällt mir da plötzlich ein, »und was ist mit Leila?«

»Leila?«

»Ja. Ich denke, du bist so verknallt in sie.« Er grinst mich an. Spitzbübisch.

»Ach Lenchen. Denk doch mal nach.«

Leila – Lenchen.

Moderedakteurin – Typberaterin.

Immer wie aus dem Ei gepellt – immer wie aus dem Ei gepellt.

Fährt ein himmelblaues Auto – fährt ein himmelblaues Auto.

Liebt Sushi – liebt Sushi.

Wie konnte ich nur so blind sein?

Erst am späten Nachmittag fahre ich wieder zurück nach Blankenese. Ich kann nur hoffen, dass Angela nicht vergessen hat, Dotty zu füttern. Das macht sie nämlich mit Vorliebe. Immerhin habe ich durchgesetzt, dass die arme Katze sich mittlerweile relativ frei im Haus bewegen darf. Außer im Wohn- und Esszimmer. Als ich die Türe aufschließe, höre ich Angela mit ihren hohen Absätzen über das Parkett eilig zu mir heranstöckeln. Na wunderbar. Wahrscheinlich will sie mir wieder mal einen Vortrag über meine »ungezogene« Katze halten. Ich habe kaum die Tür hinter mir geschlossen und meine Schuhe ausgezogen, da steht sie schon vor mir. Ich wappne mich gegen den bevorstehenden Angriff und bin bass erstaunt, als sie mich mit einem spitzen »Helena, herzlichen Glückwunsch«, an sich zieht und mir einen Kuss auf die Wange drückt. Häh?

»Danke«, sage ich vorsichtshalber brav, getraue mich aber nicht, anzumerken, dass ich erstens schon gestern Geburtstag hatte und zweitens ihre diesbezüglichen Glückwünsche bereits entgegengenommen habe. Wenn sie auch wesentlich weniger herzlich ausgefallen sind.

»Wir freuen uns sehr, Helena«, ertönt nun die sonore Stimme meines Vaters aus dem Wohnzimmer und, oh Wunder, auch er kommt auf mich zu und umarmt mich.

»Ihr freut euch?«, wundere ich mich, und die beiden nehmen mich in ihre Mitte und geleiten mich zum Wohnzimmer, wo jemand auf dem weißen Ledersofa sitzt. Jacqueline. Sie strahlt mich an.

»Hallo Helen. Tut mir Leid, ich hab's ihnen gesagt. Ich konnte nicht anders!«, sprudelt es aus ihr hervor, während mein Vater und meine Stiefmutter zustimmend nicken. Alle scheinen ja sehr vergnügt heute zu sein. Wenn ich bloß wüsste, warum?

»Setzen wir uns doch«, schlägt mein Vater vor und macht eine einladende Handbewegung. Ich lasse mich neben meiner Schwester aufs Sofa plumpsen und gucke sie fragend an.

»Ich freu mich so für dich«, quiekt sie und quetscht

meine Hand. Seit wann herrscht zwischen uns eigentlich solch innige Schwesternliebe, frage ich mich.

»Worüber freust du dich denn so«, erkundige ich mich.

»Na, deine Hochzeit«, jubelt sie, und Angela fragt im selben Moment:

»Habt ihr euch schon ein Datum ausgesucht?«

»Wie wäre es mit dem 30. September?«, schlägt mein Vater vor. »Da würde das Landhaus Flottbek die Stornogebühren mit Sicherheit verrechnen.« Ich sehe ihn erstaunt an und drehe dann langsam, ganz langsam meinen Kopf und sehe meiner Schwester in die Augen. Mein Blick würde bei sensibleren Zeitgenössinnen sofort die Wehen auslösen, aber Jackie guckt nur etwas irritiert und ihr Lächeln verliert einige Zentimeter an Breite. Ich wende mich wieder an Angela und Papa und sage sehr langsam und betont:

»Ich muss mal kurz mit Jacqueline alleine sprechen.«

Ich springe auf und grabsche nach ihrer Hand.

»Entschuldigt uns«, rufe ich noch, während ich sie aus dem Wohnzimmer hinaus und die Treppe zu meinem Zimmer hochzerre.

Ich schließe die Tür und drehe mich ganz langsam zu meiner Schwester um, die mitten im Zimmer steht und anscheinend noch immer gar nichts schnallt. Sie versucht ihr altbewährtes Engelslächeln, das eigentlich immer zieht. Nur bei mir nicht.

»Bitte«, sage ich und gehe einen Schritt auf sie zu, »bitte sag mir, dass du nicht allen Ernstes Bernds dämlichen Scherz von gestern geglaubt hast. Sag mir, dass du unseren Eltern nicht erzählt hast, dass ich Bernd heiraten werde. Bitte, sag mir, dass du nicht noch blöder bist, als ich immer dachte.« Sie öffnet den Mund, aber ich fahre mit drohender Stimme fort: »Sag mir, dass das nicht wahr ist oder sag mir, dass ich träume. Bitte!«

»Äh …«

»Na?«

»Ja, doch.«

»Was doch?« Bitte bitte, nein!

»Ich …« Ihre Unterlippe zittert. Das kenne ich schon. Und natürlich, jetzt fängt sie an zu heulen. »Ja, es stimmt. Ich bin blöder als du dachtest«, schluchzt sie. Um sicherzugehen, kneife ich mich fest in den Arm. Autsch. Das tut weh. Kein Traum. Plötzlich fühlen sich meine Beine an wie Pudding und ich lasse mich wortlos auf mein Bett fallen.

»Ich habe Michael und Nick gleich gesagt, dass es eine blöde Idee war, dich einzuladen«, stöhne ich. Ich ignoriere den verletzten Blick, den sie mir zuwirft. Stattdessen konzentriere ich mich darauf, nicht loszuheulen. Oder zu schreien. Oder mich auf sie zu stürzen. Warum? Ist sie wirklich noch dümmer als Kelly Bundy oder ist sie so ein gemeines, hinterhältiges Biest, das mir hinterrücks ganz bewusst ein Messer in den Rücken rammt? Damit ich mal wieder in dieser Familie den Loser vom Dienst geben kann. Ich betrachte sie, wie sie weinend vor mir steht und muss leider zugeben: Nein, das ist es nicht. Anscheinend ist sie einfach nur doof. Aber das schützt sie jetzt nicht vor meiner Wut.

»Du dämliche Kuh!«, schimpfe ich los. Sie zuckt erschrocken zurück und schaut mich mit großen Augen an. »Ist dir eigentlich klar, was du angerichtet hast?«

»Es tut mir Leid«, schnieft sie, »ich dachte wirklich … ich meine, er hat es doch schließlich gesagt und überhaupt, ihr seid immer so vertraut miteinander, und … ich frag mich schon seit Jahren, warum ihr nicht längst zusammen seid.« Bei diesen Worten bleiben mir die Beschimpfungen im Halse stecken.

»Wirklich?«, frage ich in einem völlig anderen Tonfall.

»Ja. Und er sieht doch jetzt so gut aus und ihr seid so ein schönes Paar. Ich konnte doch nicht ahnen. Wieso sagt er denn so was überhaupt, wenn es gar nicht stimmt«, fragt sie plötzlich empört.

»Weil es ein Scherz war. Eine witzige Anekdote aus unserer Jugend, mehr nicht«, verteidige ich nun Bernds Aktion, die ich selber vor noch nicht allzu vielen Stunden auch nicht komisch fand, »und jeder außer dir dusseligen Schnepfe hat es auch als das verstanden.«

»Tut mir Leid, ich hab mich nur so gefreut, weißt du«, flüstert sie kaum hörbar.

»Klar«, versetze ich sarkastisch, »weil du mich ja heiß und innig liebst und nichts als mein Wohlbefinden im Sinn hast.«

»Ja, genau«, sagt sie schlicht und mir bleibt fast der Mund offen stehen. Gerade will ich anfangen, sie an die unzähligen Male zu erinnern, wo sie mir in den Rücken gefallen ist, mich verpetzt oder mies behandelt hat, da fällt mir ein, dass unten im Wohnzimmer Angela und Papa wahrscheinlich gerade dabei sind, die Hochzeit in allen Einzelheiten zu planen in der Annahme, dass meiner Altjüngferlichkeit nun doch noch ein Ende gesetzt wird. Ich habe jetzt keine Lust, mit Jacqueline über Grundsätzlichkeiten zu streiten, die sie sowieso nicht kapiert. Ich muss Schadensbegrenzung betreiben. Aber wie?

Am Abend sitze ich mit der kompletten Familie, Jackie und Anhang eingeschlossen, beim Essen. Merkwürdig. Mein dreißigster Geburtstag war es meinem lieben Herrn Schwager nicht wert, vorbeizukommen, aber wenn ich endlich unter die Haube komme, ist das natürlich ganz was anderes. Ich habe es immer noch nicht geschafft, Klartext zu reden. Was soll ich denn sagen? »Eure eine Tochter ist dümmer als die Polizei erlaubt und die andere ist nach wie vor ohne Mann«?

»Wann lernen wir ihn denn nun endlich einmal kennen, deinen Verlobten«, will Angela wissen und hält mir die silberne Platte mit dem Schweinefilet unter die Nase.

»Nein, danke, ich esse kein Fleisch«, sage ich und reiche die Platte an Paul weiter, der sich eifrig den Teller voll schaufelt.

»Ich bin auch schon sehr gespannt«, pflichtet mein Vater ihr bei, »laut Jackie ist er ja wohl ein ausgesprochen netter, junger Mann.« Ich werfe selbiger einen hasserfüllten Blick zu. Sie zieht verschreckt den Kopf ein und starrt auf ihren Teller.

»Nicht nur ein Enkel, auch noch ein Schwiegersohn«, sagt Angela und sie klingt richtig erfreut. Sie wirft mir einen Blick zu, aus dem fast so etwas wie Wärme und Zärtlichkeit spricht. Ich seufze tief. Genau so soll es sein. So habe ich es mir vorgestellt. Nur natürlich nicht mit Bernd. Sondern mit jemandem, den ich liebe.

»Und Bernd liebst du nicht«, fragt Sophia.

»Natürlich nicht. Doch, schon. Aber nicht so. Als Freund eben. Er ist ein Freund, nichts weiter.«

»Verstehe«, nickt sie, »meinst du nicht, dann wäre es jetzt an der Zeit, das kleine Missverständnis aufzuklären?« Erschrocken reiße ich die Augen auf. Jetzt schon? Ich hatte gehofft, mich noch ein wenig in meinem falschen Ruhm sonnen zu dürfen, bevor ich meinen Vater enttäuschen müsste. Mal wieder.

»Es wird immer schlimmer«, warnt Sophia mich. Was mache ich denn bloß?

»Würdest du dich auch noch auf deinen Schwiegersohn freuen, wenn ich dir erzähle, dass er in einer versifften

WG auf der Reeperbahn wohnt?«, frage ich meinen Vater todesmutig.

»Wie bitte?«

»Und dass er bis vor ein paar Wochen noch nie einen Anzug getragen, geschweige denn besessen hat. Dass er in der Schule zweimal sitzen geblieben ist. Dass er ein Abitur von 3,2 gemacht hat. Dass er sich seine Haare normalerweise mit der Küchenschere selber schneidet. Dass er auf Demos der Globalisierungsgegner geht. Dass er von der Hand in den Mund lebt und nicht einmal einen Bausparvertrag besitzt. Oder eine Lebensversicherung.«

»Helena, was soll denn das«, fragt mein Vater streng.

»Die Verlobung ist gelöst«, sprudelt es aus mir hervor. Konsterniert sieht Papa mich an. Und Angela? Die Stiefmutter blicket stumm auf dem ganzen Tisch herum. Ich atme schwer und suche Sophias Blick. Wenn mich hier schon alle anderen angucken, als wäre ich eine der Anstalt entlaufende Irre, dann hätte ich doch wenigstens gerne in ihren Augen eine Spur von Anerkennung entdeckt. Aber sie nickt mir nur knapp zu, ihr Gesicht ist merkwürdig neutral. Manno. Von hier bekomme ich also keine Hilfe. Kann mal bitte einer was sagen? Lange halte ich das nicht mehr aus. Mein Blick wandert weiter und bleibt an meiner Schwester hängen. Fast unmerklich nicke ich mit dem Kopf. Na los doch! Jetzt tu gefälligst auch mal was! Schließlich hast du mich in diesen ganzen Schlamassel erst reingebracht!

»Ich möchte eine natürliche Geburt«, platzt Jackie da heraus. Kein schlechter Schachzug, das muss ich ihr lassen. Mein Vater guckt von einer seiner Töchter zur anderen und fragt sich wahrscheinlich zum tausendsten Mal, womit er diese Strafe verdient hat.

»Liebling, wir hatten uns doch für einen geplanten Kaiserschnitt entschieden, damit ich bei der Geburt anwesend sein kann«, sagt Paul kopfschüttelnd.

»Ich sage ja nicht, dass du nicht dabei sein sollst. Aber ich will mich nicht aufschneiden lassen, wenn ich das Kind auch auf natürlichem Weg bekommen kann.«

»Aber Schatz, du bist doch so zart. Glaub mir, ein Kaiserschnitt ist gewiss das Beste. Du selber bist doch auch so entbunden worden«, redet Angela auf ihre Tochter ein.

»Trotzdem«, sagt diese und schiebt trotzig die Unterlippe vor.

»Was für ein Unfug«, sagt Papa schneidend, »du weißt doch, dass Paul ständig auf Geschäftsreise ist. Der geplante Kaiserschnitt ist die einzig vernünftige Lösung um sicherzustellen, dass er die Geburt seines Sohnes nicht verpasst.« Natürlich. Wenn es sich um eine Tochter handeln würde, wäre das natürlich was ganz anderes, fährt es mir durch den Kopf. Das Thema »Helens Hochzeit« ist vom Tisch, nehme ich an? So schnell geht das. Gott sei Dank! In diesem Moment höre ich Jackie meinen Namen sagen.

»Wie bitte?«

»Ich habe dich gefragt, was du von einem geplanten Kaiserschnitt hältst, Helen.« Wer, ich? Seit wann zählt denn hier meine Meinung?

»Gar nichts, wenn du es genau wissen willst!«

»Und warum nicht?« Aha, jetzt will sie, dass ich ihren Kampf ausfechte.

»Weil der Geburtsvorgang wichtig für Mutter und Kind ist. Das Kind schüttet dabei Hormone aus, die es für seine Entwicklung braucht. Und die Rückbildung deines Bauches geht nach einer natürlichen Geburt auch viel schneller.« Wenn ich mutig wäre, würde ich mit einem Seitenblick auf Angela sagen, dass eine Bauchstraffung natürlich denselben Effekt hat. Bin aber nicht mutig. Daher ist mein Vortrag hiermit beendet. Zufrieden nickend sitzt Jackie da.

»Genau. All das finde ich auch«, bestätigt sie und wirft mir einen dankbaren Blick zu.

»Nun, wir werden sehen«, sagt Paul und ich merke wieder, dass Jackie im Grunde ihren Vater geheiratet hat. Wir werden sehen. Wir reden später noch einmal darüber. Und dann wird es doch so gemacht, wie er es will. Beinahe mitleidig blicke ich meine kleine Schwester an, die jetzt den Kopf einzieht und den Mund hält. Ach herrje.

»Das Filet ist ausgezeichnet, Angela«, lobt Papa und kaut genüsslich. Ja, und das Wetter war heute ganz außerordentlich schön, denke ich rebellisch. Ich weiß nicht, was heute mit mir los ist. Sollte ich nicht eigentlich froh sein, dass die Aufmerksamkeit so glatt von mir auf Jackie auf das Filet übergegangen ist. So wollte ich es doch schließlich. Aber jetzt fühle ich mich übergangen. Immerhin ist gerade meine zweite Hochzeit innerhalb weniger Monate geplatzt. Ich glaube, die letzten vierundzwanzig Stunden waren einfach zu viel für mich, aber ich verlange ein wenig mehr Anteilnahme. Dazu stupst mich Sophia auch noch aufmunternd in die Seite, und ehe ich mich versehe, höre ich mich sagen:

»Ich werde Bernd nicht heiraten.«

»Ja, Helena, wir haben dich gehört«, sagt mein Vater. »Sei so nett und reich mir die Kroketten.«

Bereits um halb zehn liege ich an diesem Abend im Bett. Es gibt einfach noch eine Menge, über das ich nachdenken muss. Und das kann ich am besten vor dem Einschlafen. Dotty liegt neben mir und lässt sich hinter den Ohren kraulen. Auch Sophia hat sich eingefunden.

»Anscheinend tut es dir nicht gut, hier im Haus deines

Vaters zu wohnen«, gibt sie mir einen Gedankenanstoß. Nein, da hat sie Recht. Ich muss mir dringend etwas anderes zum Wohnen suchen. Gleich morgen. So geht es nicht weiter. Sofort geht es mir etwas besser. Ich atme tief durch. Normalerweise würde ich jetzt Bernd anrufen und mich bei ihm über meinen Vater beschweren. Das geht jetzt natürlich nicht. Bernd. Der sich von mir hat umstylen lassen für Leila. Also eigentlich für mich. Schon süß. Und er sieht jetzt wirklich richtig gut aus. Wenn ich ihn jetzt irgendwo kennen lernen würde, dann könnte er mir glatt gefallen. Rein optisch. Und ja, er ist ein netter Kerl. Trotzdem. Bei dem Gedanken, mit Bernd Sex zu haben, muss ich in mich hineinkichern. Seit fast fünfzehn Jahren habe ich mir keine Gedanken mehr darüber gemacht, dass mein Freund Bernd überhaupt einen Penis besitzt. Ach, das ist doch alles total absurd. Und jetzt will er also plötzlich mit mir zusammen sein. In mich verliebt sein. Was mache ich denn bloß? Doch ich tröste mich mit dem Gedanken, dass Bernds Verliebtheiten noch nie länger als zwei Monate gehalten haben. Genau. So wird es sein! Selbst wenn er sich wirklich in mich verknallt hat, wird das in ein paar Wochen schon wieder ganz anders aussehen. Dann bin ich wieder seine gute Freundin Helen, er ist mein lieber Kuschelbär Bernd, der mich in den Arm nimmt, wenn ich Liebeskummer habe, und noch ein paar Wochen später lachen wir vielleicht gemeinsam über die ganze Geschichte. Na also. Ist doch alles gar nicht so schlimm. Dann denke ich über meine Schwester nach. Wie kann man nur so blöd sein? Aber eigentlich habe ich ja dann doch noch alles ganz prima hinbekommen. Ich hätte nicht gedacht, dass ich Papa das einfach so hinknallen würde. Es gibt keine Hochzeit, peng! Beifall heischend sehe ich Sophia an. Noch immer zeigt ihr Gesicht keine Regung.

»Was willst du denn?«, frage ich unwillig. »Du sagst mir doch immer, dass ich mich endlich gegen meinen Vater behaupten soll. Das habe ich heute getan.« Zufrieden lasse ich die Szene noch einmal vor meinem inneren Auge Revue passieren. Ich muss grinsen, als ich das Gesicht meines Vaters vor mir sehe, als ich ihm Bernds wahres Ich beschrieben habe. Ein Sitzenbleiber, ein Tunichtgut und Schlunz! So jemanden will er ja schließlich nicht in seiner erlauchten Familie haben.

»Er?«, fragt Sophia. »Oder du?«

»Können wir bitte bei euch wohnen? Übergangsweise?« Meine dunkelrote Reisetasche geschultert, Dotty in ihrer Reisebox in der linken Hand, stehe ich vor Michael und Nick und mache ein bedauernswertes Gesicht. »Wir werden auch ganz bestimmt nicht stören. Ich bin ein ausgesprochen angenehmer Mitbewohner, wirklich! Ich bin ordentlich und sehr leise und zahle pünktlich meine Miete. Ihr werdet uns kaum bemerken. Bei meinem Vater halte ich es keinen Tag länger mehr aus.« Hier stehe ich nun und flehe um die Aufnahme in eine WG. So weit ist es mit mir gekommen. Dotty maunzt herzerweichend. Braves Tier.

»Natürlich, kommt rein«, sagt Nick denn auch sofort bereitwillig, während Michael mir schon meine Tasche abnimmt.

»Wenn du dir das mit unseren Kindern genauso schnell anders überlegst, dann sind wir nächsten April schon Papas«, bemerkt er dabei grinsend. So haben wir nicht gewettet. Aber ich will mich ja nicht unbeliebt machen bei meinen neuen Mitbewohnern. Stattdessen sage ich:

»Vorerst werdet ihr mit Dotty vorlieb nehmen müssen«, und entlasse sie aus ihrem Gefängnis. Sie streckt sich ausgiebigst und schleicht Michael vertrauensvoll um die Beine. Er beugt sich zu ihr herunter und streichelt ihren Kopf.

»Die ist ja süß. Wir wollten schon immer eine Katze.« Umso besser. Die drei sind erst mal miteinander beschäftigt, sodass ich in aller Ruhe mit meinem Sich-selbst-aufblasenden-Gästebett das Arbeitszimmer beziehen kann, das sowieso »so gut wie gar nicht« benutzt wird, wie mir die beiden glaubhaft versichern. Strippe gezogen, und wenige Minuten später steht das Bett vor mir. Zum Schlafen bereit. Da es gerade mal Viertel nach neun morgens ist, beziehe ich es nur mit meiner hellblauen Bettwäsche und hänge meine Klamotten auf den ebenfalls mitgebrachten zusammenklappbaren Kleiderständer. In weniger als einer halben Stunde ist mein »Zimmer« fertig.

Kaum sind die beiden Jungs am nächsten Morgen aus dem Haus, kann ich es mir nicht verkneifen, die Wohnung ein bisschen genauer unter die Lupe zu nehmen. Nein, nein, sooo doch nicht. Also wirklich. Ich bin nicht auf der Suche nach schmutzigen Heftchen oder Sexutensilien. Vielmehr durchsuche ich jedes Zimmer nach den Spuren, die mir bestätigen könnten, dass das Zusammenleben mit anderen Leuten eigentlich eine schreckliche Sache ist. Und dann auch noch mit zwei Männern, ob schwul oder nicht. Einer war mir ehrlich gesagt schon mehr als genug. Die Wohnung mit Jan zu teilen war von meiner Seite sicher der größte Liebesbeweis. Ich inspiziere das Waschbecken gründlich auf etwaige Bartstoppeln hin. Fehlanzeige. Auch keine Haare im Abfluss, keine getrockneten Schmutz-Seifenränder in der Badewanne, keine Pinkelflecken unter der Klobrille. Das Frühstücksgeschirr ist ordentlich in der Spülmaschine verstaut, die Gläser im Küchenschrank haben keine Wasserflecken, das Besteck im Kasten ist blank poliert. Mit meinen hellrosa Söckchen schlittere ich ein paar Mal über den gefliesten Küchenboden und kontrolliere dann meine Sohlen. Sauber! In der Küche steht keine einzige leere Flasche herum, und als selbst das oberste Regal im Wohnzimmer den Zeigefinger-Staub-Test mit Bravour besteht, lasse ich mich aufseufzend auf die Couch fallen. Hurra! Ich bin im Paradies gelandet. So schnell werden die mich nicht mehr los. Was bin ich froh, dass ich die beiden kennen gelernt habe. Wenn auch unter nicht ganz so wundervollen Umständen. Ihre Chancen stehen gut, meine zweit- und drittbesten Freunde zu werden. So sauber und ordentlich. Ja, pingelig. So pingelig wie ich. Und keine Gefahr, dass mir einer von beiden plötzlich an die Wäsche wollen könnte. Was brauche ich Bernd, wenn ich Michael und Nick haben kann? Nein, das möchte ich korrigieren. Keiner ist wie Bernd. Er wird immer mein bester Freund bleiben! Als ich gerade im Bad vor dem Spiegel meine Lippenkonturen nachziehe, höre ich einen Schlüssel im Schloss.

»Hey, schon zurück«, rufe ich, doch da betritt eine blonde junge Frau die Wohnung.

»Guten Tag.«

»Äh, guten Tag.« Ein wenig hilflos stehen wir uns gegenüber.

»Ich bin Tanja«, sagt sie und streckt mir die Hand hin, »ich putze hier, um mein Bafög ein wenig aufzubessern.«

»Oh, ich verstehe.« Eine Welt scheint zusammenzubrechen.

»Und wer sind Sie?«, fragt sie, während sie ihre Jeansjacke an den Garderobenständer hängt und die Ärmel ihrer Bluse hochkrempelt.

»Ich bin Helen, ich wohne vorübergehend hier«, erkläre ich, »ja, und, ich muss dann jetzt auch mal.«

»Alles klar, schönen Tag noch.« Damit verschwindet sie in der Küche und beginnt dort anscheinend unter der Spüle nach Putzmitteln und Lappen zu kramen. Ich vollende mein Make-up und gehe noch mal schnell zu ihr, bevor ich die Wohnung verlasse. Mit Scheuermilch rückt sie gerade den Kalkflecken auf der Arbeitsplatte zu Leibe.

»Tanja«, sage ich und sie schaut kurz von ihrer Arbeit hoch, »Sie machen einen großartigen Job hier! Glauben Sie mir, ich weiß, wovon ich rede.«

Ein paar Tage sind seit meinem Geburtstag ins Land gezogen und noch immer keine Nachricht von Bernd. Kein Anruf, keine SMS, gar nichts. Und langsam aber sicher beginne ich, ihn schmerzlich zu vermissen. Am Donnerstagabend halte ich es einfach nicht mehr aus und rufe ihn an.

»Hallo?«

»Hallo«, krächze ich und muss mich erst mal räuspern, »hi, ich bins?«

»Wer ich?«

»Das weißt du ganz genau!«

»Ach, Lenchen. Ich hab dich gar nicht erkannt. Ist schon so lange her.«

»Stimmt«, antworte ich, »ich hatte viel zu tun, weißt du. Ich wohne jetzt bei Nick und Michael.«

»Endlich raus bei deinem Vater. Gratuliere!«

»Danke«, sage ich und es entsteht eine kurze Pause. »Du hast dich ja gar nicht mehr gemeldet«, stelle ich dann fest.

»Stimmt.« Was für ein blödes Gespräch. Bis jetzt. »Ich wollte dir ein bisschen Zeit geben. Um nachzudenken.«

»Worüber denn?« Über sein großzügiges Angebot oder was? Schon merke ich Unwillen in mir hochsteigen. Bleib ganz ruhig, Helen. Das ist dein bester Freund auf der anderen Seite der Leitung.

»Na ja, über unser Gespräch.«

»Ach so, ja.«

»Und, hast du?«

»Was?«

»Drüber nachgedacht?«

»Ja, schon«, sage ich gedehnt. Was soll ich auch anderes sagen. Ehrlich gesagt habe ich mich sehr bemüht, eben nicht darüber nachzudenken. Denn dann kamen immer gleich so viele Fragen auf. Wie es weitergehen soll, ob unsere Freundschaft überhaupt weitergehen kann, wenn ich ihm sage, was ich ihm eigentlich sagen müsste. Nämlich, dass ich nichts von ihm will. Dass er mein bester Freund ist, aber nicht mehr. Das will ich ihm aber nicht sagen.

»Und«, tönt seine Stimme aus dem Hörer. Anscheinend will er, dass ich es sage.

»Ach, weißt du«, druckse ich herum, »Bernd, hör zu, es ist so …«

»Warte, bevor du weiterredest, das ist vielleicht doch nicht so gut. Ich meine, am Telefon, findest du nicht?«

»Doch.« Das finde ich absolut.

»Wollen wir uns morgen Abend treffen? Einverstanden?« Morgen Abend? Von mir aus.

»Okay«, willige ich ein.

»Wunderbar.« Ich kann sein breites Lächeln förmlich durch den Hörer spüren. »Passt dir halb acht?«

»Ja, halb acht ist gut.«

»Dann bis morgen Abend. Ich hol dich ab. Ciao!«

»Ciao«, sage ich auch, aber Bernd hat die Leitung schon

unterbrochen. Und dann kommt mir langsam, ganz langsam die Erkenntnis. So langsam, dass ich eine Verwandtschaft mit meiner Dumpfbacken-Schwester nicht mehr verleugnen kann: Das morgen mit Bernd wird keins unserer gewöhnlichen Treffen. Sondern ein Date.

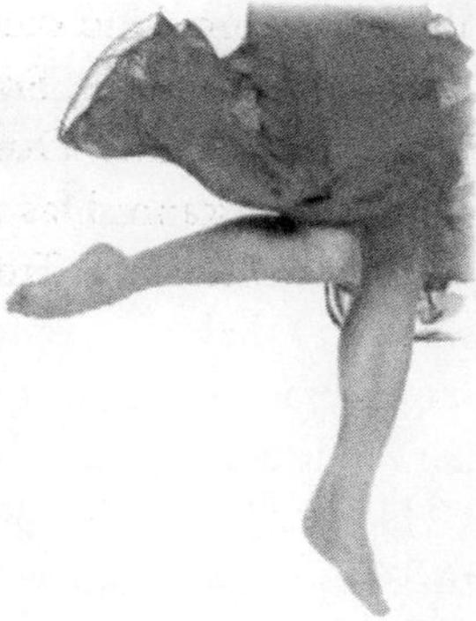

9.

Was zieh ich an? Was zieh ich nur an? Ratlos durchforste ich meinen provisorischen Kleiderschrank. Ich stehe vor einem schier unlösbaren Problem. Was zieht man an zu einem Date mit seinem besten Freund, der plötzlich mit einem zusammen sein will, mit dem man aber ganz und gar nicht zusammen sein, sondern den man nur als seinen besten Freund zurückhaben will. Der einen mit Pickeln und Schlabberklamotten kennt, weil er eben nicht wirklich ein Mann ist. Für mich jedenfalls nicht. Halt! Das stimmt ja nicht ganz. Vor meinem inneren Auge erscheint Bernd in seiner Schießer-Feinripp und mit sonst gar nichts an und mit Verlaub gesagt: Der Typ ist eigentlich mehr Mann als alle meine vorherigen Kerle zusammen. Nicht, dass er jetzt zu denen gehören würde. Meinen Kerlen. Ich bin schon völlig verwirrt. Während ich mir lustlos ein Oberteil nach dem anderen vor den Körper halte, um es dann mit einem Kopfschütteln wieder auf die Stange zu hängen, frage ich mich zum wiederholten Male, was das Ganze eigentlich soll. Ich meine, was ist denn das bitte schön für eine Verabredung, bei der mir noch nicht einmal die

Vorbereitungen dafür Spaß machen? Ich hatte in meinem Leben eine Menge Dates. Fünfundsiebzig Prozent davon waren eine Katastrophe. Aber das Anziehen und Schminken und Bangen und Warten und Hoffen (dass dieses Mal zu den anderen fünfundzwanzig Prozent zählen wird), das war eigentlich immer toll. Und jetzt? Wozu soll ich mich schön machen? Damit ich ihm gefalle? Ich will ihm doch gar nicht gefallen. Sophia hinter mir bricht in schallendes Gelächter aus. Na schön, Korrektur: Eigentlich will ich natürlich jedem gefallen. Nur nicht so. Für eine Freundschaft gefalle ich Bernd ja ohnehin anscheinend viel zu gut. Vielleicht sollte ich mich in irgendein gelb-beiges sackartiges Gewand hüllen? Selbstverständlich besitze ich überhaupt nichts derartiges. Steht mir nämlich nicht. Seufzend greife ich nach meinem Jeansoverall. Hohe Schuhe, Gürtel, passende Handtasche und Schmuck. Fertig. Ein bisschen Make-up, und schon um zwanzig nach sieben bin ich startklar. Unter normalen Umständen undenkbar. Von meinem Fenster aus beobachte ich ein Taxi, das vor der Tür hält. Na logisch, mich konnte er ja nun schlecht um meinen Wagen bitten. Bernd steigt aus, einen Strauß weißer Rosen in den Händen. Du meine Güte. Neun Minuten vor halb. Achteinhalb Minuten sehe ich ihm beim Warten zu, bis er um Punkt sieben Uhr dreißig den Klingelknopf drückt. Was ist er doch für ein gelehriger Schüler. Auf dem Weg zur Tür verfluche ich den Tag, als ich Bernd die neun Benimmregeln fürs Date beigebracht habe. Neun Punkte weniger, die ich in meiner Argumentation anbringen kann, dass wir nun wirklich ganz und gar nicht zueinander passen.

Ich öffne die Tür und Bernd lächelt mich an.

»Hallo Lenchen«, sagt er und hält mir den Blumenstrauß hin.

»Hallo«, sage ich auch und dann: »Danke.« Er betrachtet mich von oben bis unten.

»Toll siehst du aus.«

»Du auch.« Tut er wirklich. Kein Wunder. Das Outfit habe ich ja auch zusammengestellt. Für sein erstes Date mit Leila. Auf dass es ein voller Erfolg würde. Dann nimmt er meine Sommerjacke von der Garderobe und hilft mir hinein. Er lässt mir den Vortritt und wir steigen die Treppe hinunter, raus aus dem Haus und rein in das wartende Taxi, wo er mir selbstverständlich die Tür aufhält. Schweigend sitzen wir nebeneinander auf der Rückbank, während uns der Fahrer in Richtung »Valentino's« bringt. Keine große Überraschung.

Hier sitze ich nun also. Beim Date mit einem Mann, der eigentlich alles richtig macht und das sich doch total falsch anfühlt.

»Und? Wie war dein Tag?«, fragt mich Bernd lächelnd.

»Gut.«

»Was hast du denn so gemacht?«

»Nichts besonderes. Das Übliche.«

»Und was ist das?«

»Häh?«

»Na, das Übliche.« Ich denke kurz nach, dann beuge ich mich zu ihm hinüber:

»Sag mal, tun wir jetzt auch noch so, als wüssten wir nichts voneinander?«

»Na klar«, strahlt er mich an, »ich möchte doch zu gerne mal sehen, wie sehr du dich verbiegst, wenn du an einem Kerl Interesse hast.« Aber ich habe doch gar kein Interesse an ihm, hat er das denn nicht kapiert? Schon immer ein gesundes Selbstbewusstsein gehabt, der Gute.

»Ich verbiege mich überhaupt nicht«, lüge ich, »und

außerdem ist das doch großer Schwachsinn, was wir hier machen. Du kennst mich in- und auswendig. Ich dachte, du wolltest eine Stellungnahme von mir. Zu unserem – Gespräch von neulich.« Ich bin weiß Gott nicht scharf drauf, darüber zu reden, aber alles ist besser als dieser Unsinn.

»Deine Meinung dazu würde ich glaube ich lieber erst später hören«, sagt Bernd. Aha, er weiß genau, wo der Hase langläuft. »Vielleicht änderst du sie ja noch. Im Laufe des Abends«, grinst er dann.

»Das wage ich schwer zu bezweifeln«, murmele ich vor mich hin.

»Als ich dich da auf dieser Party bei Michael und Nick gesehen habe, da musste ich dich einfach kennen lernen«, übergeht er meinen Kommentar, »du sahst so süß aus an dem Abend, dass ich nicht gedacht hätte, dass da überhaupt noch eine Steigerung möglich wäre. Bis heute.« Du meine Güte, schleim!

»Bernd, hör endlich auf mit dem Quatsch«, sage ich heftig.

»Wunderschön und bescheiden dazu«, lässt er sich nicht beirren und lächelt erst mich und dann den Kellner an, der eben an unseren Tisch tritt, um uns die Speisekarten zu reichen.

»Guten Abend, die Herrschaften. Mein Name ist Stefan und ich bin für heute Abend Ihr Kellner. Ich hoffe, dass Sie sich bei uns wohl fühlen werden.«

»Danke schön. Da bin ich sicher«, sagt Bernd so weltmännisch, als habe er schon die Muttermilch nur in solchen Etablissements zu sich genommen. »Ich glaube, wir nehmen schon mal einen Merlot, bitte. Du magst doch Rotwein, Helen?«

»Das weißt du ganz genau«, will ich eigentlich patzig antworten, doch die Anwesenheit des überaus vornehmen

Kellners mit dem exakten Seitenscheitel und der blütenweißen Schürze hindert mich daran. Was soll denn der von mir denken? Also setze ich mein schönstes Lächeln auf und säusele:

»Ich liebe ihn, vielen Dank!« Bernd schmunzelt vergnügt in sich hinein und schlägt die Karte auf.

»Wenn du nichts dagegen hast, bestelle ich für dich mit. Mal sehen, ob ich deinen Geschmack auch weiterhin so gut treffe.« Und dann bestellt er in aller Seelenruhe sämtliche meiner Lieblingsspeisen und bildet sich wahrscheinlich auch noch wer weiß was darauf ein. Der Kellner schreibt dienstbeflissen mit und wendet sich schließlich an mich.

»Und? Hat er?«

»Hat er was?«, erkundige ich mich höflich.

»Nun, Ihren Geschmack getroffen?« Ich werfe Bernd ob seines selbstgefälligen Grinsens einen giftigen Blick zu, zwitschere aber fröhlich:

»Haargenau. Mein langjähriger, bester Freund Bernd hätte es nicht besser machen können.« Stefan freut sich mit Bernd und fragt nun auch noch:

»Und wie lange kennen Sie beide sich schon?«

»Eine Woche«, gibt Bernd bereitwillig Auskunft.

»Nun, dann ist das wohl ein gutes Omen«, freut sich unser Kellner und lässt uns wieder allein. Ich betrachte Bernd lange und eindringlich. So ein dummes Spiel. Lächerlich, das Ganze.

»All deine Lieblingsspeisen, da bin ich aber froh«, lächelt Bernd mich an.

»Kunststück«, gebe ich triefend vor Ironie zurück.

»Na ja, so weit würde ich vielleicht nicht gehen, aber wenn du meinst.« Der Kerl macht mich noch wahnsinnig, aber bitte, wenn er es so haben will, von mir aus.

»Es könnte ja vielleicht auch ganz lustig werden«, wirft ausgerechnet Sophia noch ein. Schön, wenn sie es für therapeutisch sinnvoll hält. Mir soll es recht sein.

»Wie bist du eigentlich auf meine Geburtstagsparty gekommen? Ich hatte dich jedenfalls nicht eingeladen, denn schließlich kannten wir uns da ja noch gar nicht.«

»So ist es«, sagt Bernd, anscheinend erfreut, dass ich endlich einlenke, »eine Freundin hat mich mitgenommen.«

»Eine Freundin«, frage ich gespielt eifersüchtig.

»Nur eine Bekannte.«

»Und wer?«

»Lara.« Ganz schwach. Als ob ich von meiner allerbesten Freundin nicht wüsste, dass sie einen Kumpel namens Bernd hat. »Sieh es doch einfach mal so: Das Schicksal hat mich an jenem Tag dort hingeführt, um dir zu begegnen.« Mir wird gleich schlecht.

»Auszeit!«, verlange ich und fahre, ohne eine Antwort abzuwarten, fort: »Bernd, ich habe nichts von Rumgesülze beim ersten Date gesagt. Das hält ja kein Mensch aus.«

»Ich dachte, ich improvisiere mal ein bisschen«, verteidigt er sich beleidigt.

»Na schön, aber halt dich ein bisschen zurück.« Da kommt Stefan mit einem großartigen Lachs-Carpaccio und wünscht uns fröhlich einen »Guten Appetit!« Wir essen schweigend, bis Bernd zwischen den Zähnen hindurchquetscht:

»Aber als Jan dir erzählt hat, dass er schon vor zehn Jahren von dir geträumt hat, ohne zu wissen, dass es diese Frau wirklich gibt, und dass er in dem Moment, als er dich gesehen hat, sofort wusste, dass du für ihn bestimmt bist, das war ja sooooo süüüüß.« Ich hasse es, wenn er meine Stimme nachmacht. Als würde ich quäken wie Daisy Duck.

»Ich kann auch gehen«, zischele ich wütend, »gar kein Problem. Und Jan, den lässt du aus dem Spiel, ist das klar?«

»Schon gut. Tut mir Leid«, sagt er ein bisschen zerknirscht.

»Hmm«, brummele ich unwirsch und wende mich wieder meinem Carpaccio zu. Die ersten zweihundertfünfzig Kalorien des Abends. Dazu noch mal neunzig in meinem Weinglas und etwa vierhundertsiebzig, die in der Küche noch zubereitet werden. Das Dessert noch nicht mitgerechnet. Was hat er noch gleich für eins bestellt? Vielleicht sollte ich wirklich besser gehen, denke ich mit schlechtem Gewissen.

»Lenchen«, sagt Bernd mit plötzlich verändertem Tonfall, »hör auf damit.«

»Womit denn?«, frage ich ertappt.

»Du zählst die Kalorien auf deinem Teller. Lass das sein.«

»Tue ich gar nicht«, widerspreche ich böse. Himbeertiramisu, zweihundertfünfzig Kalorien, selbst wenn die Portion winzig ist.

»Lenchen.«

»Helen.« Klar, Sophia muss natürlich auch sofort mitreden. Dabei versuche ich hier gerade, ein tolles erstes Date zu haben.

»Was redest du denn da?«, frage ich mit einem süßen Lächeln. »Ich habe in meinem ganzen Leben noch keine Kalorie gezählt. Ich kann essen so viel ich will. Also«, sage ich mit einem schelmischen Zwinkern, als Stefan mit der vegetarischen Lasagne auftaucht, »anscheinend kennst du mich sooo gut nun auch wieder nicht.« Angesichts Bernds betroffenen Blicks beeilt sich Stefan zu sagen:

»Wie soll er denn das auch, nach einer Woche? Da gibt

es einfach noch so viel Neues am anderen zu entdecken, nicht wahr?« Er scheint sich tatsächlich für unser Wohlergehen verantwortlich zu fühlen. Und nicht nur kulinarisch gesehen. Um ihn nicht zu enttäuschen, lächle ich ihn an.

»Selbstverständlich.«

»Und manche Geheimnisse sollte man sowieso für sich behalten«, findet Stefan.

»Das finde ich auch«, sage ich und spieße vorsichtig eine hauchdünne Kohlrabischeibe mit meiner Gabel auf. Mindestens zwanzig Kalorien schwer bei all der Sahnesoße, die daran klebt. Ich lasse die Gabel über dem Teller schweben, sodass die Soße langsam von dem Gemüse heruntertropfen kann.

Neunzehn.

Ich werfe Bernd einen schnellen Blick zu, der mich besorgt ansieht. Wie schon so oft. Ich wünschte, er würde mich wirklich erst seit einer Woche kennen.

Achtzehn.

Und nicht seit fünfzehn Jahren. Nur mit fünfzig Kilo. Und nicht mit siebzig. Ich wünschte, er hätte nicht miterlebt, wie ich von der Hollywood- über die Ananas- und Brigitte- geradewegs in die Null-Diät, und dann in die Magersucht geschlittert bin.

Siebzehn.

Ich wünschte, es wäre nicht er gewesen, der mich irgendwann zur Seite genommen und gebeten hat, meine Gesundheit nicht zu ruinieren. Der mich irgendwann statt zum versprochenen Minigolfplatz zu einer Ärztin geschleppt hat. Und dann zu meiner Therapeutin.

Sechzehn.

Ich wünschte, er würde mich nicht so verdammt gut kennen, dass er mir an der Nasenspitze ansieht, wenn ich wieder diese Stimme höre, die nicht Sophia gehört. Die namenlos ist. Und die mir sagt, dass ich endlich aufhören soll zu essen. Die mir sagt, dass ich bald wieder fett sein werde. Ungeliebt. Und die den Kalorien- und Fettgehalt jedes einzelnen gottverdammten Nahrungsmittels auf dieser Erde auswendig kennt.

Fünfzehn.

Ich lasse die Gabel sinken und greife stattdessen nach meinem Wein. In letzter Sekunde wird meine Hand zum Wasserglas umgelenkt. Ich nehme einen tiefen Schluck.

NULL! Noch einen. NULL! Null Komma null null!

»Kann ich was für dich tun?«, fragt Bernd mich leise.

»Nein danke«, sage ich und denke darüber nach, dass es nachher mit Sophia einiges durchzuarbeiten gibt. Und ich denke, dass ich vielleicht doch mal wieder zu meiner äußeren Therapeutin gehen sollte. Unglücklich schaue ich Bernd an. Er rückt seinen Stuhl zu mir rüber und nimmt mich in die Arme. Mal wieder tröstet er mich. Tröstet mich darüber hinweg, dass ich so eine verkorkste Person mit einer verkorksten Psyche und einem total verkorksten Essverhalten bin.

»Bist du jetzt wieder mein bester Freund?«, frage ich ihn leise.

»Natürlich«, sagt er seufzend. Ich löse mich von ihm und gucke ihn an.

»Dann muss ich dir unbedingt was erzählen. Du wirst nicht glauben, was ich heute für ein merkwürdiges Date hatte.« Ich grinse zaghaft. Er auch. Dann drückt er mich wieder fest an sich.

»Warum hast du eigentlich niemals Glück mit den Männern, Lenchen? Irgendwas machst du falsch.«

Ja, irgendwas mache ich ganz offensichtlich falsch. An diesem Abend liege ich in meinem provisorischen Bett und starre an die Decke. Mein Magen knurrt laut und vernehmlich. Dotty, die ihren Kopf darauf gebettet hatte, miaut empört und verzieht sich beleidigt an mein Fußende. Die schöne Lasagne. Und das noch viel schönere Himbeertiramisu. Ich konnte keinen Bissen davon herunterkriegen. Wieso nicht?

»Das weißt du ganz genau«, sagt Sophia und schaut mich vorwurfsvoll an. Hey, die soll nicht so gucken. Das bringt gar nichts.

»Du willst Therapeutin sein«, frage ich sie patzig, »und was ist dein Vorschlag? Komm, iss doch einfach? Oder was? So einfach geht das aber nicht!«

»Doch, so einfach wäre das gegangen.« Ich schnappe hörbar nach Luft.

»Ich bin eine Mager …« In diesem Moment dämpfe ich die Stimme. Nicht, dass Michael und Nick noch wach sind und mich vom Schlafzimmer aus hören. Das wäre mir echt peinlich, wo ich doch mit Nick nächtelang über gesunde Ernährung gesprochen und erklärt habe, dass einzig eine ausgewogene vegetarische Vollwertkost mich zu der halben Portion gemacht hat, die ich heute zum Glück bin. »Ich bin eine Magersuchtspatientin«, wispere ich deshalb empört, »das hat tiefe psychische Ursachen.« Jawoll!

»Natürlich«, sagt Sophia gelassen, »geliebt und umsorgt werden wollen. Nicht erwachsen werden und Verantwortung für das eigene Leben übernehmen müssen.« Ja doch, ich weiß das alles. Habe nicht umsonst über zehn Jahre äußere Therapie hinter mich gebracht. Von zahlreichen Rückfällen begleitet. Und ich weiß noch, als mein Vater eines Tages meine Magersucht registrierte (da wog ich nur noch vierzig Kilo und war halb tot) und sich ganz augenscheinlich Sorgen um mich machte, da war das einer der schönsten Tage meines Lebens. Klingt verrückt. Ich weiß.

Heute weiß ich, dass ich seine Liebe nicht gewinnen kann, auch wenn ich bis auf die Knochen abmagere. Ich weiß, dass er selber schwere seelische Probleme hat und deshalb einfach nicht fähig ist, mir seine Liebe zu zeigen. Die, laut Sophia, aber irgendwo in ihm drin vorhanden ist. Na ja, darüber lässt sich streiten. Heute bin ich erwachsen. Dreißig Jahre alt. Ich überlebe. Ob mit der Liebe meines Vaters oder ohne. Aber manchmal kommen eben diese Rückfälle. Wie heute. Ärgerlich, aber vorübergehend. Beschließe ich und drehe mich auf die Seite. Jetzt möchte ich schlafen und morgen sieht die Welt schon wieder ganz anders aus.

»Euer Date, das ist ja wohl nicht ganz so gut gelaufen, oder?«, fragt Sophia.

»Ich will jetzt schlafen«, knurre ich, »nein, ist es nicht. Aber am Schluss war's ja dann doch noch ganz nett.«

»Er hat sich das bestimmt anders vorgestellt«, fährt sie fort.

»Ja, ja, wahrscheinlich. Gute Nacht.«

»Bestimmt war er ziemlich aufgeregt vorher. Kein Wunder, so ein erstes Date, das ist ja schon was ganz Besonderes. Die Blumen, das tolle Essen. Er muss wirklich sehr verliebt in dich sein.« Unwillig drehe ich mich zu Sophia um. Sie liegt neben mir auf dem Rücken, starrt an die Decke und sinniert vor sich hin.

»Halt die Klappe«, fahre ich sie an, »das ist doch bloß eine Phase. Lächerlich.« Damit werfe ich mich wieder auf die andere Seite und stopfe mir das Kopfkissen zurecht.

»Die ja jetzt zum Glück vorbei ist«, vollendet Sophia. Eben. Kann ich jetzt schlafen? »Aber was, wenn nicht? Dann hätte er sich den Abend bestimmt anders vorgestellt. Bestimmt hätte er dich gerne geküsst. Oder ein Zeichen bekommen, dass seine Hoffnungen nicht völlig umsonst sind.«

»Immerhin durfte er mich umarmen«, murmele ich schon im Halbschlaf.

»Ja, um dich zu trösten«, fährt Sophia fort. Ihre leise, einlullende Stimme würde sich ideal für das Vorlesen von Gute-Nacht-Geschichten eignen. Ich merke, wie meine Augenlider schwer und schwerer werden. Ich achte einfach nicht darauf, was sie sagt, sondern nur auf diese weiche, ruhige Stimme, die mich ins Land der Träume führt. »Er hat natürlich sofort gemerkt, dass du plötzlich so scheel auf deinen Teller geguckt hast. Ist ja nicht blöd, der Junge. Das habe sogar ich gesehen, obwohl ich am Nebentisch saß.« Gar nicht hinhören. Nur diese Vibrationen ihrer Stimme aufnehmen. Ich bin ganz müde. Ich bin ganz entspannt. »Und damit war der Abend, wie er ihn sich erträumt hat, natürlich beendet. Du hast ihn beendet.« Irgendwie klingt ihre Stimme jetzt gar nicht mehr angenehm. Ruhe jetzt, und zwar sofort. »Du hast dich aus der Verantwortung gezogen. Du musstest getröstet werden. Ich frage mich nur …« Genervt drehe ich mich zu ihr um:

»Na, was?«

»Ich frage mich nur, wer ihn tröstet.«

Wer Bernd tröstet? Na ja, ich glaube … ach, Quatsch. Niemand. Bernd muss nicht getröstet werden. Es gibt Tröster wie ihn und Getröstet-Werder wie mich. Und deshalb sind wir auch schon so lange so gute Freunde. Weil wir ineinander passen wie Schlüssel und Schloss. Mir fällt die sexuelle Note dieses Vergleichs auf. Das meine ich aber nicht. Sexuell passen wir rein gar nicht zusammen. Wir ergänzen uns einfach nur prima. Wir sind wie Salz und Ei. Pommes und Ketschup. Moment, ich hab's. Wir sind wie ein Paar Handschuhe. Wir sehen unterschiedlich aus und harmonieren doch perfekt. Ich bin diejenige, der ständig etwas misslingt, und er ist derjenige, der mich dann in den Arm nimmt und sagt, dass alles wieder gut wird. So wie heute Abend.

»Ja, aber wer nimmt ihn in den Arm?«, beharrt Sophia.

»Hör doch auf. Ich natürlich. Und dutzende von anderen Frauen.« Ich stelle mich extra dumm. Aber ganz ehrlich, die Vorstellung, Bernd in meine Arme zu nehmen, ihm über den Kopf zu streicheln und zu sagen: »Ach, Bernie, warum hast du nur kein Glück mit den Frauen, irgendwas machst du falsch.« Also, ehrlich, das ist einfach lächerlich. Bernd hat immer Glück mit den Frauen. Die müsste man trösten, wenn überhaupt. Nicht ihn. Der kriegt jede, die er will und schießt sie danach genauso schnell wieder ab.

»Nur dich nicht. Dich kriegt er nicht«, stellt Sophia fest.

»Nein«, gebe ich zu, »mich nicht.« Aber wie gesagt, das ist ja sowieso nur eine verrückte Idee von ihm. Eine Laune, die vorübergehen wird.

»Und wenn sie vorübergegangen ist, dann schießt er dich ab, wie alle anderen.« Manchmal nervt es mich kolossal, dass Sophia meine Gedanken lesen kann. »Und davor hast du Angst, also ...«

»Ich habe überhaupt keine ...«, will ich protestieren, als es an der Tür klingelt. Huch, wer kann das denn sein? Um diese Zeit. Ich werfe einen Blick auf den Radiowecker. Kurz nach zwölf. Ich öffne mein Fenster und lehne mich hinaus, um zu erkennen, wer dort unten vor der Tür steht. »Hallo«, wispere ich, »wer ist denn da?«

»Ich bin's«, sagt Bernd und sieht zu mir hoch. »Lass mich rein.« Sophia hinter mir beginnt zu kichern wie eine Dreizehnjährige. Wie kann man nur so pubertär sein.

»Er meint ins Haus«, sage ich streng zu ihr und dann zu Bernd: »Ja, warte, ich mach auf.« Dann tapse ich in meinem hellblauen Schlafanzug mit den Teddybären drauf hinaus in den Flur und drücke den Türöffner. Was will er denn bloß?

»Vielleicht will er ja getröstet werden«, unkt Sophia, doch bevor ich ihr eine scharfe Antwort geben kann, öffnet sich plötzlich die Tür vom Schlafzimmer und ein ziemlich schlaftrunkener Michael kommt heraus:

»Helen, bist du das?«

»Ja, Michael, entschuldige. Es ist nichts. Geh wieder schlafen.« Er grummelt etwas Unverständliches und ich zwitschere ihm ein »Gute Nacht« hinterher. Nicht böse sein. Im Treppenhaus höre ich Bernds Schritte näher kommen. Und wenn er tatsächlich getröstet werden will? Damit wäre ich hoffnungslos überfordert. Sekunden später steht er vor mir. Nein, todunglücklich sieht er nicht gerade aus. Er grinst breit und hält mir eine weiße Plastiktüte hin.

»Hallo Lenchen, du hast doch noch nicht geschlafen, oder?«

»Nein, nein, komm rein.«

»Ich habe das Essen einpacken lassen. Vielleicht hast du ja jetzt doch noch Hunger.« Mein Magen knurrt laut und vernehmlich. »Siehst du, wusste ich's doch«, grinst er und geht an mir vorbei in die Küche.

»Hmmm, köstlich«, sage ich wie in einer schlechten Maggi-Werbung und reibe mir dazu auch noch genießerisch den Bauch. Aber es stimmt. Das Essen ist großartig. Selbst in der Mikrowelle aufgewärmt ist das eine der besten vegetarischen Lasagnen, die ich je gegessen habe. Bernd sitzt mir am Küchentisch gegenüber und betrachtet zufrieden, wie ich die ganze Portion genüsslich in mich reinspachtele. Herrlich.

»Ich glaube, zu diesem herrlichen Tiramisu braucht es einen Cappuccino«, meint er und macht sich an der Kaffeemaschine zu schaffen.

»Koffeinfrei bitte, sonst kann ich nicht schlafen«, sage ich mit vollem Mund und betrachte erstaunt, wie geschickt Bernd dieses Monstrum von einem Gerät bedient und innerhalb weniger Minuten einen perfekten Cappuccino vor mich hinstellt.

»Alle Achtung«, sage ich ehrlich respektvoll, »für einen, der sonst einfach eine Filtertüte auf den Becher setzt und dann Wasser drübergießt, gar nicht so übel.« Dann schlage ich meine Kuchengabel in das Himbeertiramisu und lasse mir dieses auf der Zunge zergehen. Es ist ein Traum. Es ist perfekt. Es schmilzt dahin, die Säure der Früchte steht in perfekter Harmonie zu der Süße der Creme, es ist großartig. Ich freue mich über meine langjährige Therapie, die dafür gesorgt hat, dass ich Essen wie dieses wieder so unbeschwert genießen kann. Ein Stück vom Himmel.

»Warte mal ab, bis er sagt, warum er hier ist«, unkt Sophia, »dann wird dir bestimmt auf einmal wieder bewusst, wie viele Kalorien auf dieser Gabel sind.«

»Warum bist du hier, Bernd«, sage ich schnell, bevor mein Gehirn die Information »Mindestens zwanzig« verarbeiten kann, und er sagt:

»Bloß so. Ich wollte dir was zu essen bringen. Oder darf man nachts nicht mal spontan bei einer guten Freundin vorbeikommen?« Bei einer guten Freundin. Ha! Die Information »mindestens zwanzig« wird in »ist mir doch egal« umgewandelt und die Gabel wandert in meinen Mund. Hmmm!

»Doch, das darf man! Das soll man sogar!«, sage ich zufrieden schmatzend. Und Bernd lächelt zufrieden vor sich hin.

Nach diesem großartigen Festmahl liege ich schließlich völlig entspannt und ganz platonisch auf meiner aufblasbaren Matratze in Bernds Armen.

»Du bist wirklich der beste Freund, den man sich wünschen kann«, murmele ich satt und zufrieden und schlummere sofort ein.

Nur Augenblicke später, vielleicht waren es auch Stunden, reißt mich das schrille Läuten der Türklingel aus dem Schlaf. Verwirrt rappele ich mich auf und blicke Bernd verständnislos an, der ebenfalls ziemlich verpennt aussieht. Wer kann das sein?

»Hast du das auch gehört?«, frage ich sicherheitshalber. Könnte ja auch ein Traum gewesen sein. Doch bevor ich eine Antwort bekomme, klingelt es schon wieder. Laut und deutlich. Komisch. Und dann noch mal. Diesmal Sturm. Zum zweiten Mal in dieser Nacht hänge ich mich aus dem Fenster, um den Eingangsbereich des Hauses in Augenschein zu nehmen. Das darf doch nicht …

»Jackie«, zischele ich in die Nacht hinaus. Endlich nimmt sie den Finger vom Klingelknopf und guckt zu mir hoch.

»Lass mich rein«, sagt sie mit einer ganz merkwürdigen Stimme.

»Ja, schon gut«, wispere ich, »aber lass die Finger vom Klingelknopf, du weckst noch das ganze Haus auf.« Fluchend stratze ich in Richtung Wohnungstür. Auf dem Weg dorthin fange ich noch einen sehr, sehr vorwurfsvollen Blick von Michael ein, der schon wieder in der Schlafzimmertür steht, die Haare kreuz und quer vom Kopf abstehend.

»Es tut mir soo Leid«, stöhne ich, »ich schwöre, das kommt nicht wieder vor. Bitte werft mich nicht raus.«

Er brummelt irgendwas, das zumindest nicht nach sofortigem Rausschmiss klingt und verschwindet wieder im Schlafzimmer. In diesem Moment höre ich Jackie die Treppe hochächzen. Mann, die stellt sich vielleicht wieder an. Schwanger, nicht krank, denke ich bissig, doch als sie vor mir steht, ereilt mich dann doch das schlechte Gewissen. Sie trägt nämlich nicht nur ihren mittlerweile beachtlichen Bauch vor sich her, sondern auch eine riesige Reisetasche über der Schulter, unter deren Last sie beinahe zusammenbricht.

»Was zum Teufel willst du hier«, frage ich unwirsch, nehme ihr aber immerhin die Tasche ab. »Uff! Und was schleppst du hier an? Steine?«

»Ich …«, beginnt sie mit schriller Stimme, da schneide ich ihr schon das Wort ab.

»Pscht! Da drin«, ich zeige auf die Schlafzimmertür von Nick und Michael, »versuchen Leute zu schlafen. Komm mit.« Damit gehe ich voraus in mein Zimmer und schließe die Tür hinter Jacqueline. Nichts als Scherereien hat man mit der. »Also, was ist?« Das erste Mal sehe ich meiner Schwester ins Gesicht. Sie sieht ganz verheult aus. Jetzt jedoch weicht für einen kurzen Augenblick der leidende Ausdruck in ihren Augen einem gewissen Interesse. Sie starrt Bernd an, der gerade von der Matratze hochkraxelt.

»Bernd. Was machst du denn hier?« Sie blickt erstaunt von einem zum anderen.

»Nicht das, was du denkst«, sage ich knapp. »Außerdem habe ich dich gerade dasselbe gefragt. Was machst du hier?«

»Hey, Jackie«, sagt Bernd und zieht ihr den einzigen Stuhl heran, der sich in diesem Zimmer befindet. Meine darauf befindlichen Klamotten wirft er einfach auf den

Boden. Meine Schwester lässt sich dankbar auf die Sitzgelegenheit fallen und verzieht weinerlich das Gesicht:

»Ich habe Paul heute verlassen.« Für einen kurzen Moment halte ich im Aufsammeln meiner von Bernd so lieblos behandelten Kleidungsstücke inne.

»Du hast was?«

»Ich habe ihn verlassen.«

»Um zwei Uhr in der Nacht?« Bernd sieht mich strafend an, aber Jackie achtet gar nicht auf meinen Einwurf:

»Ich will so nicht leben. Ich kann es einfach nicht«, klagt sie und bricht in Tränen aus. Bernd kniet sich vor sie hin und nimmt sie in die Arme, und ich selber stehe rum wie bestellt und nicht abgeholt. Ich spüre sogar eine Spur von Eifersucht. Schließlich ist Bernd doch mein Tröster. Aber ich bin auch dankbar, dass er da ist, dass er meine weinende Schwester im Arm hält. Denn sonst wäre das wohl jetzt meine Aufgabe, und das muss ich wirklich nicht haben. Ich überlasse nur zu gerne Bernd das Haarestreicheln und Rückentätscheln und schleiche mich leise hinaus, um einen Tee zu kochen. Tee ist immer gut. Auch wenn ich diese angebliche Trennung von Paul natürlich nicht ernst nehme. Auch wenn ich persönlich ihn noch nie besonders leiden konnte. Aber meine Schwester hat ihn sich schließlich geangelt. Und dabei stand das Kriterium gut betucht an erster Stelle. Er wird doch nicht …

»Hat Paul seinen Job verloren?«, frage ich geradeheraus und halte meiner Schwester eine Tasse Hagebuttentee vor die Nase. Sie hat sich inzwischen wieder etwas beruhigt und hat aufgehört zu weinen. Gut gemacht, Bernd.

»Nein, wieso?«, fragt sie, während sie vorsichtig in das heiße Getränk pustet.

»Warum hast du ihn dann verlassen?«, frage ich ehrlich ratlos. Vier Augen starren mich empört an.

»Du hältst mich wohl für total berechnend«, sagt Jacqueline tonlos. Ganz ehrlich? Ja.

»Natürlich nicht«, beteuere ich.

»Ich habe Paul nicht wegen seines Geldes geheiratet«, sagt sie mit schriller Stimme.

»Nein, natürlich nicht.« Man soll Schwangere nicht reizen.

»Ich habe ihn geliebt. Aber er … er liebt mich nicht. Er kennt mich nicht einmal. Ich bin ihm völlig egal, wichtig ist nur seine Arbeit.«

»Was ist denn passiert?«, will Bernd wissen und streichelt routiniert ihre Hand.

»Er ist auf Geschäftsreise gefahren, heute Abend. Nach London. Für eine ganze Woche.«

»Na und? Dein Termin ist doch sowieso erst in sechs Wochen«, werfe ich ein.

»Ich will keinen Kaiserschnitt«, kreischt sie hysterisch.

»Pscht«, mache ich flehend, »bitte, kannst du nicht etwas leiser sein.« Bernd guckt mich an, als hielte er mich für total unsensibel. Jackie sowieso. Die wendet sich jetzt nur noch ihm zu, ich scheine völlig unsichtbar zu sein. Sehr viel ruhiger fährt sie fort:

»Ich hatte heute so ein Gefühl, als würde es bald losgehen mit der Geburt. Wirklich, ich bin ganz sicher. Paul hat nur gelacht und gesagt, dass ich mir das einbilde. Und dann ist er ins Taxi gestiegen und weggefahren.« Wieder beginnt sie zu weinen. Und dann stößt sie einen schrillen Schrei aus. Ich werde noch wahnsinnig.

»Psssst. Bitte«, flehe ich, doch schon eine Sekunde später wird meine Tür aufgerissen und ein ziemlich ungehaltener Michael steht im Rahmen. »Es tut mir Leid«, sage ich eilig und gehe auf ihn zu, »meine Schwester ist, ihr geht es nicht …« Da stößt sie schon wieder einen Schrei aus und ich drehe mich zu ihr um. Wenn die nicht sofort die Klappe … Da sitzt sie, zusammengekrümmt, beide Hände auf ihren Bauch gepresst und stöhnt zum Gotterbarmen, während Bernd beruhigend auf sie einredet.

»Es ist alles okay, Jackie, bleib ganz ruhig. Wir fahren dich jetzt ins Krankenhaus.«

»Ich wusste es«, jammert sie, »ich habe es ihm gesagt.«

»Ich fahre euch«, bietet Michael, plötzlich erstaunlich wach und munter, an und stürzt zurück ins Schlafzimmer, um Nick zu wecken.

Fünf Minuten später sitzen wir zu fünft in Michaels VW Golf und fahren durch das nächtliche Hamburg.

Weitere fünf Minuten später halten wir mit quietschenden Reifen vor dem UKE.

Noch mal fünf Minuten später sehe ich meine Schwester im Rollstuhl davongefahren werden. Und Bernds Hand hält sie dabei so fest umklammert, dass der wohl oder übel mitgehen muss.

Und wiederum fünf Minuten später gibt die nette rothaarige Ärztin Frau Dr Herzig Entwarnung:

»Keine Grund zur Beunruhigung. Frühwehen können im letzten Drittel der Schwangerschaft schon mal vorkommen. Aber die Fruchtblase ist völlig intakt und der Muttermund noch geschlossen. Ich habe Ihrer Schwester ein Wehen hemmendes Mittel gespritzt und Sie können sie jetzt wieder mit nach Hause nehmen.«

Nach Hause? Und wo bitte schön soll das sein?

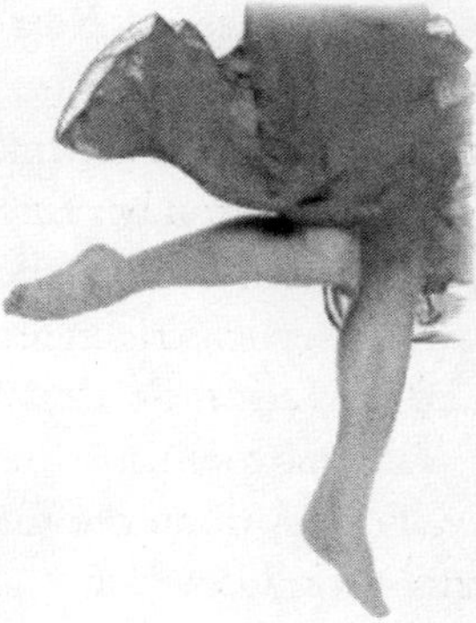

10.

Zuhause. Das ist für mich seit nunmehr drei Nächten die Couch in Michaels und Nicks Wohnzimmer. Auf meinem wundervollen Gästebett, das ich jetzt erst so richtig zu würdigen weiß, nächtigt meine schwangere Schwester. Die, im Gegensatz zu mir, natürlich nicht mal Miete zahlt. Männer sind ja so was von berechenbar. Kaum ist man ein bisschen schwanger, schon bekommt man alles, was man will. Ungerecht ist das. Mit schrecklichen Rückenschmerzen und noch schrecklicherer Laune sitze ich am Frühstückstisch. Am liebsten würde ich Jackie bei den Schultern packen und schütteln und sie endlich wieder zur Vernunft bringen. Da aber meine Vermieter mit am Tisch sitzen, die Jackie seit ihrer Ankunft in Watte packen, muss ich es etwas geschickter anstellen.

»Wie hast du denn geschlafen, Jackie«, frage ich deshalb freundlich.

»Blendend, danke.«

»Keine Anzeichen von Wehen?«

»Nein, nichts.«

»Na, das ist ja schön.« So komme ich irgendwie nicht

weiter. »Aber das Bett ist doch nicht so richtig bequem, oder?«

»Das geht schon, danke.« Was ist bloß mit meiner Schwester los? Da kommt mir Michael zur Hilfe:

»Also, ich habe auch ein schlechtes Gefühl, wenn du da auf dieser schäbigen Matratze schläfst. Da geht doch ständig die Luft raus. Und das in deinem Zustand.«

»Eben«, nicke ich, »in deinem Zustand.« Raus mit ihr!

»Das ist doch die Gelegenheit für uns, endlich ein anständiges Gästebett zu kaufen«, schlägt Nick da vor, »wollten wir doch sowieso endlich mal machen.« Ach so ist das? Ich bemühe mich, nicht allzu beleidigt zu sein, dass die Tatsache, dass ich ja nun schon auch die eine oder andere Nacht auf dieser schäbigen Matratze genächtigt habe, die beiden nicht mal annähernd zum Kauf eines Gästebettes motiviert hat. Immer wird Jackie überall vorgezogen. Manno!

»Dies hier hat nichts mit deiner Familie zu tun. Oder deiner Kindheit«, erinnert mich Sophia mit gütiger Stimme.

»Das ist wirklich nicht nötig«, wehrt Jackie zu meinem großen Erstaunen das Angebot ab. Aber wenn die beiden sich mal was in den Kopf gesetzt haben, dann ziehen sie das auch durch, und eine halbe Stunde später machen sich meine drei Mitbewohner auf den Weg zu Ikea, um der Prinzessin mit der Riesenerbse unter der Bauchdecke eine angemessene Schlafstätte zu besorgen.

Ich liege wie auf Wolken. Himmlisch. Michael und Nick haben sich nicht lumpen lassen. Mit eben diesem weiß lackierten Bettgestell mit dem verschnörkelten Kopfende habe ich schon geliebäugelt, seit es das erste Mal im Ikea-Katalog aufgetaucht ist. Auch an der Matratze wurde nicht gespart. Während viele Leute, die ich kenne, denken, für Gäste sei doch eine Schaumstoffunterlage durchaus ausreichend, geben sich meine lieben Freunde nicht einmal mit Federkern zufrieden. Nein! Feinstes Latex passt sich meinem Körper an. Hier werde ich garantiert keine Rückenschmerzen bekommen. Vervollständigt wird der Traum durch das Moskitonetz, das über meinem Kopf im Luftzug, der durch das geöffnete Fenster hereinkommt, sanft hin und her schaukelt. Ich seufze wohlig und bin noch nicht einmal pikiert darüber, dass dieses wunderschöne Nachtlager ursprünglich für meine Schwester angeschafft wurde. Die Hauptsache ist doch, dass ich jetzt darin liege und nicht sie. Grinsend stelle ich mir vor, wie sie sich jetzt auf dem klumpigen Sofa in Bernds WG herumwälzt und keinen Schlaf findet. Aber sie wollte es ja so. Weiß der Geier warum. Und es ist nicht so, dass ich sie nicht gewarnt hätte. Obwohl ich selbst natürlich aus dieser neuen Wohnlösung nur als Sieger hervorgehen konnte, denn:

1. bin ich meine Schwester wieder los,
2. gehört mir wieder die ungeteilte Aufmerksamkeit von Michael und Nick und
3. habe ich jetzt das schöne Bett!

Dennoch, als Bernd Jackie seinen Vorschlag unterbreitet hat, musste ich doch erst mal schallend lachen. Und ehrlich gesagt könnte ich mir vorstellen, dass das doch maßgeblich zu ihrer Entscheidung beigetragen hat.

»Jackie«, habe ich gesagt, »glaub mir, diese WG ist nichts für dich. Lass mich offen reden: Du bist nicht nur schwanger, sondern auch total verwöhnt. Du wirst wahnsinnig werden in dieser Wohnung.«

»Vielleicht stellt sich deine Schwester ja nicht so an wie du«, hat Bernd zu bedenken gegeben und dann auch noch, verdammter Mistkerl, den Arm um sie gelegt. Und natürlich hat sie gestrahlt wie ein Honigkuchenpferd und war fortan überzeugt, dass sie nirgendwo besser aufgehoben sein könnte als in einer schmuddeligen Wohnung mitten auf der Reeperbahn. Na von mir aus. Mir kann das ja nur recht sein, denke ich, während ich mich genüsslich ausstrecke. Sie wird schon sehen, was sie davon hat. Kurz vor dem Einschlafen melden sich dann doch noch Gewissensbisse. Immerhin ist meine Schwester schwanger. Und völlig unselbstständig. War es nicht verantwortungslos von mir, sie einfach zu Bernd ziehen zu lassen? Ich weiß ja nicht, ob die mangelnde Hygiene dort nicht vielleicht sogar dem kleinen Georg irgendwelchen Schaden zufügen könnte. Nun ja, ich werde gleich morgen mal bei ihr vorbeigehen und nach dem Rechten schauen. Zufrieden schlummere ich ein.

Ich schaffe es dann doch erst drei Tage später, mein Vorhaben in die Tat umzusetzen. Mein Terminkalender quillt im Moment einfach über, ich habe so viele Kunden, dass ich noch nicht einmal dazu komme, mich endlich ernsthaft mit der Suche nach einem neuen Mann zu beschäftigen. Aber manchmal geht die Arbeit einfach vor. Außerdem ist mir nach dem desaströsen letzten »Date« auch so gar nicht nach Verabredungen. Deshalb nehme ich erst mal Abstand von der Sache und lege sie in die Hände des Schicksals. Es gibt ja genug Leute, die ihren Partner an der Supermarktkasse kennen gelernt haben, oder, und darauf spekuliere ich insgeheim, auf einer Hochzeit. Und die von Lara und Manu steht bald ins Haus. Am 30. Juni, um genau zu sein, und bis dahin gibt es für mich als Trauzeugin auch noch eine Menge zu erledigen. Alleine, den Hochzeitsgästen immer wieder auf die Füße zu treten, damit sie mit ihren Beiträgen für die Hochzeitszeitung endlich mal in die Hufe kommen, nimmt ziemlich viel Zeit in Anspruch. Der Junggesellinnenabschied will natürlich auch geplant werden. Ich glaube, ich habe mich jetzt vor mir und der Welt genug dafür gerechtfertigt, dass ich meine schwangere Schwester ganze vier Tage in einer stinkenden Höhle ihrem Schicksal überlassen habe. Zum Glück sieht sie nicht nur gesund, sondern auch recht vergnügt aus, als ich sie nach der Begrüßung auf Armeslänge von mir weg halte und forschend betrachte. Eigentlich sieht sie besser aus denn je.

»Möchtest du einen Kaffee? Oder lieber Tee?«, fragt sie mich und eilt voran. Eigentlich will ich wie immer in diesem Haus höflich ablehnen, doch als mein Blick in die Küche fällt, kann ich vor lauter Erstaunen erstmal überhaupt nichts sagen. Was ist denn hier passiert? Gut, wie in »Schöner Wohnen« sieht es zwar noch immer nicht aus, aber doch sauber und nett. Auf dem Tischchen steht doch tatsächlich ein Blumentopf mit einem winzigen Rosenstock darin. Ordentlich aufgereiht stehen die Vorräte auf den Regalbrettern, Herd und Spüle sind blitzblank und an der Wand hängen in einer Linie aufgereiht wunderhübsche Postkarten mit verschiedenen Motiven, alle in Blautönen gehalten und dadurch zu den Gardinen passend, die ebenfalls neu sind.

»Was ist denn hier passiert?«

»Gefällts dir? Das war ich«, verkündet Jackie stolz, »also, willst du jetzt einen Tee oder nicht?« Damit nimmt sie den Wasserkocher zur Hand und beginnt, ihn zu füllen. Heimlich linse ich hinein. Nicht zu fassen. Sie hat ihn tatsächlich entkalkt.

»Ja gerne. Grünen, wenn du hast«, sage ich deshalb und lasse mich auf einen der Holzstühle fallen. Davon muss ich mich erst mal erholen. Ich wusste nicht, dass meine Schwester weiß, dass es so was wie Entkalker überhaupt gibt. Oder dass sie hausfrauliche Qualitäten hat. Ihr Kinderzimmer sah jedenfalls immer aus wie ein Schweinestall. »Wie gefällt es dir denn hier so?«, frage ich, während Jackie zwei Becher vom Regal nimmt und jeweils einen Teebeutel hineinhängt.

»Ach, Helen, es ist so toll. Mir geht es hier so gut wie schon lange nicht mehr«, schwärmt sie mit leuchtenden Augen.

»Tatsächlich?«

»Ja! Ich habe das Gefühl, dass ich endlich wieder atmen kann.« Dann hast du ganz offensichtlich keine Hausstauballergie, denke ich sarkastisch, setze jedoch ein Lächeln auf und sage:

»Das freut mich für dich. Und das Baby? Alles okay? Macht dir dein Rücken keine Probleme? Wenn ich mich hier so umsehe, entschuldige, aber ich finde, du solltest nicht so viel arbeiten. In deinem Zustand.«

»Ach, das war doch keine Arbeit«, winkt sie ab, »es macht mir Spaß, es hier ein bisschen gemütlich herzurichten. Wirklich. Ansonsten würde ich mich doch zu Tode langweilen den ganzen Tag.«

»Hm«, mache ich unbestimmt. Es passt mir nicht, dass meine Schwester hier die kostenlose Haushaltshilfe für Bernd und seine Mitbewohner spielt. Aber schließlich ist das nicht meine Sache.

»Was von Paul gehört?«, nehme ich das Gespräch wieder auf und sofort verdüstert sich ihr Gesicht. Sie starrt konzentriert in ihren Tee und sagt tonlos:

»Ja, am Telefon. Ich habe ihm gesagt, dass es vorbei ist und dass ich ausgezogen bin.«

»Und was hat er dazu gemeint?«

»Dass wir darüber reden, wenn er wieder zurück ist.« Autsch! Mitleidig lege ich meine Hand auf ihre. Dieser Vollidiot. Selbst das bewegt ihn nicht dazu, seine blöden Geschäfte hintenan zu stellen.

»Und wenn das Baby kommt? Würde er dann auch sagen: ›Ich schau's mir an, wenn ich zurück bin‹«, frage ich empört.

»Tja, wahrscheinlich.« Die Arme! Sie tut mir schrecklich Leid. Ja, so Leid, dass ich beschließe, ein Opfer zu bringen:

»Hör zu, Jackie, warum ziehst du nicht zu Michael und Nick?«

»Aber wieso …«

»Ich weiß, für uns alle ist es dort auf Dauer natürlich zu eng, das stimmt schon, aber dort ist es besser für dich, glaub mir. Nick kocht die wunderbarsten, gesunden Sachen, das Bett, das sie für dich gekauft haben, ist wirklich traumhaft, und sie haben eine Putzhilfe, sodass du dich auch darum nicht kümmern musst. Und ich«, jetzt atme ich tief durch, denn das fällt mir schwer, »ich ziehe dann erst mal hier ein. Das ist schon okay, wenigstens bin ich nicht schwanger, und außerdem kenne ich Bernd und die anderen einfach besser als du. Deshalb komme ich auch sicher besser mit ihren Macken zurecht.« Puh! Jetzt ist es raus. Ganz kurz kommt mir der Gedanke, dass Bernd es möglicherweise falsch verstehen könnte, wenn ich jetzt bei ihm einziehe. Als ob ich es mir vielleicht anders überlegt hätte. Aber das muss ich eben dann klarstellen. Zunächst mal liegt mir das Wohl meiner Schwester am Herzen. Und das ihres Sohnes. Ich lächele sie an und fühle mich gut dabei, die opferbereite große Schwester zu sein. Aufmunternd nicke ich Jackie zu, doch sie schüttelt langsam den Kopf:

»Ich fühle mich hier wirklich wohl, Helen.« Wie bitte?

Wohler als bei Michael und Nick? Das kann ich mir nun beim besten Willen nicht vorstellen. »Es ist alles wunderbar. Wie gesagt, ich habe gerne ein bisschen was zu tun. Außerdem kocht Bernd auch ziemlich gut. Ja, und ich habe selten besser geschlafen. Wirklich, ich möchte gerne hier bleiben.« Irritiert starre ich sie an. Reden wir wirklich von derselben Wohnung? Ich biete ihr an, in einer blitzblanken, wunderschönen Wohnung in Eppendorf mit zwei bezaubernden Mitbewohnern zu leben, und sie zieht dieses Loch vor? Und seit wann kann Bernd eigentlich kochen?

»Bitte, Jackie, sei doch vernünftig«, beginne ich auf sie einzureden, »du weißt doch nicht, wovon du redest. Ich habe hier doch selber schon mal auf der Couch geschlafen«, aber wirklich nur ein einziges Mal, »und ich hatte danach tagelang Rückenschmerzen …«

»Ich schlafe gar nicht auf der Couch«, beruhigt sie mich, »ich schlafe in Bernds Bett.«

»Wie bitte?« Ich schnappe nach Luft. Dieser Mistkerl! Ich mache Kleinholz aus ihm. In diesem Moment hören wir einen Schlüssel sich im Schloss herumdrehen und die Wohnungstür wird aufgestoßen. Sekunden später steht Bernd vor uns. Wenn man vom Teufel spricht, kommt er angerannt. Bitterböse starre ich ihn an.

»Ach, Helen, du bist auch hier, hallo«, sagt er freundlich grinsend, und dann: »Jackie, wie geht's dir? Alles klar?« Er schaut sie mit einem besorgten Blick an und sie strahlt zu ihm hoch:

»Alles bestens, Bernd, wirklich! Aber hör mal, Helen hat mir gerade gesagt, dass die Couch, auf der du schläfst, doch total unbequem sein soll.«

»Ach was, Helen hat keine Ahnung«, antwortet er und lehnt sich lässig gegen die Spüle, »das geht schon so.«

»Wirklich? Da habe ich aber ein ganz schlechtes Gewissen!«

»Brauchst du nicht zu haben, wirklich. Hauptsache, ihr beide, du und der Knirps, seid weich gebettet.« Ach sooooo. Ich bin dermaßen erleichtert, dass ich Bernd fast so verklärt anlächele wie meine Schwester. Sie schläft in seinem Bett und er dafür auf der Couch. Wie nett von ihm. Und ich dachte schon, er würde sich an sie ranmachen. Ihre Verletzlichkeit in dieser Situation – schwanger und allein – schamlos ausnützen.

»Wie kommst du bloß auf so was«, fragt Sophia kopfschüttelnd. Das würde ich allerdings auch gerne wissen. Muss ich denn immer von allen nur das Schlimmste annehmen? Das ist nicht schön, denke ich reumütig.

»Möchtet ihr was essen«, erkundigt sich Bernd, und ich antworte, auch um meinen Fauxpas von eben wieder gutzumachen:

»Ich hab gedacht, ich lade euch beide zum Essen ein, habt ihr Lust?«

»Hast wohl Angst, dass meine bescheidenen Kochkünste deinen Ansprüchen nicht genügen, was?«, neckt Bernd mich, was ich natürlich weit von mir weise:

»Nein, überhaupt nicht. Jackie hat mir gerade schon erzählt, wie toll du sie bekochst.« Ich klinge wie ein eifersüchtiges kleines Mädchen. Schrecklich. »Nein, ich dachte einfach nur. Wenn du natürlich lieber selber kochst, esse ich gerne mit.« Grinsend warte ich ab, dass er jetzt kneift und dankbar meine Einladung annimmt, aber da habe ich mich schon wieder getäuscht.

»Ach, hier ist es doch viel gemütlicher.« Gemütlich? Ich weiß ja nicht. Bernd ignoriert meinen zweifelnden Blick und wendet sich an Jackie: »Dann gibt's ne schlichte Nudel mit Gorgonzolasauce, einverstanden?«

»Super«, schnurrt sie und schon macht er sich an den Töpfen im Schrank zu schaffen.

»Ja, toll«, gebe ich auch noch mein Einverständnis, obwohl mich ja gar keiner gefragt hat.

Eine knappe halbe Stunde später sitzen wir zu dritt um den Couchtisch herum, jeder einen Teller mit dampfenden Nudeln vor sich.

»Hmm«, schwärmt Jackie nach dem ersten Bissen, »das schmeckt großartig.« Ich selber spieße auch einige Schmetterlingsnudeln auf meine Gabel und führe sie zum Mund, wobei ich mich verstohlen umsehe. Auch das Wohnzimmer hat sich nämlich ziemlich verändert. Zunächst mal ist es sauber und aufgeräumt. Außerdem hängen Bilder an der Wand und stehen überall Kerzenständer und Teelichter herum, die den Raum in ein warmes Licht tauchen. Die Wand mir gegenüber ist komplett mit einem dunkelroten Stoff verkleidet, in dem mit Sicherheitsnadeln schwarzweiße Postkarten befestigt wurden. Dadurch ist der Wasserschaden nicht mehr zu sehen, der sich hier vor über einem Jahr ereignet und der die Wand ziemlich verunstaltet hat. Alle Achtung! Das alles entspricht zwar nicht unbedingt meinem Geschmack, aber zumindest ist es ganz hübsch und gemütlich jetzt. Ich kaue auf den Nudeln herum und denke gleich noch mal: alle Achtung.

»Wow, die sind echt gut«, lobe ich Bernd.

»Erstaunlich, nicht wahr?«

»Nein, gar nicht«, lüge ich, »habe ich immer schon gewusst, dass du viele Talente hast.«

»Da schlummern noch ganz andere, die ich dir gerne vorführen würde, wenn du mich lässt«, sagt er und grinst mich an. Irritiert wende ich mich ab. Das fühlt sich wirklich absurd an, wenn einen der beste Freund so dämlich von der Seite anbaggert.

»Das Wohnzimmer sieht toll aus«, wechsle ich daher rasch das Thema, »hast du das alles alleine gemacht, Jackie?«

»Ach, das war gar nichts«, winkt sie ab, »außerdem habe ich fast nur delegiert und Bernd hat das meiste gemacht.« Ach? Mit hochgezogenen Augenbrauen sehe ich ihn an:

»Auf die Idee wärest du doch vorher nicht gekommen.«

»Du weißt doch, ich mache mir nicht so viel aus Äußerlichkeiten. Aber wenn jetzt ne Frau hier wohnt …«

»Vorübergehend«, werfe ich ein.

»… dann darf es doch ruhig ein bisschen nett aussehen. Habe ich nichts gegen. Und wir sind echt ein gutes Team.«

»Ja, das sind wir«, bekräftigt meine Schwester und lacht ihn fröhlich an. Ihre Augen strahlen mir dabei etwas zu sehr. Beunruhigt sehe ich von einem zum anderen. Dann essen wir schweigend unsere Nudeln zu Ende.

Eine Stunde später mache ich mich bereit zum Aufbruch, aber irgendwie fällt es mir schwer, zu gehen. Es fühlt sich komisch an, die Treppe hinunterzusteigen, während die beiden da so einträchtig nebeneinander in der Tür stehen und mir lächelnd hinterhersehen. Als ich mich umsehe, um noch mal zu winken, sehe ich gerade noch, wie Bernd die Tür zumacht, während Jackie schon wieder beginnt, auf ihn einzureden. Es versetzt mir einen Stich. Sie scheinen sich gut zu verstehen. Und plötzlich habe ich Angst, dass die beiden vielleicht zu gute Freunde werden. Beste Freunde. Und was ist dann mit mir?

Am folgenden Tag werde ich um halb sieben Uhr morgens vom Klingeln meines Handys aus dem Schlaf gerissen. Völlig verwirrt haue ich erst mal auf meinem Wecker herum, bevor ich kapiere, woher das andauernde Piepen kommt. Um diese Zeit? Wer kann mich da denn anrufen? Und in diesem Moment ist es mir völlig klar. Jackie! Das Baby kommt, vielleicht ist es sogar schon auf der Welt. Aber es ist doch noch viel zu früh, mindestens vier Wochen zu früh.

»Ist das Baby da«, schreie ich fast in den Hörer, als ich endlich das verdammte Telefon aus meiner Handtasche herausgefummelt habe.

»Oh mein Gott, ist es«, erwidert eine mir bekannt vorkommende Männerstimme.

»Wer ist denn da«, will ich erst mal wissen. Da kann ja jeder kommen.

»Hier ist Paul, Helen. Was ist mit Georgie?« Georgie?

»Das müsstest du ja wohl besser wissen als ich«, versetze ich unfreundlich, »das heißt, wenn du ein verantwortungsbewusster Vater und Ehemann wärest, was du, wie wir ja alle wissen, nicht bist.«

»Was ist denn bloß los?«, fragt er in weinerlichem Ton. »Ich komme heute Morgen von einer anstrengenden Geschäftsreise zurück, habe im Nachtzug kaum geschlafen und finde das Haus leer, meine Frau ist weg, und jetzt werde ich von dir auch noch beschimpft. Und das so früh am Morgen.« Ich schnappe hörbar nach Luft.

»Wenn du so früh am Morgen nicht beschimpft werden willst, dann ruf halt später an.«

»Ich muss wissen, wo Jackie ist. Und mein Sohn.«

»Sie sind bei einem Freund und es geht ihnen gut. Mehr kann ich dir nicht sagen«, will ich das Gespräch beenden, doch er schreit so laut »Warte« ins Telefon, dass ich es dann doch nicht über mich bringe.

»Bitte, Helen, bitte sag mir, wo sie ist«, fleht Paul ganz untypisch ins Telefon, »ich muss sie zurückholen.« Na schön. Versuchen kann er es ja zumindest. Ich bin auch gar nicht ganz sicher, ob Jackie nicht vielleicht sogar gerne zurückgeholt werden würde. Wenn er sich ordentlich ins Zeug legt, vielleicht. Und wenn nicht, dann hat sie so wenigstens die Gelegenheit, ihm noch mal ins Gesicht zu sagen, was für ein Blödmann er doch ist. Denn er ist ein Blödmann. Aber immerhin der Vater meines Neffen, das wollen wir ja hier nicht völlig vergessen.

»Also schön«, seufze ich, »sie ist in der Kastanienallee 36, das ist auf der Reeperbahn.« Ich höre, wie Paul scharf die Luft einzieht. »Hey, tauch da …« Tut – tut – tut. »…bloß nicht um diese Uhrzeit auf«, beende ich meinen Satz sinnloserweise. Das kann doch wohl nicht wahr sein. Seufzend wähle ich Jackies Handynummer. Ich möchte sie wenigstens vorwarnen, dass gleich ihr besorgter Ehemann auf der Matte stehen wird, aber dummerweise geht gleich die Mailbox dran. Das Gleiche bei Bernd. »Mist«, fluche ich und wälze mich aus dem Bett. Was sind das für Menschen, die ihr Handy über Nacht ausschalten? Haben die keine Angst, eventuell irgendwas ganz Wichtiges zu verpassen? Ich könnte das nie!

Ich erreiche tatsächlich noch vor Paul die Wohnung und bekomme deshalb natürlich auch die geballte Ladung Unwillen sämtlicher in ihrem Schönheitsschlaf gestörten Bewohner ab.

»Helen, hast du nen Knall«, fragt Bernd mich uncharmant, als ich keuchend die Treppe hochkomme. Er trägt nur eine schlabberige Boxershorts, die wohl einmal rot war, aber vom vielen Waschen beinahe alle Farbe verloren hat. Ja, wozu habe ich denn die schicken neuen Unterhosen gekauft? Und der Pelz auf der Brust sprießt auch schon wieder fröhlich vor sich hin, aber ich habe jetzt keine Zeit, daran herumzunörgeln. Stattdessen haste ich an ihm vorbei und frage:

»Ist er schon hier? Wo ist sie?«

»Wer soll hier sein? Und wen meinst du? Jackie?«

»Natürlich Jackie. Und Paul. Paul taucht gleich hier auf«, erkläre ich knapp.

»Was'n für'n Paul?«

»Was ist mit Paul«, ertönt es von Bernds Zimmertür und da steht Jackie, mit verstrubbelten Haaren und in einem riesigen Schlafshirt.

»Er ist auf dem Weg hierher, um dich zurückzuholen«, sage ich eindringlich und gehe meiner Schwester entgegen.

»Und darum machst du so'n Radau und weckst uns«, kommt es verwundert aus Bernds Richtung. Ich fahre zu ihm herum und sage gereizt:

»Er hätte euch gleich sowieso geweckt.«

»Trotzdem, ich versteh nicht ganz, warum du jetzt hier bist und die Pferde scheu machst.«

»Sie muss immer überall dabei sein. Sonst fürchtet sie, die Kontrolle zu verlieren«, lamentiert Sophia, die im Türrahmen stehen geblieben ist und jetzt scheinbar gelangweilt auf ihre Fingernägel blickt. Ich merke, wie mir das Blut in den Kopf schießt, aber in dem Moment klingelt es Gott sei Dank an der Tür.

»Sag ich doch, da ist er schon«, sage ich beinahe triumphierend, und wenige Augenblicke später schiebt sich ein riesiger Blumenstrauß durch den Eingang, gefolgt von, na, wem schon: Paul. Über den mindestens dreißig weißen Rosen schwebt sein Gesicht mit der Hornbrille und dem schütteren braunen Haar wie körperlos. Und der Ausdruck in seinem Gesicht ist schwer zu benennen. Sicher schockiert ihn, was er hier sieht. Von der Umgebung und dem Treppenhaus mal ganz abgesehen, erblickt er nun seine leicht bekleidete Frau und einen noch leichter bekleideten Mann nebst meiner Wenigkeit, die mit knallrotem Kopf dazwischensteht. Paul dagegen wird jetzt sehr blass, starrt von einem zum anderen und sagt dann tonlos:

»Jackie, Liebling …«

»Was willst du hier«, fragt diese abweisend, und er tritt verlegen von einem Bein aufs andere.

»Was ich hier will, na, du bist gut. Was werde ich schon wollen. Ich möchte dich zurückholen.«

»Ich will nicht zu dir zurück«, sagt sie bestimmt und geht zurück in Bernds Zimmer. Ihren Ehemann lässt sie einfach so stehen, und er guckt mich ratlos an.

»Äh, komm doch erst mal rein, wir müssen das doch nicht hier im Flur besprechen. Bei offener Haustür meine ich«, sage ich, weil mir nichts Besseres einfällt. Da höre ich Bernd, der sich lässig an die Wand gelehnt und den kurzen Dialog verfolgt hat, in sich hineinglucksen.

»Du musst dir hier nun wirklich keine Sorgen wegen der Nachbarn machen, Lenchen.«

»Das tue ich doch gar nicht«, verteidige ich mich, »ich dachte nur …« Ja, was denn eigentlich? »Ich stell die mal ins Wasser«, beschließe ich, nehme Paul die Blumen ab und flüchte in die Küche. Natürlich finde ich dort keine Blumenvase und fülle stattdessen den Zehnlitereimer mit Wasser, den ich unter der Spüle entdecke. Ich lasse mir Zeit damit. Was für eine unangenehme Situation. Mit der ich noch nicht einmal etwas zu tun haben müsste, da hat Sophia schon Recht. Warum bloß mische ich mich dann trotzdem immer ein? Aus der Diele höre ich Stimmen:

»Und Sie sind Herr …?«

»Bernd.«

»Ernst mein Name, Paul Ernst.«

»Aha.«

»Und, äh, dürfte ich Sie fragen, warum meine Frau hier bei Ihnen, ich meine, warum sie hier schläft anstatt bei ihren Eltern?«

»Warum fragen Sie sie nicht selber?«

»Ach so, ja, nun ja …« Ich betrete gerade noch rechtzeitig den Flur, um zu sehen, wie Paul zögerlich an die Zimmertür klopft, hinter der Jackie Minuten vorher verschwunden ist.

»Nicht herein!«, brüllt sie von drinnen, und man sieht förmlich, wie Paul in sich zusammensackt. Er dreht sich wieder zu uns um und zuckt bekümmert mit den Schultern. Bernd verdreht die Augen und macht eine Handbewegung, als würde er eine lästige Fliege wegscheuchen.

»Ich soll trotzdem?«, zögert Paul und Bernd nickt vehement. Vorsichtig drückt Paul die Türklinke herunter.

»Nicht reinkommen hab ich doch gesagt«, erklingt es vorwurfsvoll und schon zieht Paul seine Hand zurück. Da stößt sich Bernd plötzlich von der Wand ab, öffnet seine Zimmertür und schiebt Paul hinein. Weibliche Protestrufe vermischen sich mit männlichen, als die Tür wieder zufällt. Mit einem genervten Aufseufzen dreht Bernd sich um und macht Anstalten, im Wohnzimmer zu verschwinden. Ich stehe da wie bestellt und nicht abgeholt und folge ihm daher.

»Was machst du denn jetzt?«, frage ich ihn dümmlich, obwohl ich ganz genau sehe, was er da tut. Er legt sich nämlich auf die Couch und zieht die Bettdecke über sich.

»Ich schlafe ein bisschen. Ist noch zu früh für mich.«

»Willst du gar nicht wissen, wie es mit den beiden ausgeht?«

»Wenn er sich weiterhin so dämlich anstellt, dann kriegt er sie nie zurück.«

»Wie meinst du das?«

»Er kommt extra hier angekrochen, mitten in der Nacht, und dann lässt er sich mit zwei Sätzen abspeisen. So kann das doch nicht funktionieren. Ist doch logisch, dass sie wollte, dass er ihr hinterherkommt. Er soll ein bisschen betteln, aber sie liebt ihn. Was ich persönlich«, damit stopft er sich das Kissen zurecht, »zwar absolut nicht verstehen kann, aber ihr Frauen habt ja sowieso manchmal einen komischen Geschmack.« Damit schließt er die Augen und macht Anstalten, hier und jetzt vor meinen Augen einzuschlafen. Nicht mit mir! Ich lasse mich auf den Sofarand plumpsen.

»Du gehörst also auch zu den Männern, die glauben, dass eine Frau Ja meint, wenn sie Nein sagt?«, frage ich angespannt. Langsam öffnet sich sein linkes Auge.

»Keine Sorge, ich habe verstanden, dass du Nein meinst. In Bezug auf mich.« Damit klappt er das Auge wieder zu und dreht sich auf die andere Seite. Ich blicke auf seinen Rücken und warte. Nichts passiert. Das wollte ich doch gar nicht damit sagen, manno, er hat das falsch verstanden.

»Doch, genau das wolltest du wissen«, sagt Sophia, die sich an seinem Fußende niedergelassen hat. »Und du bist unglaublich froh, dass er es verstanden hat, ohne dass du es noch mal aussprechen musstest. Aber seine Verletzung spürst du trotzdem und damit kannst du jetzt nicht umgehen. So einfach ist das.« Und ohne mir noch weitere Erklärungen abzuliefern oder mir auch nur hilfreich zur Seite zu stehen, löst sie sich mit einem sanften ›Puff‹ in Luft auf. Ich lege eine Hand auf Bernds Rücken und flüstere:

»Es tut mir Leid.«

»Schon gut«, kommt es leise zurück.

»Nein, es ist nicht gut. Es tut mir wirklich Leid«, wiederhole ich.

»So was kann man eben nicht erzwingen.«

»Bist du trotzdem noch mein Freund?« Langsam dreht er sich zu mir um und ich schaue ihm ängstlich in die Augen. Das ist meine größte Befürchtung. Dass er nicht mehr mein Freund sein will. Dass ich durch meine nicht existenten Gefühle ihm gegenüber das Wertvollste und Beständigste in meinem Leben kaputtgemacht habe. Aber er lächelt mich an und sagt:

»Natürlich bin ich noch dein Freund, Lenchen. Das werde ich immer sein.« Ich bin so erleichtert, dass mir jetzt die Tränen unaufhaltsam die Wangen herunterkullern. »Jetzt hör doch auf zu heulen. Komm her, du bist doch bestimmt auch völlig übermüdet.« Damit hebt er einladend die schmuddelig-gelb-grüne Bettdecke hoch und ich krabbele zu ihm aufs Sofa. Er umfängt mich von hinten mit seinen Armen und ich atme befreit auf. Er hat mich immer noch lieb. Gott sei Dank. »Wie sollte das auch funktionieren mit uns beiden? Du hast schließlich immer nur Pech mit den Männern. Und mit mir hättest du plötzlich so viel Glück gehabt. Nein, das erträgt dein Karma einfach nicht.« Er lacht leise in sich hinein, als ich ihm meinen Ellenbogen in die Rippen boxe. Dann liegen wir schweigend da und hören plötzlich die lauter werdenden Stimmen aus dem Nachbarzimmer:

»Du willst also wirklich hier bleiben«, fragt Paul wütend und Jackie kreischt:

»Allerdings.«

»In diesem Loch? Und in dieser Gegend?«

»Die besten Menschen wohnen nicht unbedingt in Blankenese.«

»Das vielleicht nicht, aber hast du dir deinen so genannten Mitbewohner schon mal angeguckt? Diesen … Zeckenzüchter?«

»Wag es nicht, Bernd zu beleidigen.«

»Hast du dich vielleicht verknallt in diesen Tunichtgut?«

»Und wenn? Das geht dich gar nichts an.«

»Das werden wir ja sehen. Wenn er es wagt, dich anzufassen, dann … dann bring ich ihn um.« Ich höre Jackie schrill auflachen:

»Er zerquetscht dich wie eine Fliege, wenn du das versuchst. Bernd ist nämlich unheimlich stark und ein richtiger Mann.« Ein Ausruf, ein Knall und noch ein zweiter und damit ist Paul auf und davon. Ich liege stocksteif auf der Couch in Bernds Armen. Jackie, verliebt in Bernd? Das kann doch nicht wahr sein. Und was fühlt er? Ganz langsam drehe ich mich zu ihm herum. Sein Atem geht ganz gleichmäßig.

»Bernd«, flüstere ich, aber er reagiert nicht, »Bernd?« Er grunzt unwillig und schläft weiter. Er hat also nichts gehört. Das ist vielleicht auch ganz gut so. Vorsichtig winde ich mich aus seinen Armen und decke ihn wieder fürsorglich zu. Und dann gehe ich los, um meine Schwester zu trösten.

Sie ist jedoch sehr viel gefasster, als ich angenommen hätte. Seelenruhig steht sie in der Küche und macht sich eine Tasse Tee, als ich aus dem Wohnzimmer komme.

»Puh, das war ja was«, beginne ich und lasse mich auf den Stuhl ihr gegenüber fallen, »geht's dir gut?«

»Ganz gut, ja.«

»Und wie geht es nun weiter?«

»Ich werde mir bald eine eigene Wohnung suchen. In

vier Wochen kommt das Kind. Darum werde ich mich erst mal kümmern. Und sobald es alt genug ist, um einen Platz in der Kindertagesstätte zu bekommen, werde ich Kunstgeschichte studieren.« Das hat sie sich ja fein ausgedacht.

»Und was ist mit Paul?«, frage ich vorsichtig. Sie schaut mir offen in die Augen und grinst:

»Paul? Wer ist eigentlich Paul?«

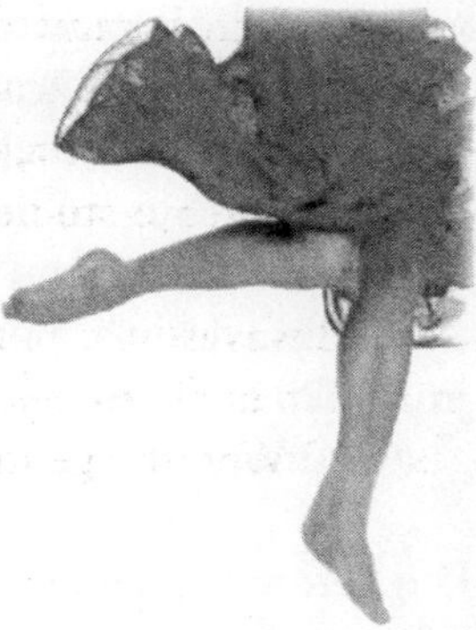

11.

Das hat sie sich ja fein ausgedacht. Eine eigene Wohnung, ein Kunststudium und kein Paul. Und das aus dem Mund von meiner unselbstständigen kleinen Schwester. Fast komme ich mir ein wenig überflüssig vor, als ich die Wohnung wieder verlasse. Bernd scheint prima mit dem Korb, den ich ihm gegeben habe, klarzukommen und Jackie hat sich einen schönen Lebensplan ausgearbeitet, mit dem sie sich ganz offensichtlich auf ihre eigenen Füße stellen will. Sollte ich nicht froh und glücklich darüber sein? Sowohl über ihn als auch über sie? Und warum bin ich's nicht?

»Solange es anderen schlechter geht als uns selbst, können wir uns gut fühlen«, fachsimpelt Sophia. Beinahe wäre ich vor lauter Schreck über ihr plötzliches Auftauchen die letzten Stufen der Treppe hinuntergepurzelt. Was will sie denn nun damit wieder sagen?

»Ich wünsche mir nicht, dass es den beiden schlecht geht. Was denkst du denn?«, frage ich empört.

»Ich denke, dass es jetzt an der Zeit für dich ist, darüber nachzudenken, wie es dir geht. Du könntest damit beginnen, die Trennung von Jan zu verarbeiten«, schlägt sie sanft vor und verpufft.

»Danke, dass du mich daran erinnerst«, rufe ich ihr hinterher, zerre wütend die Haustüre auf und stapfe zu meinem Auto. Nein, wenn ich an Jan denke, dann geht es mir allerdings wirklich nicht gut. Deshalb lasse ich es lieber. Wozu Trübsal blasen? Ich habe mich um ganz andere Dinge zu kümmern.

Um den Junggesellinnenabend für Lara zum Beispiel. Die Zeit ist wie im Fluge vergangen und heute ist der 23. Juni und damit der große Tag gekommen. Sicher, wörtlich genommen sollte man den Junggesellinnenabend wohl am Tag vor der Hochzeit feiern, aber das mochte ich weder Lara noch uns anderen Mädels gerne zumuten. Denn diese Nacht wird anstrengend und sicher auch feuchtfröhlich und ich möchte meine beste Freundin ungern als Schnapsleiche zum Altar torkeln sehen. Also haben wir einhellig beschlossen, dass wir es am Wochenende davor tun werden, um die folgende Woche zum Auskurieren nutzen zu können. Und hier stehen wir nun also: Acht Mädels mit leuchtenden Augen und vergnügten Gesichtern. Das wird ein Spaß. Ich habe die anderen sieben für punkt acht Uhr vor Laras und Manuels Haustüre bestellt. Nina, Sonja, Andrea, Diana, Sabine und Patricia sind schon da, nur Angela ist weit und breit nicht zu sehen. Um zwanzig nach acht sind wir endlich vollzählig und ich schon leicht genervt. Ist doch wirklich unhöflich von ihr, uns hier so lange warten zu lassen. Anscheinend stehe ich mit meiner Meinung jedoch alleine da, denn keine der anderen Damen hat sich davon die Stimmung ruinieren lassen. Im Gegenteil, Angela wird freudig begrüßt.

»Na endlich«, sage ich nur ganz leicht vorwurfsvoll und

ringe mir ein Lächeln ab, »dann können wir ja jetzt die Braut in spe abholen.« Ich drücke auf den Klingelknopf, neben dem noch Hesse/Zabel steht und lege warnend meinen Zeigefinger auf die Lippen. »Psst! Ganz ruhig jetzt!«

»Hallo«, ertönt Laras Stimme aus der Gegensprechanlage.

»Süße, ich bin's«, sage ich, »sorry, bin ein bisschen spät dran.«

»Macht doch nichts«, entgegnet sie und betätigt den Türöffner. Kichernd machen wir uns auf den Weg in den dritten Stock. Lara ist völlig ahnungslos. Sie denkt, dass ich alleine vorbeikomme, um mit ihr und Manuel eine DVD anzuschauen. Im zweiten Stock bedeute ich den Mädels ein weiteres Mal, sich ruhig zu verhalten. Diese Kichererbsen werden uns noch die ganze Überraschung verderben. Alleine erklimme ich die letzte Etage und begrüße Lara, die mich an der Tür erwartet.

»Hallo, Lara, alles klar?«

»Logisch. Komm doch rein. Manu hat gerade die Pizza aus dem Ofen geholt.«

»Oh, die wird er wohl alleine essen müssen, fürchte ich«, sage ich bedauernd, und in diesem Moment stürmen die anderen Mädels kreischend die Treppe hoch und rufen durcheinander:

»Überraschung, Überraschung.« Lara guckt ziemlich verdutzt und Manuel kommt durch den Lärm angelockt besorgt aus der Küche gestürmt.

»Was ist? Ist was passiert?«, fragt er, während sich eine nach der anderen in den engen Flur drängelt und ich ihn lächelnd aufkläre:

»Nein, nichts passiert. Du wirst nur leider den Abend ohne deine Zukünftige verbringen müssen, die nehmen wir nämlich jetzt mit.«

»Ach ja?« Während Lara über das ganze Gesicht strahlt und sofort Feuer und Flamme ist, schaut Manuel eher konsterniert. Aber darauf kann jetzt natürlich keine Rücksicht genommen werden. Außerdem wird er in einer knappen halben Stunde ebenfalls von seinen Kumpels zum Junggesellenabschied abgeholt. Weshalb wir jetzt auch dringend einen Zahn zulegen sollten. Ich hasse es, wenn jemand meinen Zeitplan durcheinander bringt und bedenke Angela nochmals mit einem scheelen Blick, den sie zum Glück nicht mitbekommt.

»Also los«, gebe ich das Kommando, »jetzt müssen wir Lara nur noch entsprechend herrichten und dann geht's ab.« Ich krame in meiner mitgebrachten Umhängetasche herum und Laras Lächeln verrutscht um ein paar Millimeter. Ehrlich besorgt guckt sie mich an. Ich grinse unschuldig zurück und krame weiter, obwohl ich schon längst gefunden habe, was ich suche. Aber sie soll sich ruhig noch ein Minütchen ausmalen, welche Grausamkeiten wir für sie ausgesucht haben. An einem unserer Ausgehabende im Dollhouse sind wir mal gemeinsam in einen Junggesellinnenabend geplatzt, wo die zukünftige Braut von ihren Freundinnen als Putzfrau verkleidet worden war. Sie trug den schrecklichsten, altmodischsten und grellsten Putzkittel, den man sich vorstellen konnte, und dazu auch noch ein fieses Kopftuch und Birkenstocklatschen. In diesem Aufzug musste sie dann durch die Gegend rennen, Kondome verkaufen und zwanzig Männer dazu bringen, sie auf den Mund zu küssen. Wir trafen das Trüppchen um vier Uhr morgens und noch immer lag ihre Bilanz bei läppischen fünf Küssen. Die Arme! So was könnte ich Lara niemals antun. Und jetzt habe ich sie auch genug auf die Folter gespannt und ziehe endlich den Schleier aus meiner Tasche, den ich ihr aus einer Gardine gebastelt habe.

»Keine Sorge«, beruhige ich sie, den Schleier schwenkend, »du musst nicht als Vogelscheuche rumrennen.«

»Und auch nicht als Putzfrau«, vergewissert sie sich. Aha, der besagte Abend ist also auch ihr lebhaft im Gedächtnis geblieben.

»Auch nicht als Putzfrau«, bestätige ich. »Im Gegenteil!« Damit ziehe ich den Stuhl heran, der neben der Garderobe im Flur steht und lasse Lara darauf Platz nehmen. Sie trägt eine dunkelblaue Jeans und ein silberblaues Top. Braves Mädchen. Das muss man ihr lassen, sie zieht sich eigentlich so gut wie immer ihrem Typ entsprechend an. Und diese kühlen Töne harmonieren einfach großartig mit ihrem pechschwarzen Haar und ihrem porzellanweißen Teint. Ich beginne, ihr den Schleier mit Hilfe von Haarnadeln ins Haar zu stecken und nehme dann von Diana das funkelnde Diadem, das ich schon vor Monaten in einem Laden für Faschingsartikel gekauft habe, entgegen. Es ist zwar nur aus Strass, sieht aber wirklich aus wie das von Audrey Hepburn in »Ein Herz und eine Krone«. Feierlich setze ich es Lara auf und verkünde: »Ich kröne dich hiermit zur Königin der Junggesellinnen.« Die Mädchen klatschen Beifall und Lara lacht vergnügt, als sie sich im Garderobenspiegel sieht. Dabei ist das ja noch lange nicht alles! Ich zücke mein Make-up-Täschchen und verpasse ihr ein wahres Elfen-Make-up mit langen künstlichen Wimpern, Glitter auf Wangen und Dekolletee und zartem Rosa auf den Lippen. Als ich von ihr zurücktrete, halten alle den Atem an. Vor allem Manuel, der plötzlich ganz besorgt aussieht. Lara sieht einfach umwerfend aus. Zu guter Letzt drücke ich ihr noch das »Zepter« in die Hand, ein mit goldener Folie umwickelter Kochlöffel mit einem Stern am oberen Ende, und sehe prüfend auf die Uhr. Viertel vor neun. Höchste Zeit also.

»Auf geht's, Mädels«, sage ich und mache dann eine Verbeugung vor Lara: »Eure Majestät.« Die königliche Hoheit steht auf, die Mädels bilden ein Spalier und Lara schreitet hindurch, den bodenlangen Schleier hinter sich her ziehend. Oje, ich muss fast jetzt schon weinen. Wie soll das dann erst in der Kirche werden? Ich reiße mich zusammen, stopfe schnell meine Schminkutensilien zurück in meine Tasche, schultere sie und will Lara folgen, als Manu mich am Arm festhält.

»Du Helen«, sagt er zögerlich, »du wirst doch nicht, ich meine, du lässt sie keine anderen Männer küssen, oder?« Er schaut mich ängstlich an.

»Nein, natürlich nicht«, verneine ich vehement, »das würde ich doch nie tun!« Ist nicht gelogen. Küssen muss sie nicht.

»Gott sei Dank«, seufzt er aus tiefstem Herzen.

»Dann viel Spaß mit deinem Film«, sage ich schmunzelnd.

»Ja, euch auch viel Spaß«, wünscht er, da erscheint Lara plötzlich wieder im Türrahmen.

»Was vergessen, Hoheit?«, frage ich.

»Ja«, meint sie, stürmt an mir vorbei und gibt Manuel einen langen Kuss. »Tschüs, mein Süßer. Ich liebe dich!«

»Und ich liebe dich«, sagt er. Damit rauscht sie davon und er schaut ihr verliebt hinterher. Ich seufze leise. Muss Liebe schön sein.

Unten vor der Haustür verteilen wir uns auf zwei Autos und düsen in Richtung Reeperbahn davon. Gerade noch rechtzeitig, denn im Rückspiegel entdecke ich schon Manuels besten Freund Gordon, der eben um die Ecke biegt. Das war knapp. Was trägt er denn da unter dem Arm? Sieht aus wie eine Gummipuppe.

»Vorsicht, Helen«, kreischt Andrea, und gerade noch rechtzeitig reiße ich das Steuer rum, bevor ich auf den Bürgersteig und in den dort stehenden Fahrradständer hineinrase. Puh, das war knapp.

»Wo warst du denn mit deinen Gedanken«, fragt Nina vorwurfsvoll, aber meine Entdeckung kann ich jetzt leider nicht mit ihr teilen. Schließlich soll Lara ja denken, dass Manuel den ganzen Abend brav zu Hause sitzt und sie vermisst. Auf der Reeperbahn angekommen genehmigen wir uns zunächst mal einen Drink im Rokko. Und damit beginnt Laras erste Aufgabe. Sie muss in jedem Laden entweder den Barbesitzer oder einen Gast dazu bringen, uns Mädels eine Runde auszugeben. So umwerfend, wie sie aussieht, wird das sicher kein Problem sein, dennoch ziert Lara sich gewaltig. Nun ja, nach ein paar Drinks wird ihre Hemmschwelle sicher sinken. Der Besitzer vom Rokko lässt sich nicht lange bitten. Wenige Minuten später stehen neun Cocktails vor uns. Sicher denkt der arme Kerl, dass wir den gesamten Abend bei ihm verbringen und noch eine Menge Kohle hier lassen werden. Zu seinem Pech irrt er sich gewaltig.

»Wir machen eine Schnitzeljagd über die Reeperbahn«, verkünde ich, während wir unsere Drinks schlürfen, »und in jeder Bar bekommst du einen dieser Umschläge«, ich zaubere ein rosafarbenes Kuvert aus meiner Tasche, »in dem sich ein Hinweis auf die nächste Destination befindet.« Gerade noch rechtzeitig kann ich meine Hand zurückziehen, als Lara vorwitzig danach greift. »Nicht so hastig, meine Liebe, den musst du dir natürlich verdienen.«

»Wieso, ich hab doch für die Getränke gesorgt«, kräht sie und schlürft mit dem Strohhalm den letzten Rest aus ihrem Glas.

»Trotzdem, du wirst leider noch eine weitere Aufgabe

erfüllen müssen. Wie die Prinzessin aus dem Märchen«, erläutere ich und hole eine Schere hervor.

»Ich dachte, das macht der Prinz, um die Prinzessin als Belohnung zu bekommen«, mosert sie kleinkariert.

»Du bist eben eine emanzipierte Adelige«, bestimme ich, »und außerdem«, füge ich, um sie zu trösten, hinzu, »besitzt du ein Zepter. Wenn du das schwingst und dazu die Worte sprichst ›Ich möchte unterhalten werden‹, dann wird einer deiner Untertanen dir zu Ehren einen kleinen Beitrag bringen.«

»Ich möchte unterhalten werden«, ruft Lara natürlich sofort und schwingt triumphierend ihren Zauberstab, »und zwar von … dir!« Die obere Spitze des Sterns zeigt auf Sonja, die ein langes Gesicht zieht, aber gehorsam aufsteht und beginnt, mit erhobener Stimme ein selbst verfasstes Gedicht zu rezitieren.

»Hört ihr Leute, groß und klein,
die Lara ist nicht mehr lange allein.
Sie hat den Märchenprinz gefunden,
und nach vielen gemeinsamen Stunden,
beschlossen, dass er der Richtige wär,
ab nächste Woche gibt's kein Umkehren mehr.«

Wir prusten laut los.

»Pssst, ich bin doch noch nicht fertig. Also:

Sie werden sich das Ja-Wort geben,
um gemeinsam zu gehen durchs Leben.
Heut feiern wir noch mal allein,
wird hoffentlich nicht das letzte Mal sein.
Wir wünschen ihr von Herzen,
nur Glück und keine Schmerzen.

Er soll dich glücklich machen,
und immer bringen zum Lachen.
Ich erheb auf euch das Glas
und das war's!«

Wir schütten uns aus vor Lachen und Lara hebt erneut den Zauberstab:

»Ich möchte unter …«, aber da greife ich sie beim Arm und sage:

»Süße, spar dir das doch auf für später, meinst du nicht?« Sie erwägt den Vorschlag kurz mit wiegendem Kopf, um ihn dann gnädig abzunicken:

»Na gut!«

»Hier«, sage ich und drücke ihr die Schere in die Hand, damit gehst du jetzt zu den Männern hier in der Kneipe und …«

»Und was soll ich ihnen damit abschneiden«, kichert sie. Der Drink scheint ziemlich stark gewesen zu sein. Ich entscheide, dass wir uns ab jetzt auf Sekt beschränken, damit Lara nicht in zwei Stunden unterm Tisch liegt.

»Einen Schnipsel von ihrer Hose. Für fünf Schnipsel gibt es einen Umschlag. Dann mal los«, fordere ich sie auf und sie macht sich sofort auf den Weg. Da es erst halb zehn ist, ist das Rokko noch nicht allzu gut besucht, aber dennoch kommt Lara nur zehn Minuten später mit fünf Stofffetzen zurück an unseren Tisch. Verwundert starre ich darauf. Als ich mir diese Idee aus dem Internet gesucht habe, stand dort, dass man die Männer bittet, ihnen die Schnipsel mit der Waschanleitung aus der Hose schneiden zu dürfen. Das hier sieht aber ganz anders aus. In diesem Moment kommt eine Gruppe von Männern an unserem Tisch vorbei und strebt Richtung Ausgang. Zwei von ihnen haben unübersehbare Löcher am Knie, bei zwei anderen ist das linke Hosenbein kürzer als das rechte und der Mutigste von ihnen stolziert mit einer entblößten Pobacke durch die Tür. Lara winkt ihnen lachend hinterher und ruft: »Ihr ward klasse, danke, Jungs!«

»Keine Ursache, Süße!«, kommt es zurück und der eine sagt so laut, dass wir alle es hören können zu seinem Kumpel: »Ein Jammer, dass sie heiratet, oder?«

»Das kannst du laut sagen.« Ich betrachte Lara bewundernd, während sie den gewonnenen Briefumschlag aufreißt. Wie macht sie das bloß?

»Das nächste Ziel ist gleich ums Eck, vom Namen her jedoch viel weiter weg«, liest sie vor und grinst mich an.

»Ich habe nie behauptet, dass ich besser dichten kann als Sonja«, verteidige ich mich, »lies weiter.«

»Zur Begrüßung sagt man da: Willkommen, Lala.« Statt nachzudenken flucht sie los: »Das ist nicht fair. Ich habe fünf Männern ihre Hosen kaputtgeschnitten und jetzt muss ich auch noch das Rätsel lösen.«

»Jetzt denk doch mal nach, einfacher geht's doch gar nicht«, rüge ich, da schlägt sie sich mit der flachen Hand auf die Stirn und ruft: »Ich Esel, die China-Lounge natürlich.« Wir spenden großzügigen Beifall und machen uns auf den Weg. Etwas konsterniert blickt uns Martin von hinter dem Tresen hinterher, aber ich zucke nur bedauernd mit den Schultern und winke ihm fröhlich zu.

Mittlerweile ist die Reeperbahn zum Leben erwacht. Die eben noch recht leeren Bürgersteige sind mit Menschen angefüllt, und immer wieder treffen wir andere Grüppchen, die ebenfalls Junggesellinnenabschiede feiern. Aber so bezaubernd wie Lara sieht keine von ihnen aus. Als wir um zwei Uhr nachts alle schon reichlich angetrunken, aber guter Dinge, aus dem Silbersack torkeln, kommt uns eine grölende Gruppe von Männern entgegen, die augenscheinlich ebenfalls einen Junggesellenabschied feiern. Und als sie sich uns nähern, erkenne ich auch, um wen es sich bei dem Unglücksraben in ihrer Mitte handelt, der einem in seinem hellblauen Ballettröckchen und mit der nur mit einer Strickjacke bekleideten Gummipuppe unter dem Arm wirklich Leid tun kann: Manuel. Kaum wird er seiner zukünftigen Frau ansichtig, löst er sich von seinen Freunden und rennt auf uns zu. Sein Gesicht ist mit roten Lippenstiftabdrücken übersäht.

»Lara, sie lassen mich Küsse verkaufen, aber ich kann nichts dafür.«

»Weiß ich doch«, tröstet sie ihn unbekümmert.

»Aber du hast niemanden geküsst«, vergewissert er sich. Hey, glaubt der etwa, ich spinn ihm was vor?

»Nein«, beteuert Lara, »natürlich nicht.«

»Da bin ich aber froh.«

»Aber ich habe einem Mann seinen Hosenboden weggeschnitten, siehst du?«, erzählt sie stolz und kramt das entsprechende Stück Stoff hervor.

»Aha, hm, toll«, meint Manuel wenig begeistert und wirft mir einen strafenden Blick zu. Das ist der Zeitpunkt, die beiden zu trennen.

»So, wir müssen weiter«, bestimme ich und schiebe mich dazwischen, »eigentlich solltet ihr euch gar nicht begegnen.«

»Moment«, protestiert Manuel da vehement, »ich brauche von jeder von euch ein Kleidungsstück. Ich werde diese verfluchte Puppe erst los, wenn sie komplett bekleidet ist. Und Schatz, ich kann keine fremde Frau nach ihrer Unterwäsche fragen. Ich kann einfach nicht.«

»Natürlich nicht«, findet auch Lara und verschwindet im Silbersack. Wenige Minuten später, während derer

Manuel Patricia ihren Rock, den sie über ihrer Jeans trägt, und Andrea ihre Strümpfe abgeschwatzt hat, kommt sie wieder heraus und reicht ihm ihren fliederfarbenen Slip nebst passendem BH.

»Danke, Lara, tausend Dank«, sagt er erleichtert und beginnt, »Betty« anzukleiden. Seine Freunde betrachten es wenig begeistert.

»So hatten wir aber eigentlich nicht gewettet«, protestiert Gordon und die anderen nicken zustimmend.

»Tja, auf meine Frau kann ich mich eben verlassen«, sagt Manu stolz und Lara nickt dazu.

»Ihr seid echt wie Pech und Schwefel«, meint Angela, als wir unseren Weg fortsetzen.

»Können wir denn nicht alle zusammen weitergehen?«, quengelt Lara.

»Aber du kannst deinen Junggesellinnenabschied nicht mit deinem Mann zusammen feiern, das geht doch nicht«, versuche ich sie zu überzeugen, aber so recht gelingen will es mir nicht.

»Warum denn nicht? Ich vermisse ihn doch so.«

»Ach, Süße, hast du denn keinen Spaß mit uns?«, frage ich sie, während wir die Thai-Karaoke-Bar, die nächste und letzte Station unseres Abends, betreten.

»Doch schon, aber gerade deshalb finde ich es ja so schade, dass er das nicht mitbekommt.«

»Er hat sicher auch Spaß mit den Jungs.«

»Zusammen wäre es aber doppelter Spaß«, beharrt sie.

»Ich gehe mal kurz aufs Klo«, entschuldige ich mich und verschwinde, um Gordon eine SMS zu schreiben. Wenn Lara es in Gottes Namen nun einmal so haben möchte, von mir aus. Wenige Minuten später komme ich zurück an den Tisch, wo schon eine Runde Sekt auf uns wartet. Ich lächle Lara an, aber sie guckt irgendwie ganz komisch. Wahrscheinlich ist sie sauer auf mich. Na ja, die wird Augen machen, wenn die Jungs gleich hier auftauchen. Da hebt sie plötzlich das Zepter, zeigt damit auf mich und ruft:

»Ich will unterhalten werden. Jetzt und hier!« Aber ich lasse mich in aller Seelenruhe auf der Bank neben ihr nieder und sage:

»Ich habe leider kein Unterhaltungsprogramm für dich, sorry. Ich hatte zu viel zu organisieren für heute Abend, das verstehst du doch, oder? Diana hat auch noch nichts vorgetragen«, schlage ich vor. Aber Lara lässt sich nicht abspeisen.

»Nein, ich möchte, dass du mich unterhältst. Und du brauchst auch nichts vorbereitet zu haben. Ich wünsche mir »I will survive« von dir«, verkündet sie und macht eine aufmunternde Kopfbewegung in Richtung Bühne. Ich kann spüren, wie sämtliches Blut aus meinem Kopf hinunter in meine Füße sackt. Was? Ich soll singen? Vor anderen Leuten?

»Das kann nicht dein Ernst sein«, flehe ich sie an, aber sie lässt sich nicht erweichen.

»Ich will unterhalten werden«, bekräftigt sie noch mal und klopft mit dem Zepter energisch auf den Tisch, »ich vermisse meinen Mann und deshalb will ich jetzt sofort unterhalten werden. Ich will unterhalten werden!«

»Ist ja gut«, zischele ich, weil die Leute von den anderen Tischen durch ihr Geschrei schon aufmerksam geworden sind und neugierig zu uns herübergucken. »Schon gut, ich mach's ja.« Mit Füßen schwer wie Blei gehe ich hinüber zum DJ und sage ihm, dass ich für meine Freundin, die nächste Woche heiraten wird, »I will survive« singen möchte, wobei von wollen hier eigentlich nicht die Rede sein kann. Wütend nehme ich das Mikro in Empfang und stapfe auf die Bühne. Da tue ich alles, um meiner besten Freundin einen tollen Junggesellinnenabschied zu bescheren, und was ist der Dank? Die ersten Takte schallen aus den Lautsprecherboxen. Mein Hals fühlt sich total trocken an und mein Herz pumpert wie verrückt. Ich öffne den Mund und beginne:

»At first I was afraid,
I was petrified«, meine Stimme klingt total belegt und krächzig,

»Kept thinking I could never live
without you by my side«, und außerdem fürchte ich, dass ich kaum einen Ton richtig treffe,

»But then I spend so many nights
thinking how you did me wrong
and I grew strong«, die Mädels an meinem Tisch grölen begeistert, die übrigen Gäste machen eher gequälte Gesichter, so wie ich. Aber ich singe weiter, sofern man mein Gejaule überhaupt so nennen kann, und in dem Moment geht die Tür auf und Manuel und seine Freunde kommen hereinspaziert. Verwundert bleiben sie stehen und schauen sich verwundert um, wer hier einen solchen Krach macht.

»Go on now, go!
Walk out the door,
just turn around now«, gröle ich ihnen entgegen, da entdeckt Lara das Grüppchen und läuft auf sie zu. Während ich meine Stimme in immer schrillere Höhen schwinge, beobachte ich, wie die beiden miteinander reden und wie Manuel erst auf Gordon und dann auf mich zeigt. Lara sieht zu mir herüber und in ihrem Blick ist plötzlich tiefe Reue zu erkennen. Aber merkwürdig, mir macht es plötzlich gar nichts mehr aus, hier stehen und singen zu müssen. Denn eben ist Jan vor meinem inneren Auge auf-

getaucht. Jan, an den ich mich in den letzten Monaten gezwungen habe, nicht zu denken. Jetzt denke ich an ihn. Es tut weh, aber:

»Did you think I'd lay down and die?

Oh no, not I. I will survive!«, singe ich inbrünstig, als Lara mit wehendem Schleier auf mich zustürmt und auf die Bühne kraxelt, im Vorbeigehen das zweite Mikro vom DJ-Pult reißend. Selbiger dreht geistesgegenwärtig an irgendeinem Knöpfchen, und schon steht Lara neben mir, fasst meine Hand und gemeinsam erklingt es aus unseren Kehlen:

»And I spend oh so many nights

just feeling sorry for myself.« Gerührt stelle ich fest, dass Lara, die eigentlich ein engelsgleiches Organ hat, genauso schlecht singt wie ich.

»I used to cry

but now I hold my head up high.« Plötzlich wird es ziemlich eng auf der kleinen Bühne, weil all unsere Freunde, sieben Mädels und acht Jungs, auf uns zustürmen und sich um unsere Mikros scharen. Alle zusammen beenden wir das Lied:

»I've got all my life to live,

I've got all my love to give,

and I'll survive,

I will survive. Hey, hey!« Alle lachen und applaudieren, doch ich stehe stocksteif da und spüre gar nicht, wie ich von den sich umarmenden Menschen um mich herum angerempelt werde. Das letzte *»I will survive«* ist mir buchstäblich im Halse stecken geblieben. Mein Blick geht über die Tische und Köpfe hinweg zu einem entlegenen Platz ganz hinten in der Bar. Und dort, ein halb leeres Bier vor sich, sitzt Jan und schaut mich an.

12.

Was soll ich machen? So tun, als ob ich ihn nicht erkannt hätte?

Ich nicke ihm zu. Okay, mehr als das ist wirklich nicht drin. Ich drehe mich auf dem Absatz um und will mich wieder in den rettenden Schoß des Junggesellinnenabschieds flüchten. Das Hochzeitspaar in spe sitzt mittlerweile strahlend nebeneinander und alle amüsieren sich prächtig. Mal sehen, ob ich meine beim Anblick meines Ex unter den Gefrierpunkt gerutschte Laune dort nicht ein bisschen aufmöbeln kann. Doch da greift Jan, der inzwischen hastig aufgesprungen ist, mich am Arm:

»Helen, bitte warte einen Augenblick.« Er steht dicht vor mir. Zu dicht. So dicht, dass mir dieser vertraute Geruch in die Nase steigt. Diese ganz eigene Mischung aus Seife, Parfüm, Zigarettenrauch und Kaugummi. Mit bebenden Nasenflügeln atme ich die Kombination in mich hinein und löse damit eine Welle der Erinnerungen an unsere schöne Zeit aus.

»Was ist denn?«, frage ich und kann das Beben in meiner Stimme nur schlecht unterdrücken. Bleib cool, schärfe ich mir selber ein. Atme doch einfach durch den Mund. Das tue ich, doch auch seine dunklen Augen, die auf mir ruhen, wecken alte Gefühle. Schnell lenke ich meinen Blick knapp an seinem linken Ohr vorbei.

»Äh, wie geht's dir denn so?«, fragt er und lässt meinen Arm dabei noch immer nicht los. Wie soll es mir schon gehen?

»Ganz gut, und dir?«

»Auch gut, danke.« Wie schön. Da bin ich ja beruhigt. Darf ich jetzt gehen? »Das war echt toll, dein Lied eben.«

»Soll das ein Witz sein?« Ich weiß doch selber, dass ich schrecklich war.

»Nein, Helen, ich meine es ernst, bestimmt. Zuerst konnte ich es gar nicht glauben, dass du es wirklich bist. Ich meine, so kenne ich dich gar nicht.« Singend? Nein, aus gutem Grund. »So frei.«

»Wie meinst …«, beginne ich, als sich plötzlich ein schlanker Frauenarm um Jans Hals schlingt. Er gehört zu einer fast ein Meter achtzig großen blonden Frau, die sich nun an ihn drückt, und ihm mit der Hand durch die Haare fährt.

»Da bin ich wieder«, schnurrt sie ihm ins Ohr und tut so, als würde sie mich jetzt erst bemerken. »Oh, Entschuldigung. Störe ich?« Einen Augenblick mustern wir uns gegenseitig von oben bis unten. Hübsche Frau, die Haare ein bisschen zu wasserstoffblond, der Rock ein bisschen zu kurz, das Oberteil zu eng, doch all das tut ihrer Schönheit keinen Abbruch. Ich frage mich irritiert, was ihre rot lackierten Krallen im Schopf meines schwulen Exfreundes zu suchen haben.

»Oh, äh, nein«, Jan wirkt ebenfalls etwas verwirrt, »Helen, das ist Babsi, Babsi, das ist Helen«, stellt er uns einander vor. Aha. Und Babsi Wer? Ich strecke ihr meine Hand hin und sie reicht mir ihre zu einem Nasser-Waschlappen-Händedruck.

»Ach, du bist Helen«, sagt sie und zieht dabei vielsagend die Augenbrauen hoch.

»Ja, das ist Helen«, wiederholt Jan.

»Genau, ich bin Helen, und ich muss mal aufs Klo.«

»Helen, nein, warte doch mal«, ruft mir Jan noch hinterher, aber ich tue so, als würde ich ihn gar nicht hören.

In der Damentoilette stehe ich vor dem Spiegel und stütze mich mit den Händen auf dem Waschbecken ab. Dieser Abend ist ein Albtraum. Nicht nur, dass ich singen musste, jetzt begegne ich auch noch Jan hier. Und dieser komischen Tussi, die ihn dann auch noch vor meinen Augen betatscht. Ich dachte, er steht nicht auf Frauen. Und in diesem Moment fällt es mir wie Schuppen von den Augen: Babsi ist ein Mann! Natürlich! Deshalb ihre stattliche Größe und das starke Make-up. Ihre Beine in dem knappen Mini fallen mir wieder ein. Lang, schlank und muskulös. Natürlich, Männer haben die schönsten Frauenbeine, das weiß man ja spätestens seit dem Musikvideo zu »Macarena«. Ist Babsi denn nun ein Transvestit? Oder Transsexuell? Was ist noch mal der Unterschied? Will ich es wirklich so genau wissen? Eigentlich reicht mir der Schock über Jans Homosexualität für den Rest meines Lebens. Ob er auf Männer in Frauenklamotten steht oder auf Lack und Leder oder auf was sonst, nein, damit möchte ich mich weiß Gott nicht befassen. Hoffentlich ist er weg, wenn ich wieder rauskomme, schicke ich ein Stoßgebet zum Himmel. Ich lasse ihm noch ein wenig Zeit zum Verschwinden und mir etwas kühles Wasser über die Handgelenke rinnen, als plötzlich die Tür aufgeht und Babsi den Raum betritt. Unsere Augen treffen sich kurz, dann verschwindet sie in einer der drei Kabinen. Oder besser gesagt er. Ich kann nicht anders, ich muss einfach unter dem Türspalt hindurchgucken. Ich meine, wenn der jetzt auch noch im Stehen pinkelt, dann hat er doch hier auf der Damentoilette weiß Gott nichts zu suchen. Aber die Spitzen der schwarzen hochhackigen Pumps zeigen in meine Richtung. Ich weiß nicht, warum ich hier weiter rumstehe und Babsi beim Pinkeln zuhöre. Vermutlich befürchte ich, dass Jan vor der Tür auf sie/ihn wartet. Aus meiner Handtasche krame ich mein Schminktäschchen hervor und beginne, mein Make-up aufzufrischen. Die Spülung rauscht, Babsi kommt aus der Kabine hervor und tritt an das Waschbecken, um sich die Hände zu waschen. Verstohlen betrachte ich ihn dabei. Er hebt den Kopf und schaut mich gerade an:

»Ja, Helen, jetzt weißt du es also, sorry.« Es klingt nicht wirklich bedauernd.

»Ja. Na ja«, sage ich unbestimmt. Was soll ich denn bitte schön auch sagen?

»Wir sind jetzt seit zwei Monaten zusammen.«

»Aha.« Ich will's nicht hören. Langsam sollten die Hände sauber sein! Und da, Gott sei Dank, Babsi dreht das Wasser ab, wendet sich zum Gehen, dreht sich dann doch noch mal um.

»Sag mal, willst du gar nicht wissen, warum er dich belogen hat?« Wieso belogen?

»Belogen würde ich das nicht nennen, er hat mir bloß die Details erspart«, versetze ich kurz und frage mich, ob ich heute nicht schon genug gelitten habe.

»Ich denke, er hat dir gesagt, dass er auf Männer steht.«

»Ja, und?«

»Und da wundert's dich nicht, dass er plötzlich mit einer

neuen Freundin vor dir steht?« Verständnislos blicke ich Babsi an. Ein schmales Gesicht mit geschwungenen Brauen, blauen Augen, hohen Wangenknochen und vollen Lippen. Aber ohne die geringste Spur eines Bartschattens. Ein schlanker weißer Hals. Aber kein Adamsapfel.

»Bist du etwa eine Frau«, frage ich fassungslos.

»Wie bitte? Natürlich, was denkst du denn«, kommt es empört zurück. Irgendwie kommt es mir so vor, als würde mir der Boden unter den Füßen weggezogen, und ich lehne mich schwer atmend an die weiß gekachelte Wand neben dem Handtuchhalter.

»Aber wieso …?«

»Jan ist nicht schwul«, sagt sie böse. »Das hat er doch bloß gesagt, um dich loszuwerden.« Anscheinend habe ich sie mit meiner Vermutung schwer verletzt, denn sie sprüht Gift und Galle.

»Aber wieso …?« Etwas anderes scheine ich momentan nicht über meine Lippen zu bekommen. Mir rinnt der Schweiß plötzlich unangenehm die Seite herunter.

»Weil er dich nicht mehr ertragen konnte, deshalb.«

»Aber …« Noch bevor ich das »Wieso« aussprechen kann, schleudert sie mir die Antwort entgegen:

»Er sagt, du seist ein Kontrollfreak und es wäre unerträglich, mit dir zusammenzuleben.«

»Wirklich?«, flüstere ich kaum hörbar, und da wird ihr anscheinend bewusst, was sie getan hat. Einen Moment lang stehen wir schweigend voreinander, dann kommt sie einen Schritt auf mich zu und sagt:

»Entschuldigung, das hätte ich nicht so sagen sollen. Tut mir Leid.«

»Schon gut.« Ich will nur noch, dass sie geht.

»Ich fand das auch ganz schön gemein von ihm«, macht sie plötzlich auf solidarisch, »aber immerhin, ich meine, jetzt weißt du wenigstens den wahren Grund, weshalb er sich von dir getrennt hat. So kannst du was ändern. Fürs nächste Mal«, fügt sie schnell hinzu. Ich sehe sie nur blicklos an. Und jetzt kommt sie näher und legt mir auch noch ihre Hand auf den Arm: »Möchtest du wissen, was er so schlimm an dir fand?« NEIN, schreit es in mir. »Ich sag's dir, wenn du möchtest.« Ich möchte nicht, aber ich bin immer noch zu geschockt, um überhaupt irgendetwas zu sagen. Jan hat mich angelogen? Er ist gar nicht schwul? Er wollte mich nur loswerden? Babsi deutet mein Schweigen als Zustimmung und beginnt, mir aufzuzählen, was mich zu einer schlechten Partnerin macht:

Ich habe Jan bevormundet.

Habe ihn nicht er selbst sein lassen.

Ich bin eine oberflächliche Person, die nur auf Äußerlichkeiten fixiert ist.

Ich kann nirgendwohin auch nur eine Minute zu spät kommen.

Ich ziehe ihm den Teller unter der Nase weg, während er noch den letzten Bissen herunterschluckt.

Alles muss nach meiner Nase gehen.

Ich gebe jedem in meiner Umgebung das Gefühl, unzulänglich zu sein.

Ich bin unentspannt und verkopft.

Ich bin unspontan und kann niemals etwas auf mich zukommen lassen. Sogar Sex muss bei mir lang und breit geplant werden.

Kurz: Für einen Mann ist es unerträglich, mit mir zusammen zu sein. So unerträglich, dass er mir sogar erzählt, dass er schwul ist. Weil das der sicherste Weg ist, mich wirklich und endgültig und ein für alle Mal los zu sein.

»Tut mir echt Leid«, sagt Babsi, nachdem sie ihren Vortrag beendet hat und streichelt mir über meinen rechten

Arm. Verwundert schaue ich auf die Stelle. Dann öffne ich den Mund und hoffe, dass ich etwas sagen kann:

»Babsi«, leise, aber hörbar, »danke für deine Offenheit. Würdest du mir jetzt bitte einen Gefallen tun?«

»Natürlich«, lächelt sie gutmütig und tätschelt weiter.

»Verschwinde.« Ihre Mundwinkel sinken herab. »Verschwinde und sorg dafür, dass Jan nicht mehr dort draußen steht, wenn ich rauskomme.«

Aber rauskommen, das kann ich erst mal ziemlich lange nicht. Irgendwann geben meine Knie unter mir nach, mit dem Rücken rutsche ich an den Kacheln entlang und sitze schließlich auf dem kalten Steinfußboden. Und genau so fühlt es sich auch in mir drin an: kalt. Nichts weiter. Vor meinem inneren Auge sehe ich immer wieder Babsis stark rot geschminkte Lippen, die diese gemeinen Worte sagen. Die sich öffnen und schließen. Manchmal blitzen die Zähne hervor. Ab und zu öffnet sich die Tür und ich sehe weibliche Beine in unterschiedlichem Schuhwerk hereinkommen. Meist verharren die Füße einen Augenblick. Ab und zu kommen auch ein paar Füße – tapp, tapp, tapp – auf mich zu und eine Stimme fragt:

»Hey, ist alles okay bei dir?« Dann nicke ich. Oder:

»Kann ich dir irgendwie helfen?« Dann schüttele ich den Kopf. Da kommt wieder jemand, aber irgendetwas ist anders. Die Schuhe kommen mir seltsam bekannt vor: Hellblau sind sie. Mit einer klitzekleinen weißen Schleife auf dem Spann. Genau wie sie meine Freundin Lara immer trägt. Und da erscheint plötzlich auch ihr Gesicht vor mir.

»Helen, was ist denn los?« Es ist auch ihre Stimme. Ich sehe sie an. Shit! Jetzt fällt's mir wieder ein. Ihr Junggesellinnenabschied. Sie betrachtet mich besorgt. »Helen, hörst du mich? Ist alles okay mit dir?« Oh, Lara. Am liebsten würde ich mich in ihre Arme werfen und losheulen, aber mit aller Kraft halte ich mich zurück. Es ist ihr Abend. Sie soll Spaß haben. Meine Mundwinkel kommen mir tonnenschwer vor, als ich sie im Zeitlupentempo nach oben ziehe, um so eine Art Grinsen zu produzieren:

»Puh«, sage ich mit zittriger Stimme, »ich glaub, ich hab viel zu viel getrunken. Mir ist irgendwie schlecht.«

»Du Arme. Komm, ich helfe dir hoch.« Während Lara mich nach oben zieht, verwerfe ich meinen ursprünglichen Plan, für den Rest des Abends gute Laune zu spielen und morgen wieder über Jan nachzudenken. Ich kann nicht. Sein Name, sein Gesicht, seine Vorwürfe und seine neue Freundin Babsi pochen unaufhörlich in meinem Schädel.

»Lara«, sage ich bedauernd, als ich ziemlich wackelig wieder auf den Füßen stehe, »es tut mir Leid, aber ich muss gehen.«

»Was?«, fragt sie und sieht dabei schrecklich enttäuscht aus. »Nein, Helen, du darfst noch nicht gehen. Bitte! Es tut mir Leid, dass ich dich habe singen lassen. Wirklich. Bitte bleib.«

»Das ist es doch nicht. Bitte, Lara, mir ist wirklich sehr schlecht.«

»Soll ich dich nach Hause bringen?«

»Nein«, sage ich heftig, »du sollst einen schönen Abend mit den anderen haben, das ist alles, was ich will. Versprichst du mir das?« Mein letzter Satz klingt schon gefährlich nach Schluchzen, und Lara schaut sehr alarmiert.

»Ist dir wirklich bloß schlecht?«

»Ja. Bitte, versprich es mir.«

»Also gut«, sagt sie widerstrebend. »Dann rufe ich dir ein Taxi.« Bernd, schießt es mir in diesem Moment durch den Kopf.

»Nein, danke, kein Taxi. Ich gehe einfach zu Bernd.«
»Gute Idee«, findet Lara. Und ich finde das auch.

Irgendwie komme ich aus der Karaoke-Bar hinaus, gehe wie in Trance die Reeperbahn hinunter und lande schließlich vor Bernds Haustür. Ich drücke den Klingelknopf. Einmal, zweimal. Nichts passiert. Ich klingele erneut. Nichts. Er muss zu Hause sein, zumindest irgendjemand muss doch da sein. Ich platziere die Kuppe meines rechten Zeigefingers auf dem kleinen schwarzen Knöpfchen, lehne mich mit meinem ganzen Gewicht dagegen und warte. Ich warte und warte. Ein Betrunkener läuft schwankend an mir vorbei und singt lautstark ein Lied auf Plattdeutsch. Plötzlich knackt es in der Sprechanlage und ich höre Bernds Stimme. Endlich. Er brüllt:
»Aufhören da unten. Und zwar sofort.« Der Betrunkene macht einen erschrockenen Satz zur Seite.
»Is ja gut«, murmelt er verschreckt und trollt sich. Mein Ohr fiept fürchterlich, weil es direkt neben dem Lautsprecher war. Mein Finger ist von der Klingel gerutscht, aber sofort setze ich ihn wieder an, klingele Sturm und brülle in die Gegensprechanlage:
»Bernd? Bernd, ich bin's, Helen. Bitte, lass mich rein. Bernd!«
»Helen?«
»Ja, lass mich rein. Bitte.« Ich höre ein genervtes »Tse«, doch dann erklingt immerhin der Summer und ich kann die Türe öffnen. So schnell ich kann renne ich die Stufen empor und werfe mich ohne zu zögernd in Bernds Arme, der halb nackt und mit zerzaustem Haar im Flur steht. »Bernd«, bringe ich noch hervor, bevor ich anfange zu weinen. Ich merke, wie er der Tür einen Tritt gibt, woraufhin sie ins Schloss fällt, dann umschließen mich seine Arme.

»Helen, was ist los?« Aber ich will nicht reden. Ich will nur im Arm gehalten werden und weinen. Ich krieche förmlich in Bernd hinein, umklammere seinen warmen Körper und schluchze wie ein kleines Kind. »Helen? Helen.« Irgendwann merkt er, dass mit mir im Moment nichts anzufangen ist, hebt mich hoch und trägt mich in Richtung Wohnzimmer. Ich höre eine verschlafene weibliche Stimme wispern:

»Was ist mit ihr?«

»Keine Ahnung«, antwortet Bernd, »schlaf weiter, ich kümmere mich um sie.« Er setzt sich mit mir auf die Couch, wiegt mich hin und her und wartet ab. Allmählich ebbt mein hysterisches Schluchzen ab und wird von leisem Weinen abgelöst. Und irgendwann kommen auch keine Tränen mehr, ich sitze nur noch erschöpft auf Bernds Schoß, den Kopf an seine Brust gelehnt und spüre seine Hand, die mir behutsam über das Haar streichelt.

Als ich aufwache, fühle ich mich hundeelend. Es gibt nicht diese paar Sekunden des Nichtwissens, die man normalerweise hat, wenn man aus dem Schlaf kommt. Diese gnädigen Augenblicke, in denen man sich nicht sicher ist, ob man wach ist oder träumt, wer man ist und wie man sich fühlt. Heute geht es mir anders. In derselben Sekunde, in der ich die Augen aufschlage, ist der gestrige Abend wieder da. Und ich fühle mich um keinen Deut besser. Ich drehe mich um und sehe Bernd in die Augen, der bereits wach neben mir liegt.

»Na, Prinzessin, wie geht's dir denn jetzt?«

»Schlecht«, sage ich leise und eine Träne kullert aus meinem rechten Auge heraus, läuft über den Nasenrücken, bleibt für eine Sekunde an meiner Nasenspitze hängen, um dann auf das blaue Kissen zu tropfen.

»Was ist passiert?« Und dann erzähle ich ihm alles. Ich erzähle von Jan und von Babsi, von all den Dingen, die sie gesagt hat und ich lasse auch die erniedrigensten Details nicht aus. Aber ich sehe Bernd dabei nicht an. Und mit jedem Vorwurf von Jan, den ich wiederhole, wird mir klarer: All diese Dinge habe ich schon öfter gehört. Nicht in dieser Heftigkeit, sicher nicht, und auch nicht alle auf einmal, aber unbekannt sind sie mir nicht. Und das Schlimme ist, derjenige, der sie mir gesagt hat, liegt gerade neben mir. Hat er nicht immer wieder gesagt, dass ich zu sehr auf Äußerlichkeiten bedacht bin? Dass ich die Menschen nicht nehmen kann, wie sie sind? Die Erkenntnis trifft mich wie ein Vorschlaghammer. Irgendwo in mir gab es noch diese Hoffnung, dass Jan ein Spinner ist. Dass er all das an den Haaren herbeigezogen hat und dass mein Freund Bernd mir jetzt gleich sagen wird, dass ich das überhaupt nicht glauben soll, dass ich in Wahrheit ein warmherziger und spontaner Mensch bin, mit dem zusammenzuleben ein einziges Vergnügen ist. Aber so wird es nicht sein. Als ich geendet habe, hebe ich meinen Blick und treffe seinen.

»Bin ich denn wirklich so schlimm?«, frage ich ihn.

»Du bist überhaupt nicht schlimm, Lenchen. Lass dir das nicht einreden von diesem Idioten.«

»Du findest nicht, dass ich oberflächlich bin?«

»Na ja.«

»Genau. Na ja. Gib's zu, ich bin dir immer ein bisschen unangenehm, wenn wir inmitten deiner Freunde sitzen, denen es allen völlig egal ist, wie sie aussehen, weil das Innere eines Menschen zählt. Und ich nerve dich jedes Mal zu Tode, wenn ich dir Vorträge über die mangelnde Hygiene hier in der WG halte, richtig? Und du findest es auch unerträglich, dass ich immer das letzte Wort haben muss. Dass es mir so wichtig ist, was die Leute über mich denken. Dass ich immer alles besser weiß. Stimmt doch, oder?« Bernd sieht mich schweigend an. »Gib es doch endlich zu«, sage ich heftig, »gib zu, dass es stimmt.«

»Ja, irgendwie stimmt das«, antwortet er langsam und meine Welt bricht endgültig zusammen. »Aber ich liebe dich trotzdem.«

Mit großen Augen sehe ich ihn an.

»Wirklich?« Wie ist das möglich? Ich bin ein unerträglicher Mensch.

»Wirklich.« Und dann zieht er mich zu sich heran und küsst mich ganz vorsichtig auf den Mund. Jan hat mich niemals am frühen Morgen geküsst. Und ich ihn auch nicht. Jetzt denke ich nicht einmal daran, dass ich Alkohol getrunken und eine Falafel mit viel Knoblauchsoße gegessen habe. Ich drücke mich ganz eng an Bernd heran und küsse ihn zurück. So richtig. Und ich spüre seine Bartstoppeln, die über mein Gesicht kratzen, und es ist okay. Ich rieche seinen Atem, und es ist okay. Es ist alles so wunderbar einfach und okay. Mit meinen Händen fahre ich über Bernds Körper, schmiege mich an ihn und nestele an seiner Boxershorts herum, als er plötzlich meine Hand festhält und mich von sich wegschiebt.

»Nicht, Helen, warte mal.«

»Ich will nicht warten«, sage ich heftig und versuche, mich aus seinem Griff zu befreien.

»Helen, wirklich, das ist jetzt bestimmt nicht der richtige Zeitpunkt, um …«

»Ich habe es satt, auf den richtigen Zeitpunkt zu warten«, unterbreche ich ihn wütend, »ich habe mich immer bemüht, alles zum richtigen Zeitpunkt zu machen, und sieh doch, wohin es mich gebracht hat. Also lass mich jetzt einmal spontan sein.« Und er lässt mich auch wirklich los, nimmt dann aber mein Gesicht in beide Hände, sieht mich zärtlich an und sagt:

»Hör doch auf damit. Ich möchte nur nicht, dass du jetzt etwas tust, was du irgendwann bereuen würdest.« Bevor ich das entrüstet von mir weisen kann, spricht er weiter: »Du bist gerade in einer ganz schwierigen, emotionalen Lage. Was da mit Jan passiert ist, das steckt man nicht so einfach weg. Und das solltest du auch von dir nicht verlangen.« Sophia nickt so heftig mit dem Kopf, dass sich einige Strähnen aus ihrem normalerweise tadellosen Nackenknoten lösen. »Du musst hier niemandem was beweisen. Am wenigsten mir. Auch nicht, dass du sexuell ausgesprochen spontan sein kannst.« Ich spüre, wie ich knallrot anlaufe. Endlich gebe ich meine vergeblichen Versuche, in seine Hose zu gelangen, auf und lasse mich niedergeschlagen in die Kissen zurücksinken. Ich könnte schon wieder heulen. So langsam weiß ich wirklich gar nichts mehr. Anscheinend ist alles, was ich mache, verkehrt, egal, wie ich es anstelle. Bernd beugt sich über mich und bedeckt meine Lippen mit zarten kleinen Küssen.

»Ich warte seit fünfzehn Jahren auf dich«, sagt er zärtlich, »da kann ich jetzt auch noch ein paar Tage länger aushalten. Bis du wieder ganz bei dir bist.«

»Vielleicht will ich gar nicht bei mir sein«, erwidere ich trotzig. Er grinst mich an:

»Ich kenne dich besser, Helen. Glaub mir, solltest du dich wirklich entschließen, mit dem unmöglichen Bernd zu schlafen, der in einer Chaos-WG haust und eklige Haare auf der Brust hat, dann würdest du das gerne im Vollbesitz deiner geistigen Kräfte tun.«

»Siehst du, du denkst genau das Gleiche von mir wie Jan«, jaule ich auf, doch er schüttelt energisch den Kopf.

»Ich denke ganz und gar nicht das Gleiche über dich wie Jan. Dieser Schwachkopf hat doch überhaupt keine Ahnung, wovon er redet. Zweieinhalb Jahre lang war er mit dir zusammen und zweieinhalb Jahre hat er sich deine merkwürdigen Verhaltensweisen und Zwanghaftigkeiten angeguckt.« Ich öffne den Mund, um lautstark zu protestieren, schließe ihn dann aber wieder, als Bernd fortfährt: »Und die ganze Zeit hat er sich nicht ein einziges Mal gefragt, warum du denn eigentlich so bist. Warum die Gedanken in deinem süßen kleinen Schädel«, damit klopft er mir leicht mit dem Fingerknöchel auf die Stirn, »niemals stillstehen, warum du so sehr darum bemüht bist, perfekt zu sein, dass du dir selbst jeden Spaß am Leben verwehrst. Ich möchte wetten, dass dieser Vollidiot daran noch nie auch nur einen einzigen Gedanken verschwendet hat, und weißt du auch warum?«

»Nein, warum?«, piepse ich.

»Weil er ein Arschloch ist«, sagt er schlicht, fasst mich unter das Kinn und hebt mein Gesicht zu sich empor:

»So, und jetzt küss mich noch mal, denn ich habe Angst, dass du es dir noch mal anders überlegst.« Ich schaue zu ihm auf, und er gibt mir einen langen Kuss, der mir fast den Verstand raubt. Plötzlich kommt mir Bernds pure Männlichkeit unglaublich verführerisch vor.

»Ich will mir dir schlafen«, sage ich atemlos. »Wirklich.«

»Das glaube ich dir sogar«, grinst er mich unverschämt an, »aber ich kann deine Situation jetzt nicht so schamlos ausnützen.«

»Doch, du kannst, es ist ganz leicht«, wische ich seine Bedenken vom Tisch und fange schon wieder an, an seiner Hose herumzuzerren. Er versucht, sich mir zu entwinden.

»Helen, nein, Helen, jetzt warte doch mal, Helen«, er fängt an zu lachen, und ich lache auch, ohne jedoch von meinen Bemühungen Abstand zu nehmen. Dann rollt sich Bernd kurz entschlossen mit seinem ganzen Gewicht auf mich und nimmt mir so jede Bewegungsfreiheit.

»Ich würde wirklich gerne mit dir schlafen. Und ich freue mich, dass du auch willst, trotzdem sollten wir es jetzt nicht tun. Eine sehr weise Frau hat mir mal erzählt, dass zu schneller Sex zu Beginn einer Beziehung das sichere Aus ist.«

»Wer erzählt denn so einen Müll«, frage ich unschuldig, obwohl ich genau weiß, wer. »Das ist Unfug, wir kennen uns doch schon seit Ewigkeiten«, versuche ich eine andere Schiene, aber Bernd bleibt eisern. Er bedeckt mein Gesicht mit Küssen und sagt:

»Und selbst wenn, Helen, es geht wirklich nicht.«

»Nein?«

»Nein. Ich muss leider erst zum Brasilian Waxing.«

13.

»Das ist ja gerade noch mal gut gegangen. Du kannst von Glück sagen, dass Bernd so ein netter Mensch ist«, schimpft Sophia mich aus, als ich mich eine halbe Stunde später auf dem Weg zu meinem Auto befinde. Nachdem klar war, dass sexmäßig nichts zu holen war, wollte ich dann doch gerne die Wohnung verlassen haben, bevor Jackie aufwacht und mich auf meine nächtliche Heulattacke anspricht. Es ist etwas anderes, Bernd all diese schrecklichen Sachen weiterzuerzählen. Meine perfekte engelsgleiche Schwester muss ich nicht unbedingt an dieser Schmach teilhaben lassen.

Seufzend schließe ich die Tür meines Wagens auf und lasse mich hinter das Lenkrad plumpsen. Da fällt mir Lara ein. Mensch, die habe ich ja gestern einfach so im Stich gelassen. Die Schamesröte steigt mir ins Gesicht, als ich in meiner Handtasche nach meinem Handy suche und es einschalte.

»Du kannst auch nicht immer die perfekte beste Freundin sein«, ertönt es sanft vom Beifahrersitz. Ja, ist ja gut. Noch bevor ich Laras Nummer aufrufen kann, fängt mein

Handy an zu piepsen. Pieppiep. Sie haben sieben neue Anrufe, teilt mir das Telefon mit. Sieben? Das kann doch nicht wahr sein. Oh Gott, nicht dass etwas furchtbar Schreckliches passiert ist und mich konnte keiner erreichen, fährt es mir durch den Kopf, während ich mit zitternden Fingern meine Mailbox anrufe. Das darf nicht sein. Mist, einmal, nur ein einziges Mal schalte ich mein Handy aus. Hoffentlich ist nichts mit Dotty, denke ich besorgt. Nicht mal richtig verabschiedet habe ich mich von ihr gestern Abend.

»Helen Ramien. Sie haben sieben neue Nachrichten. Nachricht eins: Helen, hier spricht Jan.« Mein Herzschlag setzt für einen Moment aus, um dann wie verrückt loszurasen. »Du … du musst furchtbar wütend auf mich sein, Babsi hat mir gerade erzählt, dass sie, also, na ja, ach scheiße, Helen, ich muss dir das erklären. Bitte ruf mich zurück, ja? Ciao.« Zurückrufen? Den Teufel werd ich tun. Was gibt es da bitte zu erklären? Babsi könnte doch ein Mann sein? Oder eine von ihm verschmähte Frau, die einfach nicht kapiert, dass er nichts von ihr wissen will. Danach sah es eigentlich nicht aus. »Nachricht zwei: Helen, ich noch mal. Bitte, ruf mich zurück. Nachricht drei: Ich schätze mal, du hast dein Handy noch nicht wieder angeschaltet, oder?« Soll ich jetzt antworten, oder was? »Na ja, wenn du das hörst, dann ruf mich an. Bitte. Nachricht vier: Hm, ja, Helen, Jan hier noch mal …« Und so weiter, und so weiter. Ich kapiere gar nichts mehr. Ich will auch nicht nachdenken. Was wollte ich noch mal? Ach ja, Lara anrufen. Ich mache Anstalten, meinen Plan in die Tat umzusetzen, als mein Blick auf die Uhr des Armaturenbretts fällt. Du liebe Zeit, erst halb zehn. Nein, da kann ich sie noch nicht stören. Ich fahre lieber erst mal nach Hause, also zu Michael und Nick, und gebe Dotty ein paar ausführliche Streicheleinheiten.

Meine Katze springt mir auf dem Flur schon fröhlich entgegen. Gott sei Dank, sie ist putzmunter. Ich streichele ihr über den roten Kopf und gebe ihr erst mal eine ordentliche Portion Futter. Dann ziehe ich mir endlich die nach abgestandenem Rauch stinkenden Klamotten von gestern aus und gehe unter die Dusche. Ich halte mein Gesicht in den warmen Wasserstrahl und merke gar nicht, wie meine Tränen zu fließen beginnen. Plötzlich höre ich es an der Tür klingeln und schalte die Dusche aus. Ich hangele nach dem großen hellblauen Badelaken und wickele mich darin ein, als draußen vor der Tür Schritte zu hören sind. Aha, einer von den Jungs geht schon dran. Na dann. Ich beginne, meinen Körper mit einer pflegenden Bodylotion einzucremen, als es an der Badezimmertür klopft.

»Helen, Besuch für dich«, höre ich Nick rufen.

»Für mich?«

»Sag ich doch.«

»Äh, ja, Moment, ich komme«, rufe ich hektisch. Ich schlinge mir das Handtuch um den Körper und ein kleineres um den Kopf. Nicks Schritte entfernen sich und ich rufe: »Halt! Wer ist es denn?« Aber entweder kann er mich nicht hören, oder er will es nicht. Na ja, egal. Schon wieder kommen mir Horrorszenarien in den Kopf, dass Lara einen Unfall hatte und Manu jetzt hier auftaucht, um sie zu rächen, weil ich mit meiner Junggesellinnenabschiedsidee das Unglück ausgelöst habe. So ein Quatsch. Entschlossen reiße ich die Türe auf und stehe Jan genau gegenüber. Überrascht schnappe ich nach Luft und werde mir ganz schnell meines Aufzuges bewusst. Sicher hat er mich so und mit noch sehr viel weniger an schon hundertmal gesehen, aber nach allem, was er über mich gesagt hat, würde ich doch jetzt gerne etwas geschützter vor ihm stehen.

»Korrekter gekleidet. Unangreifbarer. Perfekter«, flüstert Sophia mir von hinten ins Ohr und ich knalle ihr die Badezimmertür mitten ins Gesicht.

»Was machst du denn hier?«, frage ich Jan unfreundlich. Dabei wird mir schmerzlich bewusst, wie unglaublich gut er aussieht. Er trägt Jeans und ein weißes T-Shirt, seine seidenweichen blonden Haare fallen ihm ein wenig in die Stirn, der Teint ist leicht gebräunt. Und er stellt ein zerknirschtes Lächeln zur Schau:

»Du hast auf meine Anrufe nicht reagiert. Also habe ich bei deinem Vater angerufen und der hat mir erzählt …«

»Du hast bei meinem Vater angerufen?«, unterbreche ich ihn wütend. Das wird ja immer besser.

»Er hat sich sehr gefreut, von mir zu hören«, verteidigt sich Jan.

»Das ist ja das Schlimme«, fahre ich ihn an. Eben. Jetzt werde ich mir bei meinem nächsten Besuch anhören dürfen, was für ein netter Mann Jan doch eigentlich ist. Und solch ein erfolgreicher Unternehmer. Wieso hat es mit euch beiden eigentlich nicht geklappt, Helena?

»Würdest du bitte in der Küche warten, während ich mir etwas anziehe«, sage ich mühsam beherrscht und weise ihm mit der Hand die Richtung.

»Natürlich«, sagt er und ich verschwinde in meinem Zimmer.

Wenige Minuten später betrete ich in Jeans und rosa Spaghetti-Träger-Top die Küche, wo Jan auf einem der Holzstühle sitzt.

»Machs kurz, ich hab nicht den ganzen Tag Zeit«, gifte ich ihn an und mache mich an der Kaffeemaschine zu schaffen.

»Helen, hör doch mal, ich möchte dir das erklären.«

»Na, da bin ich ja sehr gespannt«, fauche ich. »Mich interessiert eigentlich nur eins: Bist du nun schwul oder nicht?« Er lässt schuldbewusst den Kopf hängen:

»Nein, bin ich nicht.«

»Warst du es?«

»Nein.« Gut, damit ist der Fall für mich eigentlich erledigt.

»Dann verschwinde!«, sage ich sehr bestimmt, ohne ihn anzusehen. Ich bin vollauf damit beschäftigt, den perfektesten Milchschaum der Welt zu zaubern.

»Nein, Helen, nicht, bevor du mich anhörst.« Mit einem Ruck drehe ich mich zu ihm um:

»Was willst du noch sagen? Ich weiß doch schon alles. Ich war dir eine schreckliche Freundin. Ich bin oberflächlich und zwanghaft, und es war unerträglich, mit mir zu leben. Und anscheinend bin ich so ein hoffnungsloser Fall, dass du mir das noch nicht einmal sagen konntest, sondern lieber auf schwul gemacht hast, um dich ohne Probleme verdrücken zu können.« Mist. Ich kann nicht verhindern, dass mir die Tränen wieder in die Augen steigen. Verdammte Heulerei. Schnell wende ich mich wieder meinem Latte Macchiato zu, damit Jan es nicht sieht.

»Helen, bitte warte doch mal«, unterbricht Jan meinen Redefluss und steht auf. Er tritt zu mir heran und legt mir eine Hand auf die Schulter. Wie eine getretene Katze fahre ich herum und fauche ihn an:

»Wag es nicht, mich anzufassen.«

»Entschuldige«, sagt er und zieht schnell seine Hand zurück, »bitte, ich muss dir unbedingt etwas sagen.« Ich verschränke die Arme vor der Brust und sehe ihn an. Eigentlich will ich es gar nicht hören. Oder doch? Ich weiß es nicht. Jan holt tief Luft. »Helen, bitte glaub mir, dass es mir wahnsinnig Leid tut. Ich habe dich angelogen, weil ich einfach nicht wusste, wie ich es dir sonst begreiflich machen sollte.«

»Dass du mich nicht mehr liebst? Dass ich unerträglich bin? Ich denke, das hätte ich schon begriffen«, sage ich bitter.

»Ich hatte einfach Angst, dass meine Argumente nicht stark genug sein würden.« Verblüfft sehe ich ihn an. »Ich wollte nicht mit dir diskutieren und ich wollte dir nicht wehtun. Na schön, nicht mehr als unbedingt nötig«, fügt er schnell hinzu, als er meinen Gesichtsausdruck sieht.

»Und dann erzählst du mir, dass du schwul geworden bist und hältst das auch noch für eine gute Idee«, frage ich maßlos verblüfft.

»Ich dachte, wenn ich auf Männer stehe, kann dich das als Frau nicht so sehr beleidigen.«

»Du hast wirklich keine Ahnung von Frauen.«

»Wohl nicht«, sagt er und hebt hilflos die Schultern, »glaub mir, es ist mir nicht leicht gefallen. Keiner behauptet gerne von sich, schwul zu sein, wenn er es nicht ist. Ich hatte echt Schiss, dass du es jedem erzählst. Aber ich dachte einfach, es wäre besser so. Für dich.«

»Moment mal«, unterbreche ich ihn heftig, »willst du mir jetzt allen Ernstes erzählen, dass du mir mit dieser Lügengeschichte einen Gefallen getan hast?«

»Naja, ich …«

»Das willst du mir allen Ernstes erzählen?«, fauche ich ihn an.

»Nein«, sagt er nach einer kurzen Pause. »Ich habe dich angelogen, weil ich ein Feigling war.«

»Ja, das warst du«, sage ich leise und breche in Tränen aus.

»Es tut mir so Leid«, flüstert Jan, und dann spüre ich seine Arme um mich herum, rieche seinen vertrauten Geruch und schmecke seine Lippen. Ich weiß nicht, wie lange wir uns geküsst haben, als ich plötzlich wieder zur Besinnung komme und mich von ihm losreiße.

»Was machst du denn da?«, herrsche ich ihn an. Er kommt sofort wieder einen Schritt auf mich zu und versucht, mein Gesicht in seine Hände zu nehmen.

»Helen, ich liebe dich. Ich will dich zurückhaben.«

»Hast du einen Knall?«, frage ich entsetzt und schubse ihn von mir weg. Er taumelt ein paar Schritte rückwärts und stößt sich die Hüfte am Küchentisch.

»Au«, sagt er und reibt sich die schmerzende Stelle.

»Entschuldigung«, knirsche ich zwischen den Zähnen hindurch, aber da kommt er wieder auf mich zu.

»Nein, entschuldige dich nicht. Im Gegenteil. Los, schlag mir ins Gesicht.«

»Wie bitte?«, frage ich verwirrt.

»Du sollst mich schlagen. Ich war ein Schwein. Du bist wütend auf mich, und deshalb sollst du …« Ich lasse ihn gar nicht ausreden. Sämtliche Kontrollmechanismen in meinem Gehirn sind plötzlich lahm gelegt, ich hebe die Hand und schlage Jan mitten ins Gesicht. Meine Finger hinterlassen rote Striemen auf seiner Wange. Erschrocken sehe ich ihn an und sage schon wieder:

»Entschuldigung.« Jan greift nach meiner Hand und küsst sie. Wie in Trance lasse ich es geschehen.

»Als ich dich gestern dort auf der Bühne gesehen habe, da ist mir klar geworden, dass es ein großer Fehler gewesen ist, dass ich dich verlassen habe.« Seine braunen Augen sind voller Zärtlichkeit. »Ich liebe dich immer noch, Helen. Ich hätte niemals so einfach aufgeben dürfen. Ich hätte mit dir sprechen müssen, hätte dir sagen müssen, was mich stört. Ich habe alles viel zu schwarz gesehen. Ich glaube, dass wir es trotzdem schaffen können, gemeinsam.«

»Und was ist mit Babsi«, frage ich mit bemüht fester Stimme.

»Ich habe mich noch gestern Nacht von Babsi getrennt.« Ich kann nicht anders, ein schadenfrohes Lächeln fliegt über mein Gesicht. Das geschieht ihr recht. »Und ich habe sie nie geliebt. Ich wollte mich nur von dir ablenken, aber insgeheim habe ich sie ständig mit dir verglichen. Und sie hat einfach nicht deine Klasse.« Balsam auf meine geschundene Seele. »Ich möchte nur mit dir zusammen sein.« Und dann kommt sein Gesicht immer näher und ich spüre seine schmalen, festen Lippen auf meinen. Plötzlich kommt die Erinnerung an Bernds weiche Lippen in mir hoch. An seine zärtlichen Küsse. Ich öffne die Augen und sehe Jans fein geschwungene Augenbrauen, den Kranz seiner langen, gebogenen Wimpern. Er öffnet ebenfalls die Augen und erwidert meinen Blick, nimmt mein Gesicht in beide Hände und flüstert:

»Helen, ich habe dich so vermisst. Bitte verzeih mir.«

»Ich weiß nicht«, flüstere ich zurück und das ist die Wahrheit. Ich weiß gar nichts mehr.

»Bitte, Helen«, wiederholt er und bedeckt mein Gesicht mit Küssen, »wir wollten doch heiraten. Was ist denn mit unseren Träumen. Mit unserem Haus am Meer. Mit Ivan, Clara, Lina und Luis. Wirf das nicht einfach weg.« Wer hat hier unsere Träume weggeworfen, will ich heftig erwidern, aber er verschließt meinen Mund mit einem weiteren Kuss: »Ich weiß, was du sagen willst und du hast Recht. Aber mal abgesehen von deiner Wut auf mich: Liebst du mich nicht auch noch? Zumindest ein kleines bisschen?« Erwartungsvoll sieht er mich an. Und ich schaue zurück. Natürlich liebe ich ihn noch. Wie könnte es anders sein? Zweieinhalb Jahre war ich glücklich mit ihm, ich wollte seine Frau werden, seine Kinder bekommen.

»Ja, ich liebe dich«, sage ich. Jan stößt einen Seufzer der Erleichterung aus und küsst mich wieder und wieder auf den Mund.

»Oh, Gott sei Dank, Gott sei Dank. Ich verspreche dir, dass ich dich glücklich machen werde, ich verspreche es.« Er nimmt mich auf die Arme und trägt mich aus der Küche hinaus.

»Wo …?«, fragt er, und sieht sich suchend um. Ich deute mit dem Finger auf meine Zimmertür, und er trägt mich über die Schwelle.

Später liegen wir erschöpft nebeneinander, ich drehe mich auf die Seite und Jan kuschelt sich an mich.

»Bist du auch so glücklich wie ich«, flüstert er und knabbert an meinem Ohrläppchen.

»Ja«, antworte ich und starre vor mich hin. Aber eigentlich bin ich gar nicht so glücklich. Ja, es war schön. Wunderschön sogar, aber trotzdem bin ich immer noch verwirrt. Und nur weil Jan sich entschuldigt hat, ist doch nicht plötzlich alles wieder gut. Oder?

»Vielleicht könntest du gleich ein paar Sachen einpacken und mit mir nach Hause kommen«, schlägt Jan vor und unterbricht damit meine düsteren Gedanken. Nach Hause? Ach so, ja, in unsere alte Wohnung.

»Ja, das könnte ich machen«, sage ich halbherzig, »aber meinst du nicht, wir sollten uns ein bisschen Zeit lassen, bevor ich wieder einziehe?«

»Warum das denn?« Es klingt enttäuscht.

»Ich dachte nur. Vielleicht sollten wir nichts überstürzen.«

»Ach Helen«, lacht er leise und dreht mich auf den Rücken, »du hattest dir doch vorgenommen, nicht mehr so verkopft zu sein. Jetzt hast du gleich Gelegenheit, deine

Spontaneität unter Beweis zu stellen. Aber vorher …«, grinst er verheißungsvoll und verschwindet unter der Bettdecke. Während er meine Brüste und den Bauch mit Küssen bedeckt, starre ich an die Zimmerdecke. Ich hatte mir vorgenommen, nicht mehr so verkopft zu sein? Kann mich gar nicht daran erinnern, etwas derartiges gesagt zu haben. Ganz sicher nicht zu Jan. Sein Kopf rutscht tiefer und ich kann mich nicht mehr richtig konzentrieren. Deshalb schiebe ich meine Gedanken erst mal beiseite.

»Wie wäre es, wenn wir zu deinen Eltern fahren und ihnen unsere Neuigkeiten gleich persönlich mitteilen?«, schlägt Jan vor, als wir uns wieder anziehen.

»Ja, okay, können wir machen«, sage ich, als Dotty von außen gegen die Tür springt. Ich drehe den Schlüssel herum und lasse sie reinkommen.

»Muss das sein«, fragt Jan wenig begeistert und reibt sich schon wieder die Nase.

»Ja, muss es«, sage ich bestimmt und nehme sie auf den Arm.

»Okay«, sagt er friedfertig und bindet sich die Schnürsenkel zu. »Sollen wir nicht noch schnell einen Kaffee trinken, bevor wir loslegen mit Packen«, schlägt er vor.

Als wir die Küche betreten, sitzen Michael und Nick am Frühstückstisch.

»Das sind Michael und Nick, und das ist Jan«, stelle ich kurz vor und setze mich auf den einzigen noch freien Stuhl. Die Männer schütteln sich gegenseitig die Hände.

»Freut mich, euch kennen zu lernen. Dürfte ich wohl mal kurz das Badezimmer benutzen.«

»Na klar. Auf den Flur raus und dann die erste links«, kommandiert Michael. Kaum ist Jan aus der Tür, fahren zwei Köpfe in meine Richtung.

»Jan? Dein Ex? Was macht der denn hier«, wispert Nick aufgeregt und ich winde mich ein wenig verlegen.

»Was, das ist dein Exfreund?« Bei Michael brauchte der Groschen ein wenig länger, um zu fallen. Doch sofort zieht er misstrauisch die Augenbrauen zusammen. »Das kann nicht sein, Helen. Der Typ ist eindeutig nicht schwul.«

»Stimmt«, fällt es nun auch Nick auf.

»Nein, er ist auch nicht schwul.«

»Ja, aber hast du nicht gesagt …« In diesem Moment höre ich die Badezimmertür klappern.

»Ist ne komplizierte Geschichte, ich erkläre es euch später«, wispere ich, und Sekunden später steht Jan schon wieder im Raum.

»Warte, ich hole dir einen Stuhl aus dem Wohnzimmer«, bietet Nick hilfsbereit an, aber Jan winkt ab.

»Nur keine Umstände, Helen kann auf meinem Schoß sitzen.« Zwei Augenpaare beobachten höchst erstaunt, wie Jan auf meinem Stuhl Platz nimmt und mich auf seinen Schoß zieht, wobei er besitzergreifend die Hände um meine Taille legt. Wir werden mit Latte Macchiato und Toast versorgt, dann ergreift Jan das Wort:

»Es war wirklich nett, dass Helen bei euch wohnen durfte, aber sicher seid ihr auch froh, wenn ihr die Wohnung wieder für euch alleine habt.«

»Wieso?«, ruft Michael überrascht aus. »Helen, du ziehst doch nicht etwa aus?«

»Doch«, sage ich leise, »ich ziehe wieder bei Jan ein.«

»Nein«, kreischt Nick, »das gibt es doch gar nicht.« Ich zucke ein wenig verlegen mit den Schultern, während Jan zufrieden nickt.

»Und wann?«, erkundigt sich Michael.

»Noch heute.« Plötzlich wird mir das Herz ganz schwer. Und dass die beiden plötzlich ganz traurig gucken, macht es nicht einfacher. Nick nimmt meine Hand und streichelt sie:

»Wir werden dich schrecklich vermissen, Helen.«

»Ja, ich euch auch«, sage ich und würge an dem Kloß in meinem Hals herum.

»Du musst uns oft besuchen kommen. Ich meine ihr«, fügt er nach einer kurzen Pause hinzu.

»Das mache ich bestimmt. Ich meine wir.«

»Nette Jungs«, bemerkt Jan, als wir im Auto sitzen und zu meinen Eltern nach Blankenese rausfahren. Im Kofferraum befinden sich mehrere Koffer mit meinen Klamotten. Die Kartons mit meinen sonstigen Habseligkeiten befinden sich ja immer noch im Haus meines Vaters, wo wir sie dann nach und nach abholen werden, wie Jan beschlossen hat. Dotty sammeln wir erst auf dem Rückweg ein. So haben Michael und Nick doch wenigstens Zeit, sich gebührend von ihr zu verabschieden.

»Ja, das sind sie«, seufze ich.

»Schwul?«, fragt er.

»Ja. Und zwar wirklich«, versetze ich ihm einen Seitenhieb. Er grinst verlegen, greift nach meiner Hand und küsst sie.

»Ich bin so froh, dass du wieder bei mir bist«, wechselt er das Thema und schaut mich zärtlich an. »Weißt du, als ich dich dort in dieser Karaoke-Bar wieder gesehen habe, ich konnte es einfach nicht fassen, dass ich dich einfach so habe gehen lassen.«

»Gehen lassen ist gut«, murmele ich vor mich hin, »einen Tritt hast du mir versetzt.« Jan ignoriert meine Bemerkung, vielleicht hat er sie auch gar nicht gehört.

»Weißt du, ich glaube, diese Zeit der Trennung hat uns beiden auch gut getan.«

»Tatsächlich?« Erstaunt sehe ich ihn an.

»Ja. Das ist mir auch klar geworden, als du dort auf der Bühne standst. Früher wärest du doch nie auf die Idee gekommen, in der Öffentlichkeit zu singen und dich vor aller Augen zu blamieren.«

»Na, vielen Dank!«, sage ich heftig und entreiße ihm meine Hand.

»Ich meine doch damit nur, dass du anscheinend schon lange nicht mehr so verkrampft bist wie früher. Und das ist doch gut«, redet Jan weiter und schnappt sich wieder meine Hand. »Das war ein Kompliment.«

»Hm«, mache ich unbestimmt. Ohne Lara hätte ich es auch nicht getan. Aber das braucht Jan ja nicht zu wissen. Gespannt warte ich ab, inwiefern die Trennung ihm gut getan hat und was er aus der Zeit ohne mich gelernt hat. Aber er scheint gar nichts mehr sagen zu wollen. Stattdessen dreht er die Musik lauter und pfeift zu den Klängen von »I am what I am« fröhlich vor sich hin. Ich hänge meinen Gedanken nach, bis er mir nach mehreren Minuten einen Blick zuwirft und fragt:

»Hattest du eigentlich einen anderen?«

»Wie bitte?«

»Ich weiß, es geht mich nichts an«, räumt er ein, »aber ich wüsste es trotzdem gern. Hattest du einen anderen Mann in der Zwischenzeit?«

»Und wenn?«, frage ich spitz. Er sieht mich betroffen an. »Hatte ich nicht«, quetsche ich zwischen den Zähnen hervor, und dann kommt mir Bernd in den Sinn, den ich in den letzten Stunden so erfolgreich aus meinen Gedanken verbannt hatte. Ich erinnere mich, wie ich an seinem ausgeleierten Hosenbund herumgezerrt habe und dass nicht viel gefehlt hätte und ich müsste Jan jetzt eine andere Antwort geben.

»Gott sei Dank«, stöhnt Jan auf und ich schaue ihn strafend an. »Ja, ich weiß, es wäre dein gute Recht gewesen«, gibt er zu und streichelt meinen Oberschenkel.

»Allerdings«, fahre ich ihn an, »du hast ja sicher auch ausgiebigst mit dieser Babsi rumgevögelt.«

»Ja, ich weiß«, sagt Jan und lässt reuevoll den Kopf hängen, »es tut mir Leid.« Schuldbewusst schielt er zu mir herüber. Doch dann fängt er schon wieder an zu grinsen und sagt: »Ich weiß, ich bin ein unerträglicher Macho, aber ich bin trotzdem unheimlich froh, dass kein anderer dich hatte. Ich will dich nun mal ganz für mich alleine haben.« Damit lehnt er sich zu mir rüber und küsst mich. »Nicht böse sein.«

»Nein, nein, schon gut«, wehre ich ab. »Und jetzt schau auf die Straße. Oder auch nicht. Ganz wie du willst«, setze ich schnell hinzu. Er soll nicht denken, dass ich ihn rumkommandiere. Aus den Augenwinkeln beobachte ich, wie sich ein zufriedenes Grinsen auf Jans Lippen breit macht.

Zehn Minuten später halten wir vor dem Haus meines Vaters.

»Hey, was machst du denn für ein Gesicht«, fragt Jan und nickt mir aufmunternd zu. »Du siehst ja aus wie das Schaf auf dem Weg zur Schlachtbank. Es wird schon nicht so schlimm sein. Ich wette, deine Eltern freuen sich.«

»Du meinst, mein Vater und Angela«, verbessere ich ihn.

»Natürlich. Mach dir keine Sorgen, dein Vater und ich konnten schon immer gut miteinander«, sagt er leichthin und springt behände aus dem Wagen. Tja, da hat aber dein Entschluss, mich zu verlassen, ihn auch noch nicht mehrere tausend Euro gekostet, denke ich sarkastisch. »Na los, jetzt lächele doch mal«, fordert er mich auf, als er mir die Autotür aufhält und die Hand entgegenstreckt. »Es wird schon nicht so schlimm werden.« Ich zwinge mich zu einem Lächeln und nicke. Ehrlich gesagt habe ich gerade gar nicht an die Reaktion meines Vaters auf die Neuigkeiten gedacht. Sondern an Bernds.

Natürlich waren Papa und Angela begeistert. Ist ja logisch. Egal, was dieser Mann mir angetan hat, egal, wie sehr ich gelitten habe. Was zählt, ist doch schließlich das Ergebnis. Und das dicke Bankkonto. Mein Vater hat tatsächlich vorgeschlagen, dass wir ja nun den Hochzeitstermin am 30. September doch wahrnehmen könnten. Vermutlich denkt er, dass die Stornogebühren sich auf diese Weise vielleicht doch noch verrechnen ließen. Aber nicht mit mir. In diesem Punkt bin ich hart geblieben. Ich stürze mich nicht gleich wieder in Hochzeitsvorbereitungen. Und die Leute, die ich vor ein paar Wochen ausgeladen habe, die soll ich jetzt gleich wieder einladen? Nein danke. Meinen Standpunkt habe ich deutlich gemacht, und deshalb sitzt Jan jetzt auch etwas verstimmt neben mir.

»Was erwartest du von mir«, frage ich ihn, nachdem wir uns eine Viertelstunde angeschwiegen haben, »glaubst du wirklich, dass ich alles vergessen kann, was du mir angetan hast, nur weil du sagst, dass es dir Leid tut?«

»Du willst mich also nicht mehr heiraten«, fragt er mich düster.

»Doch. Darum geht es doch gar nicht. Aber ich kann nicht einfach weitermachen, als ob nichts gewesen wäre, versteh das doch bitte.« Flehend sehe ich ihn an und endlich guckt er wieder ein bisschen freundlicher.

»Natürlich, du hast Recht. Ich verstehe dich ja.«

»Danke«, sage ich aus tiefster Seele. »Warte, du musst

hier rechts, wir müssen doch Dotty noch abholen.« Jan biegt rechts ab, und in diesem Moment klingelt mein Handy. Ich krame es aus der Tasche hervor und erstarre, als ich den Namen auf dem Display sehe. Bernd. Bernd ruft mich an. Wie hypnotisiert starre ich auf den vibrierenden Apparat in meiner Hand.

»Willst du nicht drangehen?«, fragt Jan. Was bleibt mir anderes übrig?

»Hallo Bernd«, grüße ich und versuche, meiner Stimme einen möglichst normalen Klang zu verleihen. Ich werde ihn einfach ganz schnell abwürgen und mir heute Abend überlegen, wie ich ihm die Nachricht schonend beibringen kann.

»Ist es wahr?«

»Was denn?«, frage ich verdutzt. Auf der anderen Seite der Leitung höre ich Bernd tief einatmen.

»Ist es wahr, dass du zu Jan zurückgehst?« Er klingt ganz ruhig. Gefährlich ruhig.

»Wer sagt das?« Nervös schaue ich zu Jan herüber, der konzentriert auf die Straße schaut und nichts zu ahnen scheint.

»Angeblich hast du das gesagt. Zu deiner Stiefmutter, die es wiederum Jackie erzählt hat. Die, wie du dich vielleicht erinnerst, hier bei mir wohnt.« Seine Stimme wird lauter und ungehaltener. Jetzt reißt er sich wieder zusammen und fragt leise: »Also, stimmt es?« Was soll ich tun? Was soll ich sagen? So hatte ich mir das wirklich nicht vorgestellt. Am Telefon.

»Ich muss dir das erklären«, stammele ich hilflos.

»Sag einfach, ob es stimmt, Helen. Ja oder nein.«

»Ja«, sage ich tonlos. »Es stimmt.«

»Dann ist dir nicht mehr zu helfen«, sagt Bernd und legt auf. Ich starre verzweifelt vor mich hin. Jan wirft mir einen

Blick zu. Ich tue so, als würde ich interessiert aus dem Seitenfenster schauen und sage in den Hörer:

»Okay, wir sprechen uns morgen, ja? Dir auch einen schönen Abend. Ciao.« Dann lasse ich das Handy langsam sinken.

»Worum ging es denn?«, will Jan jetzt auch noch wissen.

»Nichts Besonderes«, antworte ich lapidar. Zum Glück halten wir in diesem Moment in der Osterstraße an und ich springe schnell aus dem Auto. »Bleib ruhig sitzen, ich hol sie schon«, rufe ich Jan zu und stürze zur Haustür. Im Hausflur lehne ich mich an die kühle Wand und atme tief durch. Mist! Verdammter Mist! Armer Bernd. Ich wollte nicht, dass er es so erfährt. Dass in meiner verdammten Familie aber auch nie mal einer die Klappe halten kann. Sophia steht neben mir und schaut mich mitleidig an.

»Weißt du, es wäre auf jeden Fall schmerzhaft für ihn geworden, egal, wie schonend du es ihm auch beigebracht hättest.« Ich weiß natürlich, dass sie Recht hat, aber ich möchte mir einbilden, dass er mich vielleicht doch ein bisschen verstanden hätte, wenn ich es ihm nur hätte erklären können. Aber das kann ich ja noch tun, fällt mir da plötzlich ein. Natürlich. Morgen gehe ich zu ihm und erkläre ihm alles. Ich steige die Treppen hinauf, um Dotty abzuholen und fühle mich schon viel besser. Es wird alles gut werden.

An diesem Abend liege ich das erste Mal wieder mit Jan in unserem Bett. Es ist ein komisches Gefühl. Am Nachmittag habe ich ausgiebig mit Lara telefoniert, die mir erzählt hat, dass der Junggesellinnenabschied noch ein voller Erfolg war. Na, wenigstens das.

»Aber wieso hast du mir das mit Jan denn nicht gestern erzählt?«

»Weil es dein Abend war.«

»Trotzdem, ich bin doch deine beste Freundin.« Tja, vielleicht hätte ich mich tatsächlich besser bei ihr ausgeheult als bei Bernd, dann befände ich mich jetzt nicht in so einem furchtbaren Dilemma. Meine Neuigkeiten hat sie eher neutral aufgenommen.

»Süße, mach, was dich glücklich macht«, hat sie gesagt. Na ja, ich hoffe sehr, dass ich genau das tue. Unser Abend war jedenfalls wirklich schön. Jan hat mir mein Lieblingsessen gekocht und danach haben wir uns »Vom Winde verweht« angeschaut. Weil das einer meiner Lieblingsfilme ist. Er kann solche Schmachtfetzen, wie er sie nennt, nicht ausstehen. Dass der Film ein Klassiker ist und eine große literarische Vorlage hat, will er nicht gelten lassen. Ist auch egal, sein Zugeständnis war jedenfalls enorm. Jetzt klettert Jan zu mir ins Bett und schmiegt sich an mich. Doch, das fühlt sich gut an. Ich merke, dass ich es schmerzlich vermisst habe, jemanden neben mir liegen zu haben. Er beginnt, mich zu streicheln und zu küssen, aber ich entwinde mich ihm:

»Nein, Jan, bitte nicht.«

»Wieso denn nicht? Wir haben doch so viel nachzuholen«, findet er und rückt mir wieder auf die Pelle.

»Was nicht meine Schuld ist«, sage ich so aggressiv, dass er mich befremdet anguckt.

»Ist ja gut«, murmelt er und dreht sich von mir weg auf die Seite. Unglücklich starre ich auf seinen Rücken.

»Tut mir Leid«, flüstere ich, »ich brauche einfach ein bisschen Zeit.«

»Ja, das verstehe ich. Gute Nacht.«

»Gute Nacht.« Aber ich kann noch lange nicht schlafen. Dotty kratzt fortwährend an der Schlafzimmertür und maunzt unglücklich. Sicher versteht sie nicht, warum sie plötzlich nicht mehr bei mir schlafen darf.

Den nächsten Vormittag verbringe ich damit, einigermaßen Ordnung in den vernachlässigten Haushalt zu bringen. Am liebsten hätte ich damit ja schon gestern angefangen, aber ich wollte nicht vor Jan beginnen, den überladenen Couchtisch, auf dem sich leere Chipstüten, Gläser und Aschenbecher neben alten Zeitschriften und Büchern stapelten, aufzuräumen. Auch an den Wollmäusen hinter der Couch und unter dem Bücherregal konnte ich nur schwer vorbeisehen. Du liebe Güte, ich bin wirklich zwanghaft, denke ich, während ich mit dem Hausputz beginne. Jan ist schon früh zur Arbeit aufgebrochen, sodass ich die Wohnung für mich habe. Am Nachmittag bin ich mit Lara verabredet, um ihr Brautkleid von der Schneiderin abzuholen, die noch die letzten Änderungen vorgenommen hat. Während ich den Kalk von der Spüle schrubbe überlege ich, wie ich Bernd meine Entscheidung am besten verständlich machen soll. Das ist gar nicht so einfach. Wie soll ich ihm erklären, dass zwei Menschen in einer so langen Beziehung einfach zusammenwachsen? Dass die Liebe so tief wird, dass selbst starke Verletzungen sie nicht rückstandslos zerstören können? Dass ich deshalb gar nicht anders konnte, als Jan noch mal eine Chance zu geben. Seufzend mache ich mich über das Ceranfeld des Herdes her, das ebenfalls schon bessere Zeiten gesehen hat. Er wird das nicht verstehen. Er hatte ja noch nie eine so lange Beziehung. Nicht einmal annähernd. Aber trotzdem werde ich es versuchen.

Nach meiner Verabredung mit Lara fahre ich deshalb auf die Reeperbahn und klingele bei der WG.

»Wer ist da«, erklingt Jackies Stimme aus der Gegensprechanlage.

»Ich bin's, Helen.« Der Summer ertönt und eine Minute

später umarme ich meine mittlerweile ziemlich runde Schwester. »Wie geht's dir? Und dem Kleinen«, frage ich und streichele ihren dicken Bauch.

»Uns geht es gut. Und dir auch wieder, wie ich höre?« Ich nicke und sage:

»Jaja. Sag mal, ist Bernd da?«

»Da hast du aber Glück, er hat sich heute freigenommen. Im Wohnzimmer«, nickt sie und geht voran.

»Bernd. Helen ist hier.«

»Kannst du uns alleine lassen«, bitte ich sie, und sie nickt und verschwindet. »Hallo«, sage ich zaghaft zu Bernd, der auf der Couch sitzt, die Füße auf dem Tisch und die Fernbedienung in der Hand.

»Hallo. Ich habe eigentlich keine große Lust, mit dir zu reden, Helen. Was ist denn?«

»Lass es mich doch erklären«, sage ich bittend.

»Ich will es nicht hören.« Er schaut mich kurz an und wendet dann seinen Blick wieder auf den Fernseher. Seine Augen sind irgendwie so rot. Das kann doch nicht sein.

»Hast du geweint?«, frage ich ihn erschrocken.

»Auch ich habe Gefühle«, sagt er bitter. »Verschwinde, ich meine es ernst.«

»Aber …«

»Ich sage doch, ich will nichts hören. Für mich zählt nur eins: Dass du zu dieser Knalltüte zurückgegangen bist. Mehr muss ich nicht wissen. Und jetzt geh.«

»Versuch doch, mich zu verstehen«, flehe ich ihn an, da steht er plötzlich auf und kommt auf mich zu. Er fasst mich an den Schultern, sieht mir in die Augen und sagt:

»Seit ich dich kenne, versuche ich nichts anderes. Und jetzt kann ich nicht mehr. Also gehst du jetzt oder nicht?«

»Nein«, flüstere ich.

»Dann gehe ich eben«, sagt er fast gleichmütig, lässt mich los und verlässt die Wohnung. Mit einem lauten Knall fällt die Tür hinter ihm ins Schloss. Langsam setze ich mich auf die Couch und versuche, nicht zu weinen.

»Den biste los«, bringt Sophia es auf den Punkt, und ich schaue sie verstört an. In dem Moment steckt Jackie ihren Kopf durch die Tür:

»Nanu, wo ist denn Bernd?«, fragt sie überrascht.

»Musste weg«, bemühe ich mich um einen gleichgültigen Ton.

»Komisch. Wohin denn?«

»Keine Ahnung. Hast du eigentlich was von Paul gehört?«, frage ich in der Hoffnung, ein Thema getroffen zu haben, über das sie sich lang und breit auslassen kann. Ich möchte, ich kann jetzt nicht über Bernd reden. Auf keinen Fall darf meine Schwester von diesem ganzen Desaster erfahren. Vor allem nicht, dass ich es geschafft habe, meinen besten Freund so sehr zu verletzen, dass er wahrscheinlich nie wieder ein Wort mit mir wechseln wird. Während Jackie tatsächlich anfängt davon zu erzählen, wie Paul täglich SMS und Blumen schickt, grübele ich weiter über mein Schicksal. Wie konnte ich nur so blöd sein? Ja doch, ich habe Bernd dafür verflucht, dass er sich in mich verliebt und mich damit in eine blöde Lage gebracht hat. Ich habe ihm die Schuld an der verfahrenen Situation gegeben. Aber jetzt wird es mir klar: Diesen Karren habe ich ganz alleine in den Dreck gezogen. Schließlich hatte Bernd sich ja mit meiner Entscheidung abgefunden. »Ich werde immer dein Freund sein, Lenchen«, hat er gesagt. Aber jedes Versprechen hat Grenzen. Und ich kann es ihm nicht mal übel nehmen. Schließlich bin ich ihm in die Arme gestolpert, habe mich von ihm trösten lassen und wollte mit ihm schlafen. Und am nächsten Tag ziehe ich wieder bei meinem Exfreund ein und erwarte von Bernd, dass er das einfach so wegsteckt?

»Er bemüht sich wirklich sehr«, plappert Jackie vor sich hin, »aber ich glaube, dass wir beide einfach nicht zusammenpassen, verstehst du? Paul ist immer so ernst und korrekt. Er will, dass alles in geordneten Bahnen verläuft. Wenn ich mir meine Zukunft mit ihm vorstelle, weißt du, was ich dann vor mir sehe?«

»Na?«, frage ich wenig interessiert.

»Ein Leben wie das von Mama mit Papa. Er verdient das Geld, sie hütet die Kinder und sorgt für ein hübsches Heim. Das reicht mir nicht.« Ich sehe meine kleine Schwester erstaunt an. Solche Gedanken hätte ich ihr niemals zugetraut. »Ich bin doch noch so jung. Ich will ein aufregendes Leben haben. Und einen Mann an meiner Seite, der nicht so ein schrecklicher Spießer ist. Jemanden ganz Besonderen.«

»Jemanden wie Bernd?«, frage ich ahnungsvoll und sie nickt heftig.

»Genau.«

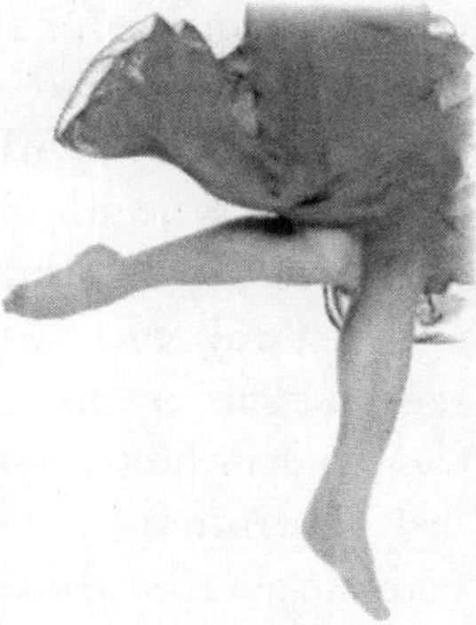

13.

Ich bin so unglücklich. Ich bin ganz alleine auf dieser Welt. Meine Mutter auf Mallorca, Jan auf Geschäftsreise, mein bester Freund aus meinem Leben entschwunden, und die Einzige, die mir noch bleibt, meine allerbeste, allerliebste und einzige Freundin Lara, kümmert sich heute auch nicht um mich. Schnief. Ich verzeihe ihr. Schließlich ist es ihr Hochzeitstag. Eigentlich fing der Tag gar nicht so schlecht an. Nachdem ich mich also damit abgefunden hatte, dass Jan mich nicht auf die Hochzeit begleiten kann, weil seine gesamte berufliche Zukunft von dem heutigen Termin in London abhängt, hat Lara die Nacht vor der Trauung bei mir verbracht. Sie hat natürlich kaum geschlafen vor lauter Aufregung, weshalb wir schon um acht Uhr aufgestanden sind und in Ruhe gefrühstückt haben. Dann habe ich sie angezogen und geschminkt. Die Tränen schießen mir in die Augen, als ich sie fix und fertig in ihrem schlichten mädchenhaften Brautkleid mit dem langen Schleier vor mir sehe. Ihr Gesicht und ihre Figur wirken so zart, sie sieht aus wie eine Porzellanpuppe. Ihre Wangen glühen und sie kann überhaupt nicht stillsitzen.

»Wie spät ist es. Müssen wir nicht los? Wo bleibt denn mein Vater«, fragt sie alle fünf Minuten, und schließlich gebe ich ihr ein paar Bachblütentropfen auf die Zunge, damit sie mir nicht noch umkippt vor lauter Nervosität. Als Herr Hesse, ganz schick im Smoking, an der Tür klingelt und sie ihm öffnet, betrachte ich gerührt, wie ihm bei ihrem Anblick fast die Luft wegbleibt.

»Wunderschön siehst du aus, mein Schatz«, sagt er ergriffen und küsst sie links und rechts auf die Wange. Mit einem dicken Kloß im Hals folge ich den beiden die Treppe hinunter. Ich bin gespannt, wie Manu gucken wird, wenn er seine Braut zu Gesicht bekommt. Ich steige hinten ein und gemeinsam fahren wir in dem mit einem wunderschönen Gesteck aus weißen Rosen geschmückten silbernen BMW zur Kirche. Der Platz davor ist geradezu gespenstisch leer. Natürlich, es ist genau zwei Minuten vor drei. Die Trauung soll gleich beginnen und alle Gäste haben schon Platz genommen. Ich umarme Lara, wünsche ihr alles Gute und gehe in die Kirche hinein. Der Altar und die Sitzreihen sind festlich geschmückt, alles ist wunderschön. Manu steht in einem äußerst edlen grau-schwarzen Cut (zu dem ich ihm geraten habe) neben dem Pastor und tritt nervös von einem Bein aufs andere. Er wird doch nicht wirklich befürchten, dass Lara eventuell nicht erscheinen könnte? Aufmunternd nicke ich ihm zu und setze mich auf einen freien Platz in der zweiten Reihe. In diesem Moment erklingen die ersten Töne des Hochzeitsmarschs von Mendelssohn. Die etwa achtzig festlich gekleideten Gäste erheben sich und schauen erwartungsvoll in Richtung Kirchenpforte. Auch ich wende mich um. Leider fällt mein Blick auf ein Pärchen, das nur zwei Reihen hinter mir sitzt. Augenscheinlich sind Bernd und Jackie zusammen gekommen. Ich kann und will nicht glauben, dass ausgerechnet eine verzogene kleine Göre wie mein Schwesterchen Bernds Typ sein könnte. Sie trägt mittlerweile einen ziemlich großen Bauch vor sich her, umklammert seinen Arm und himmelt ihn von unten herauf an. Würg. Mühsam reiße ich meinen Blick von den beiden los und konzentriere mich stattdessen auf Lara, die gemessenen Schrittes am Arm ihres Vaters auf den Altar zuschreitet. Man kann förmlich spüren, dass alle von ihrer Schönheit geblendet sind. Manuel sieht aus, als würde er gleich anfangen zu weinen, und angesichts der Tränen, die schon jetzt Laras Gesicht herunterkullern, beglückwünsche ich mich zu der Entscheidung, ihr ein wasserfestes Make-up zu verpassen. Was ich selber glücklicherweise auch benutzt habe. Ich kriege vor lauter Heulen kaum etwas von der Trauungszeremonie mit. So viel ist sicher: Beide sagen aus vollem Herzen Ja zueinander, und als sie sich nach dem Eheversprechen küssen, fängt jemand schräg hinter mir an, zu applaudieren.

»Das ist Bernd«, schießt es mir sofort durch den Kopf, und dann: »Applaus in der Kirche, das kann nicht sein Ernst sein.« Die anderen Gäste sehen das völlig anders, sie fallen begeistert in den Beifall mit ein und irgendjemand ruft sogar laut:

»Bravo!« Lara errötet und sieht dadurch noch betörender aus, während Manu verschmitzt in unsere Richtung grinst. Ach, ist das schön. Wir alle werden vom Pastor, der selber richtig Spaß an dieser Trauung zu haben scheint, gesegnet und dann zieht das Brautpaar zu den Klängen des Pachelbel-Chaconnes aus der Kirche aus. Und beide sehen unbeschreiblich glücklich aus. Vor der Kirche bildet sich eine Schlange von Leuten, die dem Brautpaar gratulieren wollen. Meine Schwester stürzt sofort auf mich zu und fällt mir strahlend um den Hals.

»War das nicht wunderschön«, schwärmt sie, »ich kann es nicht fassen, dass Paul keine kirchliche Hochzeit wollte. Ich lasse mich sofort scheiden«, beschließt sie und fügt mit einem Seitenblick auf Bernd hinzu: »Und meine nächste Hochzeit muss genau so werden wie diese hier.« Obwohl ich sie am liebsten erwürgen würde, nicke ich freundlich und wende mich dann an Bernd.

»Hallo«, sage ich schüchtern, aber er nickt nur knapp und gar nicht freundlich. Jackie guckt ein wenig verwirrt von einem zum anderen, aber sie kreist ja zum Glück viel zu sehr um sich selbst. Ich bleibe noch eine Weile bei den beiden stehen und unterhalte mich mit Jackie über die bevorstehende Geburt, um Bernd die Gelegenheit zu geben, mich vielleicht doch noch irgendwie wahrzunehmen. Oder die drei Kilo, die ich verloren habe, seit er mir die Freundschaft gekündigt hat.

»Die hat er mit Sicherheit zur Kenntnis genommen«, stellt Sophia ruhig fest, die in dezentem, doch hochzeitsgerechtem Nadelstreifenkostüm neben mir steht, »aber wahrscheinlich hat er sich ganz bewusst dagegen entschieden, sich von dir psychologisch erpressen zu lassen.«

»Ich will hier überhaupt niemanden erpressen. Ich habe einfach wenig Appetit in letzter Zeit«, erkläre ich lapidar, als würden weder Sophia noch ich meine Krankengeschichte der letzten vierzehn Jahre kennen. Zum Glück bleibt keine Zeit für eine Grundsatzdiskussion, denn jetzt sind wir endlich dran mit gratulieren und danach geht es auf in Richtung Festsaal.

Es ist ein rauschendes Fest. Einfach großartig. Als Trauzeugin habe ich sozusagen die organisatorische Leitung übernommen und habe alle Hände voll zu tun, die künstlerischen Beiträge und Spiele zwischen den einzelnen Gängen zu koordinieren. Und ich bin wirklich froh über diese Beschäftigung. So bleibt mir wenigstens nicht allzu viel Zeit, Jackie und Bernd zu beobachten. Und ich kann auch nicht ständig darüber nachgrübeln, dass ich es von Jan eigentlich überhaupt nicht toll finde, dass er mich alleine auf diese Hochzeit hat gehen lassen. Berufliche Zukunft hin oder her, heute hätte er mal die Möglichkeit gehabt, ein Zeichen zu setzen. Im Nachhinein betrachtet ärgere ich mich nämlich ein bisschen darüber, mich ihm derart kampflos wieder in die Arme geworfen zu haben. Im Grunde haben wir unsere Beziehung schlicht dort wieder aufgenommen, wo wir sie beendet haben, mit dem kleinen Unterschied, dass ich mir jetzt die ganze Zeit vorkomme, als würde ich auf Eiern laufen in der Angst, eins meiner schlimmen früheren Vergehen zu wiederholen. Frustriert fülle ich mein Glas erneut mit Weißwein und leere es in einem Zug. Nein, wirklich, er hätte seinen Termin absagen müssen. Das wäre eine gute Gelegenheit gewesen zu beweisen, dass auch er an dieser Beziehung arbeiten will. Aber nein. Hier sitze ich nun mutterseelenallein und muss die ganze Zeit beobachten, wie meine Schwester Bernd ziemlich schamlos anbaggert.

Um Mitternacht wird die Hochzeitstorte angeschnitten und danach der Brautstrauß geworfen. Ich trommele alle unverheirateten Frauen auf der Tanzfläche zusammen und reihe mich selbst zwischen ihnen ein. Lara steht mit dem Rücken zu uns und Sekunden später fliegt der rosa-weiße Brautstrauß durch die Luft und mir genau in die Arme. Alles jubelt, Lara dreht sich um, läuft auf mich zu und umarmt mich stürmisch.

»Ich hoffe, du wirst auf deiner Hochzeit auch so glücklich sein wie ich heute«, flüstert sie mir ins Ohr, und dann zieht sie schon wieder irgendjemand von mir weg und ich stehe alleine dort. Mit meinem Strauß. Ich gehe zurück zum Tisch, kippe ein weiteres Glas Wein in mich hinein und starre auf eine besonders schöne rosa Blüte.

»Gratuliere«, sagt jemand direkt hinter mir und ich fahre erschrocken herum. Es ist Bernd und sein Gesichtsausdruck ist mehr als sarkastisch.

»Danke«, sage ich, weil mir nichts anderes einfällt.

»Wo ist denn der zukünftige Gatte?«, fragt er mich und lässt sich auf den freien Stuhl neben mir fallen. Die langen Beine streckt er weit von sich. Er sieht verdammt gut aus in seinem schwarzen Anzug mit dem bunt gemusterten Siebziger-Jahre-Hemd darunter. Dieses Outfit habe ich aber nicht für ihn besorgt. Ach je, das Kind wird flügge und kann jetzt schon für sich alleine einkaufen. Auf eine Krawatte hat er verzichtet, und obwohl ich ihm mit Sicherheit dazu geraten hätte, muss ich zugeben, dass er so viel besser aussieht. Schick und doch Bernd. Ich wünschte, er würde mich nicht so finster anschauen.

»Jan ist auf Geschäftsreise«, sage ich knapp.

»Soso. Naja, man muss ja auch Prioritäten setzen«, bemerkt Bernd und setzt die Bierflasche an. Ist schon klar. Alle trinken Wein, aber Bernd trinkt Bier direkt aus der Flasche, denke ich unwillig. Leider scheint er meine Gedanken erraten zu haben, denn er lacht böse und sagt: »Das kann ich mir schon vorstellen, dass dir das nicht gefällt, was ich hier tue. Aber Gott sei Dank hast du mir gar nichts zu sagen.«

»Das weiß ich doch«, bestätige ich leise und starre auf das weiße Tischtuch vor mir. Aus den Augenwinkeln kann ich sehen, wie Bernd mich finster anschaut. »Du redest ja wieder mit mir«, stelle ich fest, um irgendetwas zu sagen.

»Stimmt.«

»Warum?«

»Keine Ahnung. Wahrscheinlich, weil du mir Leid tust.« Ich fahre zu ihm herum, als hätte er mir einen Schlag versetzt.

»Ich brauche dein Mitleid nicht, geh ruhig wieder zu meiner Schwester zurück und lass dich von ihr anschmachten.«

»Du irrst dich«, sagt er langsam und kommt mit seinem Gesicht ganz nah an meines heran, »du bist so verkorkst, Helen, dass du alles Mitleid brauchst, dass du kriegen kannst.« Ich schnappe entsetzt nach Luft, aber er fährt ungerührt fort: »Ich rede nicht von deinen Zwängen und Neurosen. Ich meine nicht mal deine Magersucht. Ich rede davon, dass du es brauchst, von den Menschen wie der letzte Dreck behandelt zu werden. Was dieser Jan mit dir abgezogen hat, das würden andere mit ihrem ärgsten Feind nicht tun. Er hat dich total verarscht. Er hat dich bloßgestellt. Er hat auf deiner Seele herumgetrampelt. Du brauchst das jetzt nicht herunterzuspielen«, fährt er mich an, als ich den Mund öffne, um zu protestieren, »ich habe dich gesehen. Ich habe gesehen, was er mit dir gemacht hat. Du warst so fertig, dass ich dir noch nicht mal übel nehme, dass du mir in deiner Verzweiflung plötzlich an die Wäsche wolltest. Aber als ich dann gehört habe, dass du keine zwölf Stunden später bei ihm einziehst, da wusste ich, dass du völlig krank sein musst. Und deshalb«, zischt er, »deshalb tust du mir Leid.« Ich sehe ihn an und sage gar nichts. Wie betäubt stehe ich auf und verlasse den Tisch, ohne mich noch mal umzudrehen.

Ich finde mich schließlich würgend über einem schwarzen Marmor-WC wieder. Keine Ahnung, wie ich hier hingekommen bin. Ich umschlinge das Ding mit beiden Armen und gebe ein Vier-Gänge-Menü in umgekehrter Reihenfolge von mir. Erschöpft bleibe ich dann einfach auf dem Boden sitzen und lege meinen Kopf auf die verschränkten Arme. In mir herrscht ein einziges Chaos. Ich verstehe nicht, was los ist. Warum sagen plötzlich alle so gemeine Sachen zu mir? Schluchzend krame ich mein Handy aus meiner Handtasche hervor und rufe Jan an:

»Ja?«, meldet er sich nach zweimaligem Klingeln.

»Ich bin's«, sage ich schwach.

»Hi, Süße, wie ist die Party?«

»Ganz gut. Du, Jan? Liebst du mich eigentlich?«

»Natürlich liebe ich dich, was ist das für eine seltsame Frage?«, erklingt es verwundert von der anderen Seite.

»Aber du hast mich nicht so behandelt, als würdest du mich lieben«, klage ich ihn an.

»Helen, wie oft soll ich dir noch sagen, dass es mir Leid tut?«

»Darum geht es doch gar nicht. Ich frage mich doch nur, wie du das tun konntest.«

»Das frage ich mich doch auch«, seufzt er gequält, »hör zu, Helen, ich war ein Idiot, ein Feigling, ich weiß. Aber ich liebe dich, das musst du mir glauben.«

»Wirklich?«, flüstere ich kaum hörbar, aber Jan hört mich doch.

»Ganz ehrlich«, bestätigt er mir, »und es tut mir Leid, dass ich heute nicht mit dabei sein konnte.« Er merkt genau, was mir auf der Seele brennt. »Hast du denn den Brautstrauß für uns gefangen«, fragt er zärtlich und ich lächele unter Tränen:

»Ja, habe ich.«

»Das ist gut«, sagt er, »dann feier noch schön.«

»Ja, bis morgen.« Ein paar Minuten verharre ich noch in meiner Position, dann wird es mir auf den Fliesen zu kalt.

Ich rappele mich hoch und restauriere mich notdürftig vor dem Spiegel. Als ich zurück in den Saal komme, läuft romantische Musik und die Tanzfläche ist voller eng aneinander geschmiegter Paare. Manu und Lara natürlich. Und Jackie und Bernd. Grotesk sieht es aus. Der Lulatsch und die Kugel auf Stelzen. Schnellen Schrittes gehe ich auf die beiden zu und fasse Bernd am Arm:

»Komm mit, ich will mit dir reden«, fordere ich ihn auf.

»Aber wir tanzen gerade«, ruft Jackie aus und verdreht auf merkwürdige Art und Weise die Augen. Anscheinend will sie mir begreiflich machen, dass sie ganz kurz davor ist, Bernd endlich rumzukriegen.

»Komm jetzt mit«, wiederhole ich im Befehlston, ohne auf ihre Einwände auch nur zu achten.

»Nein, ich komme nicht mit. Ich tanze gerade«, sagt Bernd und legt seine Arme wieder um Jackie.

»Bitte«, verlege ich mich aufs Betteln, denn die ersten Paare um uns herum haben schon zu tanzen aufgehört und ich will auf keinen Fall auf der Hochzeit meiner besten Freundin einen Skandal verursachen.

»Na schön, entschuldige mich«, knurrt er widerwillig und folgt mir hinaus auf den Parkplatz. »Also, was ist?« Ich atme tief durch und drehe mich dann zu ihm herum:

»Du hast kein Recht, so mit mir zu reden«, sage ich laut, »und du hast kein Recht, über meine Beziehung zu urteilen. Du weißt zu wenig darüber, du weißt nicht, wie es zwischen uns ist. Jan liebt mich, er hat es mir gerade eben gesagt.«

»Das freut mich für dich«, kommt es sehr steif von Bernd zurück, »kann ich jetzt vielleicht zurück in den Saal und mit deiner Schwester tanzen?«

»Du sollst meine Schwester in Ruhe lassen«, fahre ich

ihn an, »sie ist nichts für dich. Und außerdem bekommt sie bald ein Baby.«

»Viel zu viel Verantwortung für mich, meinst du«, fragt er spöttisch.

»Allerdings!« Bernd verdreht genervt die Augen und kommt einen Schritt auf mich zu.

»Nicht zu fassen, dass wir fünfzehn Jahre lang befreundet waren und du mir tatsächlich zutraust, dass ich mich jetzt an Jackie ranmache. Vielleicht hast du es nicht verstanden, aber ich liebe dich. Und nur weil ich dich nicht haben kann, starte ich jetzt sicher keine blöde Racheaktion, unter der dann deine Schwester und möglicherweise auch noch ihr Baby zu leiden haben. Mich wundert nur eins: Wenn du mich tatsächlich für solch ein Arschloch hältst, dann müsste ich doch eigentlich genau dein Typ sein.« Mit diesen Worten dreht er sich um und lässt mich stehen. Sophia legt sanft ihren Arm um meine Schultern und ich lehne erschöpft meinen Kopf an ihren.

Jeder Schritt schmerzt, als ich am frühen Morgen um halb fünf unsere Wohnung betrete. Mit einem Seufzer der Erleichterung streife ich meine spitzen beigen Schuhe mit dem mörderischen Absatz von den Füßen und laufe barfuß über den kühlen Laminatfußboden. Ahh, das tut gut. Dotty kommt mir maunzend entgegen, und ich nehme sie auf den Arm und drücke sie fest an mich.

»Das war vielleicht ein Abend, Dotty«, seufze ich, »aber keine Sorge, Lara und Manu sind jetzt glücklich verheiratet«, füge ich rasch hinzu, weil ich mir einbilde, plötzlich Sorgenfalten auf ihrer Stirn zu erkennen. Ich scheine wirklich sehr müde und betrunken zu sein. »Nein, den beiden geht es prima und es war für alle ein tolles Fest.« Außer für mich. Ich schleppe mich ins Badezimmer und zwinge mich, mein Make-up zu entfernen. Kaum etwas ist schädlicher für die Haut als Nachlässigkeit beim Abschminken. Also runter mit dem Zeug. Dann schlüpfe ich in meinen flauschigsten hellblauen Frotteepyjama und gehe ins Schlafzimmer.

»Komm, Dotty«, rufe ich und sie schaut misstrauisch um die Ecke. »Na komm«, locke ich, »Jan ist nicht da. Du darfst bei mir schlafen.« Sie traut dem Braten noch nicht so ganz, aber als ich mich ins Bett lege und tatsächlich die Schlafzimmertür weit offen stehen lasse, trippelt sie schnell herein und landet mit einem Satz neben mir. Sie kuschelt sich an mich und räkelt sich gemächlich. Im selben Moment fallen mir die Augen zu.

Ich stehe mitten auf einer grünen Wiese unter einem mit Rosen geschmückten Torbogen und trage ein schlichtes weißes Kleid ohne Schuhe. Jan steht neben mir und strahlt mich an. Der Pastor dreht uns den Rücken zu, aber als er sich umdreht, fahre ich erschrocken zusammen.

»Bernd, was machst du denn da?«, wispere ich aufgeregt, doch er ignoriert mich und beginnt feierlich zu sprechen.

»Wir sind heute hier zusammengekommen, um diese beiden dem heiligen Bund der Ehe zuzuführen. Deshalb frage ich dich, Lenchen Ramien, willst du Jan zu deinem rechtmäßigen Ehemann nehmen, ihn lieben und ehren, was immer er dir antut, manchmal in guten, meistens in schlechten Zeiten, bis dass er dich das nächste Mal verlässt, so antworte mit Ja.«

»Nein«, will ich rufen, »nein, das ist doch gar nicht richtig so«, doch bevor ich nur den Mund aufmachen kann, ertönt die Stimme meines Vaters hinter mir:

»Ja, sie will!«

»Nun gut«, fährt Bernd fort, »und willst du, Jan, Lenchen hier zu deiner rechtmäßigen Ehefrau nehmen?«

»Das will ich.«

»Dann darf ich die Braut jetzt küssen«, verkündet Bernd und zieht mich an sich. Er küsst mich auf den Mund und ich schmecke seine weichen Lippen. Das ist nur ein Traum, denke ich. Als wir uns voneinander lösen, fängt plötzlich die gesamte Hochzeitsgesellschaft an zu lachen. Ich schaue Jan an und frage:

»Willst du mich nicht küssen?« Er sieht mich befremdet an und sagt:

»Du liebe Güte, Helen, zieh dir in Gottes Namen etwas über.« Verständnislos schaue ich ihn an, gehe einen Schritt auf ihn zu und hebe ihm mein Gesicht entgegen. Ich will jetzt einen Kuss von meinem Ehemann. Doch er weicht vor mir zurück und schaut mich angeekelt an. »Helen!« Sein scharfer Ton dringt mir bis in die Eingeweide. Erstaunt drehe ich mich zu den Sitzreihen herum, wo lauter Menschen sitzen, die ich nicht kenne. Alle kreischen vor Lachen. Was ist denn bloß los? Hilflos gehe ich auf meinen Vater zu, der als Einziger nicht lacht, sondern mit starrem Gesicht auf seinem Platz sitzt.

»Keine Schritt näher«, sagt er streng, und ich bleibe mitten in der Bewegung stehen. Langsam schaue ich an mir herunter. Mein Kleid ist weg. Ich bin völlig nackt. Jetzt beginnen die Leute auf mich zu zeigen und vor lauter Lachen von ihren Stühlen zu fallen. Ich drehe mich wieder zu Jan um.

»Kannst du mir nicht helfen«, bitte ich ihn, doch er schüttelt den Kopf. »Aber du bist mein Mann. Bitte, hilf mir doch.«

»Nein, ich will dir nicht helfen. Ich wusste nicht, dass du so hässlich bist«, sagt er und setzt sich neben meinen

Vater. Dann sehe ich Bernd in seiner Pastorenkluft. Ich schaue ihn an, er schaut zurück. Ich kann ihn nicht fragen. Er greift nach seiner Kutte, zieht sie sich über den Kopf und steht völlig nackt vor mir. Das Kreischen der Leute hinter uns verstärkt sich. Verwundert sehe ich ihn an, gehe auf ihn zu und greife nach der Kutte, die er zusammengeknüllt in der linken Hand hält.

»Danke«, sage ich aus tiefstem Herzen, doch da holt er aus und wirft die Kutte in den Himmel. Ich schaue ihr hinterher und erwarte, dass sie runterfällt. Tut sie aber nicht. Sie steigt höher und höher und verschwindet schließlich in den Wolken. Wütend stürze ich mich auf Bernd und schlage mit meinen Fäusten auf seinen Oberkörper ein.

»Warum hast du das gemacht? Warum?«

»Was willst du, Lenchen?«, sagt er ruhig und ohne sich im Mindesten zu wehren. »Du hast doch dein Kleid schon lange wieder an.«

Verwirrt öffne ich die Augen und blinzele nach der Uhr, die auf dem Nachtschränkchen steht. Es ist kurz nach zwölf. Die Sonne scheint hell zum Fenster hinein und Dotty maunzt zufrieden vor sich hin. Ich habe einen leichten Kater, was mir aber wirklich Kopfschmerzen bereitet, ist Bernd. Verdammt, wieso hat es so weit kommen müssen. Ich kann und will mich einfach nicht damit abfinden, dass ich meinen besten Freund verloren habe. Irgendwie habe ich heute merkwürdig geträumt, fällt mir dabei ein. Bernd, ich habe ihn geküsst. Warum träume ich so was? Sophia? Aber die schläft wahrscheinlich noch ihren Rausch von gestern Abend aus. Stattdessen höre ich, wie sich ein Schlüssel im Schloss bewegt und die Haustüre aufgeschlossen wird.

»Helen«, ruft Jan und ich höre seine Schritte im Flur.

»Ja, im Schlafzimmer«, rufe ich zurück und fahre mir einmal glättend mit den Fingern durch die Haare. Wahrscheinlich sehe ich aus, als hätte ich in die Steckdose gefasst.

»Schläfst du etwa noch«, fragt er erstaunt und tritt ein.

»Ich war erst heute Morgen zu Hause«, sage ich zu meiner Verteidigung und setze mich im Bett auf.

»Wie war dein Flug?«

»Ruhig«, antwortet er und beginnt, den Inhalt seines Bordcases in den Kleiderschrank zu räumen. Dann berichtet er mir von seinem Termin, während ich Dotty hinter den Ohren kraule. Als Jan das sieht, verzieht er ein wenig das Gesicht.

»Sag mal, muss die Katze unbedingt auf meinem Kopfkissen liegen?«

»Ich brauchte ein bisschen Gesellschaft heute Nacht. Es ist nicht so einfach, nach einer tollen Hochzeit alleine nach Hause zu gehen«, antworte ich mit leichtem Vorwurf in der Stimme.

»Du weißt doch, dass ich stark allergisch bin«, versetzt Jan, ohne darauf einzugehen.

»Und du weißt, dass ich sowieso das Bettzeug wechseln werde, bevor du dein Haupt wieder hier niederlegen musst«, sage ich heftig.

»Trotzdem fliegen hier überall die Haare von deiner Katze rum.«

»Dann lass mich in Zukunft eben nicht mehr allein.«

»Welche Laus ist dir denn über die Leber gelaufen«, fragt er in so ruhigem Ton, dass es mich noch wütender macht.

»Nicht mal einen Kuss hast du mir gegeben zur Begrüßung«, beschwere ich mich.

»Entschuldigung. Ich dachte, du wolltest dir vielleicht

erst die Zähne putzen«, sagt er und kommt auf mich zu. Wütend springe ich aus dem Bett und wehre ihn ab:

»Danke, jetzt ist es zu spät.« Damit laufe ich an ihm vorbei ins Badezimmer und schneide mir selbst im Spiegel eine Grimasse. So ein Arschloch, denke ich wütend. Da erscheint Sophia auf der Bildfläche. Lässig lehnt sie sich gegen die weißen Kacheln neben dem Waschbecken und grinst mich an:

»Tu doch nicht so. Da stehst du doch drauf.« Erschrocken sehe ich sie an.

»Tue ich nicht«, knirsche ich und quetsche den letzten Rest Zahnpasta aus der Tube.

»Da bin ich aber froh«, seufzt sie und verschwindet. Wütend beginne ich, meine Zähne zu schrubben. Das ist einfach eine infame Unterstellung. Ich mag es ganz und gar nicht, schlecht behandelt zu werden. Wer würde das schon? Ich verlange, gut behandelt zu werden, jawoll! Zur Bekräftigung spucke ich temperamentvoll eine Ladung Schaum ins Waschbecken. Dann atme ich tief durch. Na schön, vielleicht bin ich heute aber auch ein wenig überreizt, das will ich gar nicht ausschließen. Habe eine anstrengende Nacht hinter mir, wirre Träume, den Streit mit Bernd. Außerdem stimmt es, ich habe mich ja früher von Jan tatsächlich nicht küssen lassen, ohne mir die Zähne vorher geputzt zu haben. Also, ungerecht von mir, ihm daraus jetzt einen Strick zu drehen.

Nach einer ausgiebigen heißen Dusche sieht die Welt doch schon wieder ganz anders aus. Jan hat auf dem Weg vom Flughafen Brötchen mitgebracht und in der Küche den Frühstückstisch gedeckt. Das ist doch wirklich nett von ihm. Ich lächele ihn an. Er lächelt zurück. Na also. Es geht doch. Gemeinsam frühstücken wir und ich erzähle ausführlich von der gestrigen Hochzeit. Den Zusammenstoß mit Bernd lasse ich natürlich aus. Jan hört sehr interessiert zu und freut sich, dass alles so gut gelaufen ist.

»Echt schade, dass ich nicht mitkonnte«, findet er und ich bestätige das. »Darf ich dich jetzt eigentlich küssen?«, fragt er verschmitzt, und ich nicke gnädig. Er beugt sich zu mir rüber und küsst mich. Dann noch mal und noch mal und schließlich befinden wir uns mitten in einer wilden Knutscherei. Jan hebt mich hoch, trägt mich rüber ins Schlafzimmer und zieht mir die Jeans und das Oberteil, die ich gerade erst angezogen habe, wieder aus. Ich fummele an seinen Hemdknöpfen herum, als er plötzlich anfängt zu niesen.

»Gesundheit«, wünsche ich ihm und streife das Hemd über seine Schultern. Er niest noch mal. Und noch mal.

»Gesundheit, Gesundheit.« Ich mache mich an seiner Hose zu schaffen, aber da geht der Niesanfall erst richtig los. Hatschi, hatschi, hatschi. Er niest sechsmal hintereinander und ringt nach Atem.

»Deine … Hatschi … verdammte Katze!«, flucht er.

»Dotty kann doch nichts dafür, dass du allergisch bist«, sage ich und wünsche noch mal: »Gesundheit.«

»Aber du kannst was dafür, indem du sie auf mein Bett lässt.«

»Du meinst wohl unser Bett«, verbessere ich ihn.

»Hatschi.«

»Gesundheit.«

»Hör endlich auf mit dem Schwachsinn«, herrscht er mich an und richtet sich auf. »Saug hier lieber mal und wechsel das Bettzeug.« Damit verschwindet er, und ich höre ihn im Arzneischrank im Bad nach seinen Antihistaminen wühlen.

»Ist ja gut«, sage ich und hole den Staubsauger. Während

ich penibel bis in die hinterste Ecke den Boden von Katzenhaaren befreie, fällt mir auf, dass der Ton des Herrn doch sehr zu wünschen übrig gelassen hat.

»Saug hier mal und wechsel das Bettzeug.«

»Zu Befehl.« War doch eigentlich ganz lustig, ich weiß gar nicht, warum er soooo schlechte Laune hat. Humorloser Idiot. »Nein, stehe ich nicht drauf«, herrsche ich Sophia an, die natürlich prompt erscheint. Wütend wechsele ich das Bettzeug und stapfe zurück in die Küche, wo Jan mit roten Augen vor einer Tasse Tee sitzt.

»Danke! Willst du vielleicht auch einen Tee?«, nimmt er mir den Wind aus den Segeln.

»Ja, gerne.«

»Tut mir Leid, wenn ich mich im Ton vergriffen habe«, entschuldigt er sich und schenkt mir ein.

»Ach, schon gut«, sage ich erleichtert und werfe Sophia einen triumphierenden Blick zu. Ich sehe also wirklich nur Gespenster. Habe mir da was einreden lassen von Bernd, dass Jan ein Schwein sei und so. Ist er nicht. Er ist ein sehr netter Kerl. Und es kommt noch besser:

»Ich habe dir was mitgebracht aus London«, sagt er und schiebt mir eine Schachtel in der Größe einer Doppel-CD hin, die in goldenes Papier eingeschlagen ist.

»Danke«, sage ich und mache mich ans Auspacken. Aber es ist keine lumpige CD. Sekunden später halte ich eine schwarze Schatulle in der Hand. Ich lasse sie aufklappen und darin liegt eine silberne Kette mit einem tropfenförmigen Diamanten dran. Ich schnappe nach Luft. »Die ist ja wunderschön.«

»Gefällt sie dir?«

»Soll das ein Witz sein? Sie ist ein Traum!«

»Das freut mich.« Ich lege die Kette um meinen Hals und strahle Jan an.

»Vielen Dank!«

»Wie sieht's aus? Ist das Schlafzimmer enthaart?« Ich nicke. »Und du?« Wie bitte? Ach so. Ich nicke noch mal. »Na, dann kann es ja losgehen.« Diese letzte Frage wäre Bernd niemals über die Lippen gekommen, schießt es mir durch den Kopf, als ich Jan folge. Dem ist so was nämlich völlig egal. Aber ich verdränge diesen Gedanken sofort wieder.

Etwas später liegen wir schweigend nebeneinander. Jan hat mittendrin ein paar Mal geniest, aber ansonsten ist alles glatt gegangen. Klingt ja sehr romantisch. Na ja.

»Hatschi«, niest Jan da schon wieder. Man kann sich aber auch anstellen, denke ich unwillig, wünsche aber brav:

»Gesundheit.«

»Jaja, danke«, sagt er, setzt sich auf den Bettrand und beginnt, sich wieder anzuziehen. »Diese Haare von deiner Katze sind wirklich hartnäckig.«

»Kannst du sie nicht mal Dotty nennen?«

»Warum sollte ich?«

»Weil sie so heißt«, sage ich gereizt.

»Schön, dann eben Dottys Haare sind hartnäckig.«

»Ich werde sie nicht mehr ins Schlafzimmer lassen, zufrieden?«, sage ich und schlüpfe ebenfalls wieder in meine Kleider.

»Sag mal, wie fanden eigentlich Michael und Nick die K…, ich meine Dotty.«

»Wie meinst du das?«

»Mochten sie sie?«

»Natürlich. Sie haben sie geliebt. Jeder liebt doch Katzen.«

»Hmmm«, macht er unbestimmt und zieht den letzten Socken über.

»Du nicht, was?«, frage ich.

»Nur Arschlöcher lieben keine Katzen«, säuselt Sophia.

»Du weißt doch, dass ich allergisch bin«, sagt er genervt.

»Und worauf willst du hinaus?«, frage ich ärgerlich. Er dreht sich zu mir um und zieht mich zurück ins Bett, küsst mich auf den Mund und sagt:

»He, kleine Kratzbürste, was ist denn heute los mit dir?«

»Gar nichts«, erwidere ich, und er küsst mich weiter, so lange, bis meine finstere Miene verfliegt. Er hat Recht, ich bin eine ganz schöne Zicke heute.

»Na also, du kannst ja doch noch lächeln«, sagt er zufrieden, »das ist schon viel besser so. Also, noch mal wegen Dotty«, beginnt er und küsst meinen Hals.

»Ja?«, frage ich und räkele mich wohlig.

»Wenn du sagst, Michael und Nick lieben Katzen, meinst du nicht, sie würden sie gerne haben?« Ruckartig setze ich mich auf und stoße dabei mit meinem Kinn an Jans Nase. Er stößt einen Schrei aus und greift sich ins Gesicht.

»Wen, Dotty?«, frage ich fassungslos und ohne auf sein Stöhnen zu achten.

»Au, meine Nase«, wimmert er. Nur, damit ich das richtig verstehe:

»Du willst, dass ich Dotty weggebe?« Ich funkele ihn so wütend an, dass er den Schmerz in seiner Nase vergisst und die Hand sinken lässt.

»Ich dachte, wegen meiner Allergie …«, beginnt er lahm, doch da schneide ich ihm schon das Wort ab.

»Wegen ein paar Mal Niesen soll ich meine Katze hergeben«, brülle ich ihn an, sodass er erschrocken zurückfährt. »Ich werde Dotty nie im Leben hergeben. Ich liebe diese Katze. Und sie liebt mich, egal was kommt. Was man von dir nicht behaupten kann.« Jan streckt die Hand nach mir aus und sagt:

»Ist ja gut. Beruhige dich bitte.«

»Ich will mich aber nicht beruhigen«, fauche ich, »und nichts ist gut.«

»War ja nur ne Idee, du musst es nicht machen«, sagt er jetzt auch noch. Wie nett von ihm.

»Nein, muss ich nicht und werde ich nicht.« Schwer atmend sitze ich da. Jan sieht mich an und sagt gar nichts mehr. Er lässt schuldbewusst den Kopf hängen.

»Tut mir Leid«, sagt er. Ich hebe ruckartig den Kopf und sehe ihn an. Und plötzlich wird mir etwas klar, das wehtut, aber überfällig war. Langsam hebe ich meine Arme und öffne den Verschluss der Kette, die ich eben gerade geschenkt bekommen habe. Fast sanft nehme ich Jans Hand in meine und lege das Schmuckstück hinein. Dann schließe ich seine Finger darüber und sage:

»Jan. Du bist ein Arschloch.«

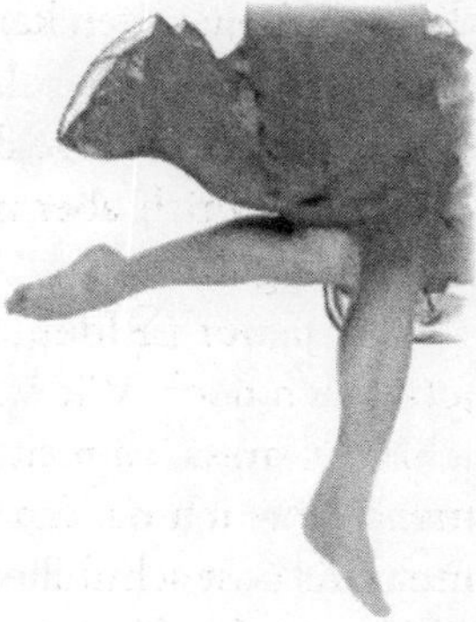

14.

»Was? Dotty? Ist der noch bei Trost«, meint Nick entsetzt, als ich eine Stunde später bei den beiden in der Küche sitze.

»Er ist eben ein Arschloch«, sage ich resigniert und schulterzuckend. Dotty kommt maunzend herein, weil sie ihren Namen gehört hat und schaut Nick erwartungsvoll an.

»Jetzt musst du ihr aber auch was geben«, sagt Michael und reicht ihm die Schachtel mit den Leckerlis.

»Na logisch. Komm her, Süße. Klar kannst du wieder bei uns wohnen, Helen, ist doch keine Frage.«

»Ist auch bestimmt nicht für lange«, sage ich erleichtert.

»Von uns aus kannst du hier alt und grau werden.« Aber das möchte ich nicht.

»Nein«, schüttele ich den Kopf, »es wird Zeit, dass ich mich mal wieder auf eigene Füße stelle. Aber für den Übergang … Ist mir echt unangenehm, dass ich euch so Hals über Kopf verlassen habe und jetzt wieder hier einfalle.«

»Kein Problem.«

»Wirklich! Wir freuen uns«, kommt es zurück, und ich sehe den beiden gerührt in die freundlichen Gesichter. »Und was hat Jan gesagt, als du gegangen bist?«

»Er hat mich gebeten zu bleiben, hat gesagt, dass er es nicht so gemeint hat. Aber ich finde, genug ist genug.«

»Richtig so!«, stimmen mir die beiden zu.

Ich richte mich also mal wieder häuslich im Gästezimmer ein, aber erst, nachdem ich mein Brautkleid zu Jeannette zurückgebracht habe. Ja doch. Richtig gehört. Ist doch albern, an dem Fetzen festzuhalten. Mit einem zufriedenen Lächeln und immerhin eintausendzweihundert Euro mehr in der Tasche verlasse ich den Brautmodenladen. Das wäre geschafft.

In dieser Nacht schlafe ich wie ein Baby. Wenn ich gewusst hätte, dass es mir damit so gut gehen würde, hätte ich mich längst von Jan getrennt. Von diesem Arsch, ha! Mit einem Lächeln auf den Lippen erwache ich, weil die Sonnenstrahlen durch die transparent-gelben Vorhänge auf mein Gesicht scheinen. Ganz kurz blitzt in mir eine Erinnerung an den Traum letzte Nacht auf. Er hatte irgendetwas mit Bernd zu tun, doch kaum will ich den Gedanken greifen, da ist er auch schon wieder verschwunden. Na ja, unangenehm kann es nicht gewesen sein, dazu bin ich zu gut gelaunt. Ich räkele mich genüsslich im Bett herum und streichele Dotty, die träge neben mir liegt.

»Du wirst nie wieder aus dem Bett verbannt, Dotty«, verspreche ich ihr hoch und heilig. »Mein nächster Mann muss dich genauso lieben wie ich, ansonsten kann er gleich wieder gehen.« Meine Katze miaut zustimmend, als mein Handy anfängt »I will survive« zu spielen. Diesen Klingelton habe ich mir gestern noch aus dem Internet gezogen. Irgendwie fand ich es so passend.

»I'm not that chained up little person still in love with you«, summe ich vergnügt, während ich nach dem Telefon angele.

»JACKIE ruft an«, teilt mich das Display mit. Klopfenden Herzens nehme ich ab. Ich habe nämlich plötzlich eine scheußliche Angst davor, dass sie Bernd vielleicht doch rumgekriegt haben könnte. Auch wenn er gesagt hat, dass er das niemals tun würde. Ich kenne doch meine Schwester. Die weibliche Raffinesse hat sie von ihrer Mutter geerbt, die ja im zarten Alter von achtzehn meiner nun wirklich nicht unattraktiven Mutter den Mann ausgespannt hat. Dann fällt mir aber wieder ein, dass Jackie in wenigen Tagen selber Mami wird und deshalb möglicherweise gerade andere Dinge im Kopf hat.

»Hallo Schwesterchen«, grüße ich sie daher entspannt und lasse mich in die Kissen zurückfallen.

»Helen, du glaubst nicht, was passiert ist«, sprudelt es aus ihr heraus.

»Du hast doch nicht mit Bernd geschlafen?«, frage ich ehrlich erstaunt.

»Schlimmer«, sagt sie und lacht, »mit Paul.«

»Wie bitte?« Jetzt bin ich aber doch einigermaßen platt. »Wie konnte das denn passieren? Ich dachte, du willst einen Mann wie Bernd«, kann ich mir nicht verkneifen zu sagen.

»Das mit Bernd wird wohl nichts werden«, erklärt sie mir. »Er hat ein gebrochenes Herz.«

»Aha«, mache ich und schlucke schwer.

»Ja, das hat er mir nach der Hochzeit erzählt. Weißt du, ich wollte dann endlich mal wissen, was Sache ist und habe ihn auf dem Heimweg einfach geküsst.«

»Was?«, frage ich empörter, als es mir zusteht.

»Und da hat er mir gesagt, dass ich zwar eine ganz tolle

Frau sei und dass jeder Mann froh sein müsste, mich zu haben«, knirsch, ja, ist ja gut, »aber dass er sich im Moment auf niemanden einlassen kann.«

»Weißt du, was passiert ist? Ich meine, mit der anderen Frau?«

»Ich glaub, die hat ihm ganz schön übel mitgespielt. Muss ganz schön dämlich sein, die Tussi, findest du nicht?«

»Wieso?«

»Na ja, so einen Typ wie Bernd, den verarscht man doch nicht. Den krallt man sich und lässt ihn nie wieder los.«

»Hmm«, mache ich nachdenklich, aber dann fällt mir der eigentliche Grund von Jackies Anruf wieder ein.

»So, und was war nun mit Paul?«

»Er ist gestern vorbeigekommen und wir hatten das Rendezvous unseres Lebens«, erzählt Jackie begeistert. »Er hat mich einfach ins Auto gepackt und ist mit mir an die Ostsee gefahren. Das war so eine kleine, versteckte Bucht, ich wusste gar nicht, dass es so was überhaupt gibt. Jedenfalls war es dort menschenleer, und dann hat er ein richtiges Feuer gemacht und wir haben Marshmallows auf Stöcke gespießt und gegrillt. Und wir haben die ganze Nacht aufs Meer hinausgeschaut und geredet. Tja, und dann ist es passiert.«

»Was? Der fährt mit dir an einen einsamen Strand? So kurz vor der Geburt?«, frage ich empört.

»So einsam war es nun auch wieder nicht. Eigentlich war ein Krankenhaus direkt um die Ecke, da hat er mich extra noch drauf aufmerksam gemacht.«

»Gott sei Dank«, atme ich erleichtert auf.

»Hast du mir überhaupt zugehört?«, kommt es schmollend vom anderen Ende der Leitung. »Ich habe mit meinem Mann geschlafen.«

»Gibt's doch nicht«, sage ich ironisch, aber je länger ich

drüber nachdenke, desto erstaunlicher ist die ganze Geschichte tatsächlich. Allein, dass Paul am Strand ein Feuer entfacht, was mit Sicherheit verboten ist, klingt so gar nicht nach ihm.

»Ich weiß«, bestätigt Jackie. »Weißt du, plötzlich habe ich mich gefühlt wie ein Blumenkind aus den Siebzigern. Es war herrlich.«

»Das freut mich wirklich«, sage ich aus tiefstem Herzen, »ziehst du denn jetzt wieder bei ihm ein?« Und bei Bernd aus?

»Ach, ich weiß auch nicht«, seufzt sie plötzlich dramatisch, »alles ist so kompliziert. Weißt du, unsere ganze Ehe lief wirklich nicht besonders gut. Nur weil wir einen schönen Abend hatten, heißt das doch nicht, dass plötzlich alles in Ordnung ist.«

»Hm, verstehe.«

»Aber ich denke auf jeden Fall darüber nach«, versichert sie.

»Mach das! Und was macht das Baby?«

»Alles bestens. Nächste Woche ist der Termin. Paul freut sich schon wie ein Irrer. Du wirst es nicht glauben, er hat sogar nen Wickelkurs gemacht.«

»Ist doch nicht möglich.« Mein Schwager scheint sich ja echt was vorgenommen zu haben. Ich verabschiede mich von Jackie und lege auf. Das wäre ja was, wenn die beiden doch wieder zusammenkämen. Alle Achtung, Paul legt sich wirklich ins Zeug, das muss man ihm lassen.

»Du bist richtig erleichtert, was?«, erkundigt sich Sophia. Was für eine Frage. Natürlich bin ich das. Schon für meinen Neffen wäre es einfach toll, in einer richtigen Familie … »Das meine ich aber nicht«, unterbricht sie mich mit sanfter Stimme. »Ich meine, dass du sehr froh bist, dass sie sich nun nicht mehr an Bernd ranmacht, oder?«

»Na ja, ein bisschen schon«, winde ich mich verlegen, »ich sage doch, die beiden passen einfach nicht zueinander. Das würde eine Katastrophe werden.«

»Und das wolltest du ihnen ersparen«, fragt sie süffisant.

»Natürlich, was denn sonst?«

»Ja, was sonst?«, stellt sie die Gegenfrage und verschwindet.

»He, warte, was willst du damit sagen?«, rufe ich ihr hinterher, aber sie kommt nicht wieder. »Was meint sie bloß, Dotty?« Meine Katze schaut mich mit ihren großen grünen Augen verständnislos an und ich gucke möglichst dumm zurück. Dann komme ich mir selber albern vor. Natürlich weiß ich, was Sophia meint. Eine Millisekunde nur gebe ich meinen inneren Widerstand auf, da trifft mich die Erkenntnis mit voller Wucht.

»Dotty, was soll ich nur machen«, flüstere ich ihr ins Ohr. »Ich bin so furchtbar verliebt. In Bernd.«

Jetzt ist es raus. Ich liebe Bernd. Wahrscheinlich liebe ich ihn schon, seit ich ihn kennen gelernt habe. Wie sollte ich nicht? Er ist ein toller Kerl. Einer, den man sich krallt und dann nie wieder gehen lässt. Und ich habe ihn so furchtbar verletzt. Wie konnte ich nur? Er war immer für mich da, er hat meine dunkelsten Seiten gesehen. Und ich hänge mich stattdessen an diesen Idioten von Jan, und warum? Weil der in einer stylischen Wohnung wohnt und niemals schwarz mit dunkelblau kombinieren würde? Vor Wut über meine eigene Blödheit könnte ich ins Kissen beißen. Mir fällt ein, wie ich mit Bernd auf dem Sofa lag und er mich geküsst hat. Mir wird jetzt noch ganz heiß bei dem Gedanken und ich stöhne gequält auf. Mühsam rappele ich mich hoch und schaue in den Standspiegel in der Ecke.

Ich strecke mir selber die Zunge heraus und schiele dazu. Hübsch!

»Helen«, sage ich zu meinem Spiegelbild, »du bist ein Arschloch.«

Wie mache ich das bloß wieder gut? Eigentlich bin ich ja versucht, einfach zu Bernd in die WG zu fahren und ihm zu sagen, dass ich ihn liebe. Und sie lebten glücklich und zufrieden. Ich fürchte, ganz so einfach wird es nicht sein. Im Gegensatz zu mir hat Bernd nämlich eine gewisse Eigenschaft, die man Stolz nennt. Und dumm ist er auch nicht.

»Lenchen«, wird er sagen, »ist ja gut und schön, dass du das heute so empfindest, aber ehrlich gesagt habe ich keine Lust, morgen von dir zu hören, dass du es dir wieder anders überlegt hast.« Nein, so einfach wird es leider nicht werden. Was ich brauche, ist ein Zeichen! Und da kommt mir die rettende Idee.

Ein Blick auf die Uhr, es ist Viertel nach zehn. Ich hüpfe schnell unter die Dusche und dann geht's ab zum Einkaufen. Als ich den Secondhand-Laden im Caro-Viertel betrete, möchte ich am liebsten sofort rückwärts wieder rausgehen. Ich erstehe ein Paar ausgelatschte, flache braune Schnürschuhe sowie eine karierte Flanellhose in Rotbraun. Dazu ein schlichtes weißes Rippenshirt mit dünnen Trägern und eine Strickjacke, die aussieht, als sei sie aus verschiedenen gelb-braunen Topflappen zusammengenäht. Als ich in diesem Aufzug vor den Spiegel trete, schüttelt es mich förmlich. Die Hose ist ja eigentlich ganz süß. Was mich am meisten stört ist, dass meine sämtlichen Mogelgeheimnisse plötzlich wegfallen. Hohe Schuhe machen lange Beine, Push-up-BHs einen beachtlichen Busen.

Unter dem Trägertop trage ich jetzt überhaupt keinen BH und sehe aus, als hätte die Pubertät erst vor wenigen Monaten begonnen. Ich kaufe dazu noch ein lila Tuch mit weißen Blumen, von dem ich noch nicht genau weiß, wie ich es verwenden werde. Auf geht's zum nächsten Laden.

Abends um sechs stehe ich in voller Montur vor dem Badezimmerspiegel. Meine Haare hängen ziemlich glatt und strähnig herunter. Es ist schon so lange her, dass ich sie nach dem Waschen nicht mehr auf Klettwickler gedreht habe, dass ich schon selber nicht mehr wusste, wie unvorteilhaft sie luftgetrocknet aussehen. Nein, so kann ich nicht rausgehen. Ich schlinge mir das neue Tuch um den Kopf. Oh Gott, Lenchen goes Hippie. Ich gestehe mir einen Hauch transparenten Puder zu sowie etwas Lippenstift und Wimperntusche. Die einzelnen falschen Wimpern, die ich mir normalerweise in den äußeren Augenwinkel klebe, um die Form meiner Augen leicht anzuheben, lasse ich heute weg. Irgendwie sieht mein Blick dadurch aus wie der eines traurigen Hundes. Ich trete einen Schritt vom Spiegel zurück und nehme mich von Kopf bis Fuß in Augenschein. Irgendeine Stimme in mir hält die ganze Aktion für ausgemachten Blödsinn:

»Du willst seine Liebe gewinnen, indem du in diesem Aufzug bei ihm auftauchst? Das ist doch lächerlich.« Ärgerlich versuche ich, den Kommentar zu ignorieren. Als hätte ich nicht genug mit einer inneren Stimme zu tun, die mir ständig reinquatscht. Sophia macht ein beleidigtes Gesicht.

»Schon gut, du bist ja manchmal ganz nützlich«, sage ich beschwichtigend, und sie lächelt ein wenig. Zu meiner Unterstützung ist auch sie heute viel legerer gekleidet als sonst, hat das Nadelstreifenkostüm gegen Jeans und

Sommerbluse eingetauscht. Immerhin. Sie betrachtet mich von oben bis unten und nickt anerkennend:

»Viel Glück«, sagt sie und verschwindet.

»Danke«, rufe ich ihr hinterher und habe das Gefühl, dass ich sie so bald nicht wieder sehen werde.

Das Herz klopft mir bis zum Hals, als ich eine knappe Stunde später in die Kastanienallee einbiege. Vor der Tür pralle ich fast mit Paul zusammen, der einen riesigen Strauß roter Rosen vor sich herträgt.

»Oh, hallo, Paul«, begrüße ich ihn und möchte wegen meines Aufzuges am liebsten vor Scham im Erdboden versinken. Aber der Gute ist so mit sich selbst beschäftigt, dass er mich gar nicht richtig wahrzunehmen scheint.

»Helen, hallo«, sagt er mit vor Aufregung zitternder Stimme.

»Na, was hast du denn vor?«, erkundige ich mich, als ich seiner Klamotten ansichtig werde. Er hat sich nämlich richtig in Schale geschmissen und steht damit in noch deutlicherem Kontrast zu mir. Er trägt doch tatsächlich einen Frack. Wo er den wohl aufgetrieben hat?

»Ich möchte Jackie heute fragen, ob sie mich heiraten will«, erklärt er mir gewichtig. Hab ich was verpasst.

»Aber ihr seid doch schon verheiratet«, merke ich vorsichtig an. Das Glimmen in seinen Augen könnte durchaus auch ein Anzeichen von Wahnsinn sein, und da möchte ich ihn nicht unnötig reizen.

»Kirchlich. Ich meine doch kirchlich.«

»Ach. Ich denke, du warst strikt dagegen.«

»Ja, ich weiß«, er lässt reumütig den Kopf hängen, »ich habe einfach zu wenig an Jackie gedacht, das muss ich heute leider zugeben. Bernd hat mir erzählt, wie ungeheuer wichtig ihr eine kirchliche Trauung gewesen wäre.

Und«, fügt er eifrig hinzu, »ich möchte alles tun, um sie glücklich zu machen.«

»Bernd? Wann hast du denn mit dem gesprochen?«

»Das letzte Mal heute Morgen«, erzählt Paul freimütig, »wir stehen in regelmäßigem telefonischen Kontakt. Er hilft mir sehr dabei, die Beziehung zu Jackie wieder aufleben zu lassen.« Mit offenem Mund sehe ich ihn an. »Er gibt mir Ratschläge, wie ich sie mit romantischen Dingen überraschen kann und so. Ich bin leider nicht so gut in so was«, sagt er bedauernd. Bernd spielt Amor. Ich bin total gerührt und liebe ihn gleich noch mal so sehr. Und bete, dass mein Plan aufgeht. »Aber ich werde immer besser. Ein netter Kerl, dieser Bernd. Am Anfang fand ich ihn ja etwas, nun ja …«

»Unkonventionell«, werfe ich ein und er nickt zustimmend.

»Genau. Aber jetzt habe ich gemerkt, dass man sich von Äußerlichkeiten nicht so täuschen lassen sollte.« Ich nicke heftig. »Ohne seinen Rat hätte ich gestern sicher nicht mit Jackie geschlafen«, fährt er fort und schlägt sich dann die Hand vor den Mund. Seine Indiskretion ist ihm sichtlich peinlich.

»Sie ist deine Frau. Ich denke, es ist okay, wenn ihr Sex habt«, sage ich ironisch. »Wollen wir dann.«

»Ja«, sagt er und drückt auf den Klingelknopf.

Wir müssen einen komischen Anblick abgeben, wie wir da so die Treppe hinaufstolziert kommen. Der Rosenkavalier und die Vogelscheuche. Bernd steht in der Tür und sieht zunächst nur Paul, der vorneweg gegangen ist.

»Sie ist in ihrem Zimmer«, sagt er leise. Paul nickt eifrig und schiebt sich an ihm vorbei. Dann fällt Bernds Blick auf mich und seine freundliche Miene verschließt sich. Aus dem Augenwinkel beobachte ich, wie Paul schüchtern an Jackies Tür klopft.

»Herein«, ruft sie. Derweil wandern Bernds Augen an mir herunter und dann wieder hinauf. Sein Gesicht nimmt einen überraschten, leicht amüsierten Ausdruck an:

»Um Gottes willen, was ist denn mit dir passiert?« Wenigstens guckt er nicht mehr ganz so eiskalt. Ich werte das als Punkt für mich und lächele ihn schüchtern an.

»Ich dachte, ich probiere mal einen neuen Look. Deinen«, füge ich atemlos hinzu.

»Wie ist denn mein Look? Geschmacklos?«, fragt er.

»Nein, nein«, beeile ich mich zu versichern, »ich meine nur … du weißt doch genau, was ich meine.«

»Nicht wirklich«, sagt er kühl und wendet sich in Richtung Küche, »wenn du zu Jackie wolltest, die hat gerade Besuch, wie du ja weißt.«

»Nein, ich wollte zu dir.« Ich folge ihm in die Küche.

»Hab ich befürchtet.« Mann, ist der gemein. »Und was willst du von mir?«

»Ich wollte, na ja …« Hilflos zucke ich mit den Schultern. Dummerweise war ich so mit meiner Umstyle-Aktion beschäftigt, dass ich völlig vergessen habe, mir eine kleine Ansprache zurechtzulegen. Und jetzt weiß ich überhaupt nicht, was ich sagen soll. Bernd schaut mich an.

»Stress mit dem Verlobten?«, fragt er ironisch.

»Es ist aus mit Jan. Ich habe ihn verlassen«, sprudelt es aus mir heraus.

»Aha.« Er tut gleichgültig, aber einen Hauch von Interesse kann ich in seinen Augen blitzen sehen.

»Du hattest völlig Recht. Er ist ein Arschloch.«

»Gratuliere zu der frühen Erkenntnis.« Seine Stimme trieft vor Ironie. »Na ja, besser spät als nie.« Damit wendet er sich von mir ab und beginnt, Wasser in die Kaffeemaschine zu füllen. Ich stehe da und sehe auf seinen Rücken. Er steht nicht weit von mir entfernt, ich müsste nur die Hand ausstrecken, um ihn zu berühren. Der Drang, ihn anzufassen, wird beinahe übermächtig. Wieso macht er es mir so schwer? Ich mache einen Schritt auf ihn zu und flüstere dicht an seinem Ohr:

»Zu spät?« Er wendet den Kopf in meine Richtung und sieht mir in die Augen. Ganz ruhig schaue ich zurück. Bitte, sag nein.

»Ich fürchte, ja«, sagt er leise.

»Aber warum?«, frage ich kaum hörbar.

»Du verkleidest dich als Vogelscheuche und tanzt hier an«, sagt er plötzlich heftig, »glaubst du wirklich, das ist es, was ich von dir will? Meinst du allen Ernstes, dass es mich interessiert, was du anhast? Oder ob du Schminke im Gesicht hast oder nicht?«

»Nein, natürlich nicht«, verteidige ich mich. »So habe ich das doch nicht gemeint. Ich wollte einfach ein Zeichen setzen. Du hast dich doch auch von mir umstylen lassen.«

»Weil ich wusste, dass dir dieser Scheiß wichtig ist.« Prompt fange ich an zu heulen.

»Ich wollte dir doch nur beweisen, dass ich dich liebe und dass ich mich ändern kann.«

»Ich will nicht, dass du dich für mich änderst, verdammt«, schreit er mich an.

»Das meinte ich doch auch gar nicht«, schreie ich zurück.

»Was dann?« Mir fällt einfach nichts mehr ein, was ich sagen kann, deshalb schlinge ich ihm meine Arme um den Hals und küsse ihn auf den Mund.

»Hey, was soll denn …«, wehrt er ab, aber ich lasse mich nicht abschütteln. Ich küsse ihn immer wieder und dann kommen die Worte wie von selbst:

»Es tut mir Leid. Ich weiß, ich habe dich verletzt, aber ich liebe dich. Ich will dich haben, ich muss dich haben.« In diesem Moment geht die Küchentür auf und Paul schiebt seinen Kopf herein. Reichlich verwirrt schaut er uns an:

»Äh, Verzeihung, ich wollte nicht stören«, stammelt er verlegen, »es ist nur: Jackie hat Wehen.«

»Was?« Mit einem Satz fahren wir auseinander. »Wir fahren sofort ins Krankenhaus«, beschließt Bernd, während ich zu meiner Schwester eile. Sie sitzt auf dem Bett und hat eine Hand auf ihren Babybauch gelegt.

»Wow, das tat ganz schön weh«, sagt sie erstaunt. Ich fürchte, es wird noch ganz schön viel mehr wehtun, aber ich überlasse es lieber anderen, ihr diese Neuigkeit zu übermitteln. Der Hebamme zum Beispiel, oder dem Arzt.

»Können wir dein Auto nehmen, Helen«, ruft Bernd, und ich bin enttäuscht, dass er nicht Lenchen zu mir sagt. Musste die erste Wehe denn wirklich ausgerechnet jetzt kommen? Konnte sie nicht noch zwei winzige Minütchen auf sich warten lassen? Ich helfe Jackie hoch und gemeinsam betreten wir den Flur:

»Leider nicht«, sage ich bedauernd in Bernds Richtung, »ich bin mit dem Fahrrad hier.«

»Ehrlich?« Erstaunt sieht er mich an.

»Ja, ehrlich«, sage ich gereizt. Bernd grinst und Jackie sieht mich plötzlich ganz komisch von der Seite an:

»Helen, wie siehst du denn aus? Aus welcher Mottenkiste hast du denn die Sachen gezogen?« Einen Moment lang bin ich beleidigt, doch dann fange ich Bernds Blick auf.

»Freche Göre«, sage ich deshalb nur und grinse.

»Ich habe das Auto dabei, wir nehmen mein Auto«, schlägt Paul vor und eine Minute später sitzen wir zu viert in seinem schwarzen BMW und düsen in Richtung Klinik.

Dort angekommen wird Jackie sofort von einer Schwester in einen Rollstuhl gesetzt und zur Untersuchung gefahren. Bernd, Paul und ich sollen im Wartezimmer Platz nehmen. Der werdende Vater kann keinen Moment stillsitzen.

»Was hat Jackie denn zu deinem Antrag gesagt?«, frage ich, um ihn ein wenig abzulenken.

»Gar nichts, sie hat gar nichts gesagt«, ruft er aus und beginnt noch hektischer, im Kreis herumzurennen. Ich kriege einen richtigen Drehwurm, wenn ich ihm dabei zusehe. »Sie konnte ja nichts dazu sagen«, klärt er uns auf, »ich habe sie gefragt, und noch bevor sie auch nur den Mund aufmachen konnte, um zu antworten, kam die erste Wehe.«

»Meinst du, das ist ein Statement von deinem Sohn«, grinse ich, aber Paul findet das gar nicht komisch.

»Ausgerechnet. Hätte diese Wehe denn nicht zwanzig Sekunden später kommen können«, fragt Paul ungewöhnlich heftig.

»Du wirst es nicht glauben, aber exakt das Gleiche habe ich mich heute auch schon gefragt«, stimme ich ihm zu und werfe Bernd einen vielsagenden Blick zu. Leider reagiert er überhaupt nicht auf mich, sondern wendet sich sofort wieder an Paul:

»Ich hoffe, du hast heute anständig gegessen. Habe schon von vielen Männern gehört, die bei der Geburt umgekippt sind, weil sie nichts im Magen hatten.« Paul wird sehr blass.

»Wieso?«, fragt er verständnislos.

»Weil's nicht der schönste Anblick ist«, erkläre ich ihm geduldig.

»Ach ja, ich wollte ja bei der Geburt dabei sein«, erinnert sich Paul und stürzt los.

»Moment«, pfeift Bernd ihn zurück. »Die werden dich schon holen, wenn es losgeht.«

»Ach so, ja.« Damit setzt Paul sich nun doch endlich auf einen der braunen Plastikstühle und starrt vor sich hin. Mist! Er war doch schon fast draußen. Wieso hat Bernd ihn zurückgerufen. Unwillig schaue ich ihn von der Seite an, doch er guckt ganz unschuldig zurück. Schließlich betritt eine junge blonde Frau im weißen Kittel das Wartezimmer.

»Herr Ernst«, fragt sie in die Runde und Pauls Kopf hebt sich mit einem Ruck. Er springt auf die Füße und schaut die Ärztin erwartungsvoll an:

»Das bin ich, ja!«

»Dr. Schwarz mein Name«, stellt sie sich vor und reicht ihm die Hand, »wie es aussieht, wird Ihre Frau in den nächsten Stunden entbinden. Sie wird bereits für die Geburt vorbereitet und in den Kreißsaal gebracht. Wenn Sie direkt mitkommen möchten?« Paul wirft Bernd einen fragenden Blick zu. Der nickt ihm ermutigend zu.

»Ja, ich komme sofort mit.«

»Sind Sie auch verwandt«, erkundigt sich die Ärztin.

»Ich bin ihre Schwester«, gebe ich Auskunft.

»Wollen Sie auch …?«, erkundigt sie sich, aber ich schüttele den Kopf.

»Nein, nein, wir warten hier.«

»So, wie es aussieht, wird es nicht allzu lange dauern.« Paul im Schlepptau verlässt Frau Dr. Schwarz das Wartezimmer und Bernd und ich sind allein. Ich starre auf meine Füße in den abgeschabten Halbschuhen und warte darauf, dass er etwas sagt. Tut er aber nicht.

»Bernd?«, frage ich zaghaft.

»Ja?«

»Was ist denn nun?«

»Was meinst du?« Ich schaue ihn an und bin mir sicher, dass er sich absichtlich dumm stellt.

»Versuchst du's mit mir?«, frage ich trotzdem.

»Gib mir ein bisschen Zeit, okay?« Ein paar Sekunden sitzen wir schweigend nebeneinander.

»Nein«, rufe ich plötzlich panisch, »ich kann dir keine Zeit geben.«

»Wie bitte«, fragt er verblüfft.

»Ich kann nicht. Wenn du Zeit zum Überlegen hast, dann wirst du mir sagen, dass es zwischen uns nichts werden kann und dass zu viel vorgefallen ist und dass du mich nicht liebst. Das will ich nicht.« Er sieht mich an. Seine rechte Augenbraue zieht sich auf die für ihn typische Art und Weise im Schneckentempo in die Höhe. Bevor er mir eine im besten Fall spöttische und im schlechtesten Fall vernichtende Antwort geben kann, springe ich plötzlich auf, rufe ihm ein »Warte hier, rühr dich nicht« zu und laufe aus dem Wartezimmer. Direkt gegenüber führt eine gläserne Tür zur gynäkologischen Abteilung. Ich gehe hindurch und laufe den Gang entlang. Neben den Zimmertüren hängen Schilder mit dem Namen der jeweiligen Patienten. Ganz hinten am Ende des Flures entdecke ich ein Zimmer ohne Namensschild und öffne vorsichtig die Türe. Leer. Ich renne den Gang entlang zurück zu Bernd, greife nach seiner Hand und sage:

»Komm mit.«

»Wohin?«, fragt er, lässt sich aber widerstandslos mitziehen. Hinein in die gynäkologische Abteilung, den Flur hinunter und in das leere Zimmer. Es ist ein in sonnigem Gelb gestrichener Raum mit jeweils einem Bett an den Längsseiten. Ich schiebe Bernd hinein und sehe noch mal auf den Flur hinaus. So wie es aussieht, hat uns niemand hineingehen sehen. Ich schließe die Tür und sehe mich suchend um. »Darf ich fragen, was du da machst«, erkundigt sich Bernd, als ich einen der drei Stühle, die um den

Tisch am Fenster herumstehen, ergreife und in Richtung Tür schleppe.

»Nein, darfst du nicht«, sage ich und platziere die Stuhllehne genau unter dem Türgriff. Dann drehe ich mich zu Bernd herum und gehe langsam auf ihn zu, bis ich genau vor ihm stehe. Das Herz klopft mir bis zum Hals, aber ich nehme all meinen Mut zusammen und sage:

»Ich warte seit fünfzehn Jahren auf dich. Ich halte es keine einzige Sekunde mehr aus.« Damit nestele ich an der Schnürung meiner hässlichen Strickjacke herum und lasse sie mir von den Schultern gleiten. Dann ziehe ich mir das Rippenshirt über den Kopf. Bernd schaut mich an. Ich trete mit meiner linken Fußspitzen hinten auf meinen rechten Schuh und schlüpfe hinaus. Dasselbe wiederhole ich mit dem anderen. Während ich die Knopfleiste meiner Flanellhose öffne, sehe ich Bernd unverwandt in die Augen. Es macht mich schrecklich nervös, dass er nichts sagt, aber einen Rückzieher kann ich jetzt auch nicht mehr machen. Ich lasse die Hose herunterfallen und steige hinaus. Noch immer sagt Bernd keinen Ton. Nur mit einem winzigen rosa Slip bekleidet stehe ich vor ihm. Ich gehe noch den letzten Schritt auf ihn zu, meine Brüste berühren den Stoff seines weißen T-Shirts.

»Bitte küss mich«, sage ich leise und er zieht mich in seine Arme. Als seine Lippen meine berühren, klopft mein Herz wie verrückt. Plötzlich komme ich mir vor, als seien wir wieder fünfzehn und sechzehn Jahre alt, wie damals auf der Skifreizeit. Zögernd lasse ich meine Hände unter Bernds T-Shirt gleiten und ziehe es ihm über den Kopf. Dann dränge ich mich an seinen behaarten Oberkörper und spüre seinen Herzschlag an meiner Brust. Bernds Hände gleiten durch meine Haare zu meinem Hals und dann den Körper hinunter. Er löst seinen Mund von meinem und beginnt, meinen Hals zu küssen. Wenige Sekunden später liege ich auf dem schmalen Krankenhausbett. Bernd kniet zwischen meinen Beinen, küsst meine Brüste und meinen Bauch, während er mir gekonnt das Höschen auszieht.

»Hübsch«, höre ich ihn murmeln. Irritiert schaue ich ihn an und sehe, dass er mir ziemlich ungeniert zwischen die Beine schaut.

»Bernd«, sage ich verlegen und versuche, mich seinen Blicken zu entziehen.

»Lass mich dich doch ansehen«, sagt er sanft und streichelt zärtlich meinen Bauch.

»Aha, es gefällt dir also doch ganz gut so, was?«, kann ich mir nicht verkneifen zu triumphieren.

»Lenchen, versprich mir, dass du dich nie wieder dieser schmerzhaften Prozedur unterziehst, nur weil du denkst, es ist schick.«

»Aber …«

»Versprich es mir.«

»Na gut, versprochen«, sage ich widerwillig.

»Wenn ich sage ›hübsch‹, dann rede ich nämlich nicht von vorhandenen oder nicht vorhandenen Haaren«, grinst er und beginnt mich dort zu küssen, dass es mir den Atem nimmt. Und dann schlafen wir miteinander. Es ist unbeschreiblich. Es fühlt sich an, als wären wir füreinander gemacht. Bernd sieht mir zärtlich in die Augen, während er mich liebt, und genau so fühle ich mich in diesem Moment. Geliebt. Angenommen. Angekommen.

»Ich lass dich nie mehr los«, flüstere ich ihm ins Ohr, als ich mich nachher an ihn schmiege. Dann lasse ich ihn allerdings doch los, als nämlich der Stuhl an der Tür ein Eigenleben entwickelt und anfängt, hin und her zu ruckeln.

»Was ist denn da los?«, erklingt eine ungehaltene weibliche Stimme von draußen, und ich stoße einen erschrockenen Schrei aus.

»Einen Moment bitte«, ruft Bernd und eilt, nackt wie er ist, in Richtung Tür. Durch den schmalen Türspalt spricht er mit der aufgebrachten Krankenschwester.

»Was fällt Ihnen denn ein«, schimpft sie los, »was machen Sie da drin. Dies ist die gynäkologische Abteilung, Sie haben hier nichts verloren.« In Windeseile steige ich in meine Klamotten und kann kaum ein Kichern unterdrücken, als ich Bernds aberwitziger Ausrede lausche:

»Verzeihen Sie, meine Frau will sich einer Fruchtbarkeitsbehandlung unterziehen, Sie verstehen? Wir wollten es noch ein letztes Mal auf die natürliche Weise probieren. Und meine Frau ovuliert gerade.« Ich bin maßlos beeindruckt, dass er diesen Fachausdruck so locker über die Lippen bringt und reiche ihm von hinten seine Hose.

»Haben Sie kein Zuhause«, kommt es mürrisch von draußen.

»Doch, schon«, sagt Bernd gedehnt, »aber wissen Sie, dort gibt es fruchtbarkeitshemmende Wasseradern unter dem Haus, die …«

»Schon gut, verschonen Sie mich. Ich brauche in fünf Minuten dieses Zimmer.«

»Wir sind in einer Minute draußen«, versichert er und macht die Tür wieder zu. Kichernd umarme ich ihn und küsse seinen Hals:

»Ich liebe dich.«

»Ich liebe dich auch, Lenchen.«

Eine Minute später verlassen wir zerzaust, glücklich und unter dem gestrengen Blick von Schwester Gisela, wie auf ihrem Namensschild zu lesen ist, das Krankenzimmer.

»Danke für Ihr Verständnis«, strahlt Bernd sie an und sie schmilzt dahin wie Butter in der Sonne.

»Viel Glück«, wünscht sie mir und zeigt an, dass sie beide Daumen für eine gelungene Befruchtung drückt. Apropos Befruchtung, wie geht's eigentlich meiner Schwester? Im Laufschritt eilen wir zurück in Richtung Wartezimmer. Bernd erkundigt sich bei einer vorbeikommenden Ärztin nach Jacqueline Ernst.

»Ja, die ist mittendrin. Läuft alles sehr gut.« Na, wie schön.

»Bin gleich wieder da«, meint Bernd und kommt kurz darauf mit Kaffee und einem Snickers zurück. »Das musst du jetzt komplett und vor meinen Augen aufessen, damit ich merke, dass du nichts bereust«, fordert er mich auf. Genüsslich verspeise ich den Schokoriegel, während mir Bernd dabei mit zufriedenem Gesicht zusieht, als Paul hereinstürmt. Er sieht ziemlich witzig aus in dem grünen Kittel und dem Häubchen, unter dem kleine Schweißperlen seine Stirn herabperlen.

»Es ist ein Mädchen, wir haben ein Mädchen«, jubelt er, und ich verschlucke mich an dem letzten Bissen, den ich gerade herunterschlucke.

»Aber ich dachte …«

»Ist doch egal, es ist ein Mädchen. Sie ist so süß!« Damit nimmt er jeden von uns an einer Hand und zerrt uns von unseren Stühlen hoch. »Ihr müsst sofort mitkommen und sie euch angucken.«

»Herzlichen Glückwunsch«, sagt Bernd lachend, während ich immer noch etwas verwirrt bin. Ist Georg etwa im Mutterleib der Schniepel abgefallen?

Strahlend wie noch nie sitzt Jackie aufrecht in ihrem Bett und hält das kleine Mädchen zärtlich im Arm.

»Ich wollte immer eine Tochter haben«, sagt sie selig lächelnd, »ist sie nicht wunderschön?« Das ist sie wirklich.

»Darf ich sie halten?«, frage ich und nehme ihr das kleine Bündel ab. Es ist viel leichter, als ich gedacht hätte. Mit großen blauen Augen schaut meine Nichte mich an. Oben auf dem Kopf hat sie ein Büschel samtweicher hellblonder Haare. Sie gibt ein paar glucksende Geräusche von sich und sofort kommen mir vor Rührung die Tränen. Ich hebe den Kopf und schaue Bernd mit leuchtenden Augen an. »Guck doch bloß mal«, sage ich atemlos. Er nickt lächelnd.

»Eins nach dem anderen, ja?«, flüstert er mir dann ins Ohr. So meinte ich das doch gar nicht.

»Ich meine doch nur, schau mal, wie unglaublich süß sie ist«, verteidige ich mich.

»Ja, das ist sie wirklich«, bestätigt er.

»Gibst du sie mir wieder, bitte«, fragt Jackie und streckt die Arme aus. »Ich vermisse sie schon.« Vorsichtig lege ich ihr das Baby zurück in die Arme.

»Wie soll sie denn heißen?«

»Luna«, sagen Paul und Jackie wie aus einem Mund.

»Luna? Wow«, sage ich beeindruckt. Innerlich grinse ich in mich hinein. Mein Vater wird ausrasten. Ein Mädchen, und dann auch noch eine Luna. Herrlich!

»Ihr beide seid euch ja erfreulich einig in diesem Punkt«, merkt Bernd an und Paul nickt eifrig.

»Liebling, würdest du mir ein paar Eiswürfel besorgen, bitte«, fragt Jackie, und Paul macht sich auf den Weg.

»Natürlich, möchtest du sonst noch was?«

»Du könntest unseren Eltern Bescheid sagen.«

»Mach ich.« Und weg ist er.

»Ich brauche euren Rat«, sagt Jackie, kaum dass die Tür hinter ihm ins Schloss gefallen ist. »In Bezug auf Paul.«

»Es scheint doch wieder ganz gut zu laufen zwischen euch«, findet Bernd und sie nickt bestätigend.

»Ja, das tut es auch, er ist unheimlich süß. Bevor die Wehen einsetzten hat er mich gefragt, ob ich ihn noch mal heiraten will. In der Kirche. Mit Kutsche und Schleier und allem drum und dran.«

»Wirklich?« schauspielern Bernd und ich um die Wette.

»Ja, ist das nicht toll?«

»Doch, das ist toll«, bestätige ich und tätschele ihr die Hand. »Also, wo ist das Problem?«

»Ach, ich weiß auch nicht«, seufzt sie und streichelt zärtlich über Lunas kleines Gesichtchen, »vielleicht kann ich einfach nicht glauben, dass plötzlich alles gut sein soll. Ich habe mich schrecklich gefühlt in meiner Ehe und jetzt habe ich diese wundervolle Tochter und einen tollen Mann, den ich kaum wieder erkenne. Ich meine, ich liebe ihn, wirklich«, beteuert sie uns, »ich frage mich bloß, ob es tatsächlich möglich ist, dass ein Mensch sich aus Liebe so verändern kann.« Ich werfe Bernd einen viel sagenden Blick zu und taste verstohlen nach seiner Hand. Sanft drückt er meine und fährt mit der Kuppe seines Daumens über mein Handgelenk.

»Verändern vielleicht nicht«, sage ich und strahle meine kleine Schwester an, »aber entwickeln.«